GC NOVELS
田中
TANAKA THE WIZARD
年齢イコール彼女いない歴の魔法使い
Story by Buncololi, Illustration by M-da S-taro
15

Tanaka, forever...
田中よ、永遠に―

このチヤホヤは人を駄目にするチヤホヤだ。
現在進行形で駄目になりつつあるから、
とても良く分かる。

GC NOVELS

TANAKA THE WIZARD

年齢イコール彼女いない歴の魔法使い

15

著
ぶんころり
Story by Buncololi

画
MだSたろう
Illustration by M-da S-taro

CONTENTS

"Tanaka the Wizard"
15
Story by Buncololi, Illustration by M-da S-taro

元の世界(一)

Original World (1st)

　ペニー帝国と北の大国の争いを発端として、遂に起こってしまった王様たちの喧嘩《けんか》。これを擦った揉んだの末に仲裁、当面の平穏が約束されたことにホッと一息。両国間の戦争騒動もこれにて一件落着となり、すべてが上手いこと収まった。

　その矢先の出来事である。

　急にチャラい神様から呼び出された。

　醤油顔が異世界を訪れるのに一役買った人物である。

　そうかと思えば、世界を救ったご褒美がどうのと言われて、生まれ故郷となる世界に戻されてしまった。気づけばいつの間にやら、周囲を背の高いビルや都市の雑踏に囲まれて、見覚えのある交差点に立っている。

　再開発が終えられて、立派なビルが建ち並ぶ虎ノ門《とらのもん》界隈。自身が異世界を訪れる以前、最後に目の当たりとした光景だ。こちらの交差点を横断の途中、信号無視のトラックに轢《ひ》かれたことを覚えている。

　百歩譲って、その事実はいいとしよう。

　しかし、ブサメンの帰還には神様も想定しないオマケが付いていた。

「なーんか見慣れない風景だよねぇ。私たち、知らない場所に飛ばされちゃった？」

「ニンゲン、これは一体どうしたことですか」

　精霊王様と海王様が巻き込まれてしまったの、本当にどうしよう。

　しかも現在の自分は、衣服の喪失こそ免れたものの、完全に異世界の装い。より具体的にはペニー帝国のお貴族様の格好。現代日本の価値観からすれば、不細工な中年が似合わないコスプレでお出かけしているようにしか見えない。

　これが非常に目立つ。

　周囲からは奇異の眼差しが向けられて止《や》まない。

　イベント会場ならまだしも、天下の往来に現れては職質必至の状況。

「あのオッサン、ヤバくない？」「子供まで巻き込んでるの、どう考えても普通じゃないよな」「通報した方がいいんじゃない？」「この辺りでイベントやってるのかも」「だとしても、アレは痛すぎでしょ」「ああいうの、マジ勘弁だよ」

世間様からも手厳しいご意見が聞こえてくる。

ブサメンが着用している貴族仕様の衣類は、リチャードさんに用立てて頂いた品だ。一般的なコスプレ衣装とは隔絶した高品質が、着用している者の存在感を強調する。素人の自分であっても、一目見て良い生地を使っていると分かるもの。

結果、普段ならマイナス五十くらいの不細工さが、百掛けでマイナス五千くらい。

「精霊王様、海王様、すみませんが可及的速やかに場所を移させて下さい」

「それは構わないけど、私はもう精霊王じゃないよ？　もしかして嫌味かなぁ？」

「そんな滅相もない。私にとっての精霊王様は、貴方《あなた》ただ一人だけですから」


「えぇー、そんなこと言っちゃうの？　まさか精霊王のこと大好きになっちゃった？」

「私は以前からずっと、精霊王様のことが大好きでしたよ」

この状況でねちっこさを披露しなくてもいいでしょうに。

ねちっこくても大好きです。

海王様からも当然のように反発が。

「事情を把握しているようなら、まずは我々に説明をするべきではありませんか？」

「すみません、色々とピンチな状況でして、ちょっと強引にさせてもらいますね」

精霊王様の手を取り、更にサバ氏を脇に抱えて歩み出す。

想像したとおり、めっちゃヌルヌルしている後者。

リアルに魚類。

「っ……きゅ、急に何をするのですか！」

非難の声を上げて、海王様がビチビチと身動《みじろ》ぎをした。

左右に動く小さなお魚ボディーが、やたらと力強いの感動的である。ＩＮＴ一点豪華主義であるブサメンには、

これを拘束し続けることなど到底不可能。すぐにつるりと逃れられてしまう。

「まさか私を馬鹿にしているのですか？　たしかに一度は敗北した身の上、しかし、この精神までをも侮辱せんとするのであれば、私は海を統べる王として、肉体が朽ち果てるまで戦い続けることでしょう！」

「そのような意図はありません。どうか急ぎで場所を変えさせて頂きたいのです」

　なんら興味はないのに、極度のセクハラを働いたような気分になるの辛い。

　女騎士を相手にくっ殺《ころ》を言わせた気分。

　いつか同じ台詞《せりふ》をメルセデスちゃんから聞きたくて仕方がない。

　っていうか、サバ氏ってオスなのだろうか、メスなのだろうか。前にステータスを確認したと思うのだけれど、既に忘れている。見た目完全に魚類だし、声色も中性的なんですよね。内面はさておいて、物腰も割と丁寧であるからして。

　メダカはたしか、ヒレの切れ込みの有無で判断できるんだっけか。

「……まあ、いいでしょう。なにやら事情がありそうなのも事実です」

「ご快諾下さり、誠にありがとうございます」

　チャラい神様、二人のこと回収したりしないのだろうか。

　彼だけの都合ではなく、こちらの世界の神様がどうのとも言っていた。いやしかし、こうした仕事の適当さから考えると、黙っておけばバレないんじゃないか、とか考えていたりするかもしれない。

　最悪、こっちの神様もチャラかったりする可能性も。

　色々な背景が自然と脳裏に浮かんできた。

　ただ、どれもこれも想定に過ぎない。

　今は現場の対応を優先しよう。

「すみませんが、お二人共こちらにお願いします」

　海王様と精霊王様を先導するように歩き出す。

　なにはともあれ人の居ない場所に移ろう。

　できれば、風通りの良い日陰がいい。

　何故《なぜ》ならば、現地は全力で真夏日。

　どう贔屓目《ひいきめ》に見ても梅雨が明けており、頭上からは照りつけるような日差しが燦々《さんさん》と注いでいる。ひと目見て気持ち良く映る真っ青な空には入道雲。人々の喧騒に混じって、どこからともなく蝉《せみ》の音まで響いてくる。

まるで夏ゲーの導入パートにでも放り込まれたような気分だ。

どうせなら精霊王様ルートを攻略したい。

「あっ、おい、逃げたぞ!?」「やっぱり怪しくない？」「なんか動きが普通じゃないような気がする」「だよね？　普通に逃げてるっぽいし」「軽く調べてみたんだけど、その手のイベント、今日はこの辺りでやってないっぽい」「あの魚、めっちゃ浮いてない？」

周囲から向けられる疑念の眼差しを避けるように通りを進む。

それまで立っていた大きな通りの交差点前から、ビルの間に設けられた細い路地に入った。そして、人気《ひとけ》が感じられない方に向かい黙々と歩く。オフィス街から飲み屋の立ち並んでいるゴミゴミとした方面へ。

あっという間、額に汗が滲んでくる。

しばらく歩くと、雑居ビルの地上階や狭小地に、チラホラと居酒屋が見られ始めた。まだ日の高い時間帯とあって、どの店舗もシャッターが閉まっている。そうした店舗の勝手口が並んでいるような、殊更に狭い裏路地まで場所を移した。

当然ながら人気は皆無。

この辺りでいいだろうと足を止めると、即座にサバ氏から非難の声が。

「どうしてわざわざ、このような小汚い場所まで移動したのですか」

「それをご説明させて下さい、海王様」

「いいでしょう。さっさと話を始めて欲しいものです」

「私も知りたいなぁー！　この場所のこと、色々と知りたいなぁー！」

ちなみにサバ氏は、未だに胸元へナプキンを巻いている。

ちょっとフォーマルな感じが可愛いの悔しい。

周りに浮かんでいたナイフやフォーク、料理が盛り付けられていた取り皿などが失われていたのは幸い。ただでさえ目立っている彼だから、どうかこれ以上は人目に付くような真似は控えて頂きたし。

「端的に申し上げますと、こちらは私の生まれ故郷です」

「へぇ？　君の故郷って随分と変わってるんだねぇ」

「地上にこのような場所があったとは初耳です」

「海王様の仰《おっしゃ》ることは尤《もっと》もかと存じます。というのも、この場所は今までお二人が居た世界とは、まったく別の世界となります。海や山をいくつ越えても、決して辿り着くことができない場所にあるのです」

「我々を馬鹿にしているのですか？　ニンゲン」

「そんな滅相もない。どうか最後まで私の話を聞いていただけませんか？」

「私は気になるなぁ。君の故郷がどんなところなのか、とっても気になるなぁ」

「いいでしょう。実際に風変わりな建物が立ち並び、貴方と同じような見た目のニンゲンが大勢居合わせていたのは事実です。こうして私たちが目撃した光景を、せいぜい破綻のないように説明してみて下さい」

「承知しました」

いきなり別世界だなどと称して、果たして信じてもらえるだろうか。

いいや、信じてもらうしかないのだ。

自身の故郷というフレーズには、二人とも興味を引かれているように思う。その辺りを軸にして説明をすれば、異世界に突如として現れた平たい黄色族の起源と合わせて、理解を頂くことも不可能ではないように思う。

「まず最初にお伝えしたいのは、こちらの世界には人間以外に言語を介するような、知的な生命体が存在しません。そして、魔法という現象も存在しません。つまり何が言いたいかといいますと、お二人の存在は……」

精霊王様と海王様を正面にして、ブサメンは説明を行う。

そして、喋《しゃべ》り始めてすぐに気づいた。

考えていた以上に語ることが多い。

住まっている生物の概要と魔法の否定から始めて、地球史における人間の立場と、そうして築かれた文明の概要。魔法に代わって発達した科学の扱いと、その延長線上にある武器や兵器といった脅威。

更には、そうした只中に呼び出されてしまった我々の立場や、今後どういった扱いが想定されるかまで。異世界を訪れた当初、自身が困惑したあれやこれや。それらを逆に伝える訳だから、当然といえば当然か。

「人がいるのにエルフやドワーフがいないなんて、不思議な世界だねぇ」

「ニンゲンの手にした技術が如何《いか》に優れているとはいえ、魔法を利用せずにそこまでの文明を築けるとは到底思いません。どこかのタイミングで失われた、と考えるほうが自然ではありませんか？」

「まさかとは思うけど、私たちのこと騙《だま》そうとしてなーい？」

精霊王様と海王様から、マジ信じられない、みたいな反応を頂戴した。

本気で驚いていらっしゃる。

自身も異世界を訪れた当初、こんな感じだったのだろうな。

「申し訳ありません。私はこちらの世界ではごく平凡な一般人に過ぎません。もし仮にお二人が想定される背景が真実であったとしても、それらを確認してお伝えすることは、現時点では困難だと言わざるを得ません」

「なっ……つまり、この世界には貴方のようなニンゲンが多数いると!?」

「今しがたに伝えたとおり、こちらの世界に魔法は存在しません。私が扱っている魔法については、すべてあちらの世界を訪れて手にしたものです。ですから、こちらの世界の人間は魔法を扱うことができません」

「そ、そうですか。であれば、まぁ、いいのです」

意外と表情豊かなサバ氏のギョッとした姿、やたらと可愛らしい。

精霊王様からは疑念の眼差しがジロジロと。

「ニンゲンたちの間で魔法は使われていないのかもしれないけど、魔力はちゃーんと存在してるよね？　こうして私たちが魔法を使っている間にも、しっかりと使った分が回復してる感覚あるもん」

精霊王様が指先にポヤッと小さな炎を灯して言う。

サバ氏が空中に浮かんでいるのも魔法である。その行使に異常が見られたのなら、何かしら反応があるだろうから、彼女の言うことは本当なのだろう。その点については、自身も非常にありがたい。

「とはいえ、我々の世界と比較して薄いような気はしますが」

「それが理由かなぁ？　精霊がこれっぽっちも発生していないの」

恐竜が栄えるより遥か以前、地球の酸素濃度が今よりも濃かったとき、地表で繁栄していたのは巨大な昆虫であったそうな。そんな感じで魔力についても、一定以上の濃度がなければ、魔法を扱う生き物が発生しないのかもしれない。

「いずれにせよ、こちらの世界については把握しました。しかし、どうしてそのような場所に我々を連れて来たのですか？　生まれ故郷へ戻るのであれば、貴方一人で戻ればいいではありませんか。まるで意図が理解できません」

「あっ、もしかして！　私と一緒に故郷を見て回りたいのかな？　かなかな？」

　良かった。別世界の存在については、ひとまず認知して頂けた。

　ただ、彼らに対する説明としては、ここからが山場となる。

　だって信じてもらえるかどうかも怪しい、チャラ神様の存在。

「そちらについてお話をさせて頂く前に、お二人に尋ねたいことがございます」

「なぁーに？　また改まった言い方をしたりして」

「勿体ぶっていないで、さっさと言ったらどうなのですか？」

「精霊王様と海王様は、神の存在を信じますか？」

　まるで宗教の勧誘でもしているかのような物言いになってしまったぞ。

　だけど、ちょっと言ってみたかったフレーズ。

　チャラ神様については、できれば黙っておきたかった。

　しかし、他に上手い言い訳が浮かばなかったのだから仕方がない。この状況で、下手に嘘を吐《つ》いて取り繕った場合、彼らとの信用関係にまでヒビが入りそうだったから。

「それは偶像としての神とは、別物と考えて差し支えないものでしょうか？」

「ええ、その通りです」

「まさかとは思うけどぉ、君、もしかして神様に会ったことあるのぉ？」

「神を自称する方に出会い、結果として皆さんの世界に飛ばされました。そして、色々と経緯はあったのですが、再びこちらの世界に戻される運びとなりました。お二人はこれに巻き込まれた、というのが先方の言です」

　異世界を訪れるに至った理由から、素直に説明する。

　ただし、世界を救ってもらった云々《うんぬん》、細かなやり取りまでは控えておく。それを伝えることは、チャラ神様のご意向に反する行いとなりそうだから。こちらの世界にも神様は居られるそうで、彼らから睨まれるような真似は御免である。

「神から認められた人物とあらば、なるほど、我々を圧倒する力を備えていることにも納得がいきます。むしろ、そうでなければ一介のニンゲンが王たちを凌駕《りょうが》するなど、とても考えられません」

「君ってば、意外と凄いニンゲンだったんだねぇ。私、驚いちゃったー！」

するど、自身が想像した以上にすんなりと、二人の王様は納得して下さった。

白い目で見られるかもしれない、などと考えていた手前、ちょっと拍子抜け。それとも異世界では神様の存在が広く知られているのだろうか。宗教の類《たぐ》いがあることは知っていたけれど、チャラ神様が話題に上ったことは一度もなかった。

「失礼ですが、精霊王様と海王様は神様と面識が？」

「その存在を噂に聞いたことがある程度です。私自身は面識などありません」


「私は会ったことないけど、先々代は見たことがあるって言ってたよ！」

キング属性の方々でも、おいそれとお目見えすることはできないみたい。

かなりレアな存在っぽい感じ。

こちらの世界へ飛ばされる直前、チャラ神様も語っていらした。神の意向を世界にそのまま伝えるようなことはダメダメ、絶対にダメ。世界の多様性が失われてしまうッス、とかなんとか。

ブサメンに対する意地悪かとも考えたけれど、本当だったようだ。

異世界に飛ばされた理由など、細かい説明を端折《はしょ》ったのは正解である。

「この不思議な世界と、我々の置かれた状況については理解しました」

「それでこれから、神様に認められたニンゲンはどぉーするのかな？」

「なにはともあれ、異世界に戻る術《すべ》を探そうと思います」

「君の魔法なら、案外サクッと帰れたりするんじゃないのぉ？」

「そうですね。この場で試してみるとしましょう」

周囲に監視カメラは見られない。

手持ちの魔法でチャレンジしてみよう。まずは先日にもレベルが最大値となった空間魔法である。帰還先として意識すべきは、自身にとって馴染みの深い異世界の光景。ドラゴンシティの風景を脳裏に思い浮かべる。

「むぅん！」

いちいち声を上げる必要はないのだけれど、精霊王様と海王様の注目があるので、それっぽいアクションとか取ってみる。すると、我々の足元に魔法陣が浮かび上がった。過去に利用した際と変わりのない反応。

けれど、続く移動のフェーズに至らない。

「空間魔法ですか。これで効果が見られるようなら、話は早いのですが」

「このニンゲンがやって無理だったら、きっと私たちでも無理だよねぃ」

待てど暮らせど空間を移動できないぞ。

ただ延々と魔法陣が輝くばかり。

「だけど、駄目っぽいねぇ」

「ええ、そのようですね」

精霊王様と海王様の判断も手伝い、ブサメンは空間魔法の行使を断念。

魔法に込めていた魔力をカットすると、応じて魔法陣も消失した。

けれど、手札はこればかりではない。

続けざまに別の魔法でのアプローチを検討。

スキルウィンドウさん、お願いします。

パッシブ：
魔力回復：ＬｖＭａｘ
魔力効率：ＬｖＭａｘ
言語知識：Ｌｖ１
アクティブ：
回復魔法：ＬｖＭａｘ
火炎魔法：ＬｖＭａｘ
浄化魔法：Ｌｖ５
飛行魔法：Ｌｖ55
土木魔法：Ｌｖ10
召喚魔法：Ｌｖ１
空間魔法：ＬｖＭａｘ

次元魔法：Ｌｖ１
残りスキルポイント：２５４

そう、この次元魔法ってやつ。

空間魔法のカンストと共に生えていた、得体の知れない新作魔法。命名の響きからして、次元を越えられそうな匂いがプンプンしているぞ。世界を渡って移動するには、うってつけの魔法ではなかろうか。

あと、謎のウィンドウが地球でも普通に出たの、心からありがとう。

「む、むぅんっ……！」

ということで、気恥ずかしさを覚えつつ、改めて声を上げる。

ドラゴンシティの風景を強く思い浮かべることも忘れない。

すると今度は自身の足元にのみ、魔法陣が浮かび上がった。

「精霊王様、海王様、魔法陣へ収まるように移動をお願いします」

「見たことがない魔法陣だねぇ。随分と複雑な形をしているよぅ」

「たしかに私も、このような術式は初めて目にします」

素直に頷いた二人は、品評を交わしつつブサメンのすぐ近くにまで移動。

肯定的な意見を耳にしたことで、案外簡単に戻れてしまうかも、などと期待に胸が膨らむ。彼らの言葉通り、自身の足元に浮かび上がった魔法陣は、割と複雑な空間魔法のそれと比べても、余程のことゴチャゴチャしている。

しかし、何も起こらない。

魔法陣こそ浮かび上がったものの、空間魔法と同様、それ以上は一切変化が見られなかった。異世界に通じるドアが現れたりだとか、我々の肉体が輝きに包まれて世界間を移動するだとか、自身が希望したような展開は一向に訪れない。

しばらく待ってみると、魔法陣も勝手に消えてしまった。

以降、何度か繰り返してみたけれど、結果は同様である。

また、ブサメンの魔法が効果を発揮しないと分かると、精霊王様と海王様も各々で魔法を試し始めた。しかし、帰還の糸口は見つからず。精霊王様など異世界から精霊さんを呼び出そうと召喚魔法にまで手を出していた。こちらも不発。

「うぅーん、なんにも起こらないねぇ」

「あちらの世界との間に隔絶した何かを感じます」

数分ほど経過したところで両名もギブアップ。

こうなると他に方法も浮かばない。

ブサメンは精霊王様と海王様に向き直り、頭を下げて応じた。

「申し訳ありません。私のせいでお二人にまでご迷惑をおかけしてしまい」

次元魔法には可能性を感じていたのだけれど、全然駄目だったの悲しい。

スキルのレベルを上げたら、作用に変化が見られるかもしれない。けれど、場の勢いから貴重なスキルポイントを費やすのは抵抗が大きい。それで駄目だったら目も当てられない。もう少し検討を重ねてからでも遅くはないと思う。

「やはり当面は、異世界に戻る術を探すことが目的となりそうです」

「私たちはそれでいいかもだけどぉ、君は本当にそれでいいのかなぁ？」

「精霊王様、何故そのように言うのですか？」

もしかしたら、どこかで何かしら起こっているのかもしれない。ただ、それを自身はまるで感知できていない。そんな想像に多少なりとも不安を覚えた。意図しないところで、誰かに迷惑とか掛けていなければいいのだけれど。

「今の話を聞いた感じ、せっかく自分の世界に戻って来れたんでしょう？　君にとってはこっちの世界こそ生まれ故郷なのだよねぇ。だったらどうして、わざわざ他所《よそ》の世界に戻ろうとか考えちゃうのかなぁ？」

「精霊王様と海王様が巻き込まれているのですから、当然ではありませんか。お二人を元の世界に送り届けることが、今の自分には最優先事項です。他所の世界に放り出された経験のある身の上だからこそ、事の重要性は理解しています」

っていうか、この二人をこちらの世界で野放しにしたら大変なことだ。

世界征服くらい、軽く行ってしまいそうな恐ろしさを感じている。

近代兵器の集中砲火を受けても平然としてそうだし、全身が崩壊するような怪我《けが》も回復魔法で瞬時に治癒。また、海王様に至っては実際に、魔法一つで山脈地帯を削り取っている。その上、何百年という期間を平然と生きてしまう。

状況的に考えて、我らが地球、かなりピンチじゃなかろうか。

腹いせに人類崩壊とか、割と現実的なコースに思える。まさか神様たちは彼らを放っておくつもりなのだろうか。まさかチャラ神様、他所の神様に怒られるのが嫌で、自分のミスを隠してたりしないだろうな。あり得そうで怖い。

「君にそんな甲斐性《かいしょう》があったなんて、私はビックリだよぉ」

「貴方の言葉に従うなら、我々がこちらの世界にやって来たのは、神の行い、ということになります。これに抗《あらが》って元の世界に戻るのは、大変な困難に思えてなりません。そこのところ、どう考えているのですか？」

「海王様の仰ることは尤もかと思います。しかし、決して諦めてはおりません」

「神の力に抗うほどの術があると？」

「何事もやってみなければ分からないではありませんか」

「具体的に方策はあるのですか？」

「現時点ではありません。これから検討したく考えています」

「…………」

素直に手の内を明かしたところ、サバ氏から困った顔で見つめられてしまった。

彼らの胸中は重々理解している。

精霊王様と海王様は被害者なのだ。

加害者はチャラ神様なのだけれど、本人がこの場に見られない手前、鬱憤の矛先がこちらのブサメンに向かうのは致し方ないこと。それでも面と向かって非難の声を上げてこない辺り、サバ氏はなかなかの人格をお持ちである。

巻き込まれたのが龍王様や妖精王様だったら、もっと苦労していたと思うもの。

ややあって海王様から、改まった態度で返事があった。

「まぁ、いいでしょう。そちらの言い分は承知しました。

でしたら私も、あちらの世界へ戻る方法を探そうと思います。その為にもまずは、こちらの世界を見て回りたいと思います。しばらくは勝手に過ごさせてもらいますよ」

「海王様、大変申し訳ありませんが、こちらの世界には空を飛ぶような魚類は……」

「魔法が存在しないことは、先程も説明を受けました。ニンゲン以外に人語を解するような生き物がいないことも把握しています。他者の目は適当に誤魔化すとしましょう。それで構いませんね？」

「そうしてもらえると幸いです」

「少なくとも貴方が我々の帰還を優先して考えている間は、こちらの世界に仇《あだ》をなすような真似はしません。どこぞの我儘《わがまま》な王たちと一緒にしないで頂きたい。なんたって私は世界の半分を統べる、海の王なのですから」

魚類というワードが、彼の心を刺激してしまったのかもしれない。

ちょっとプリプリとした響きのある声色で早口に捲《まく》し立てられた。

本当はお魚キングなの、醤油顔はステータスを確認して知ってしまいました。


「それでは、これで失礼しますよ」

「あの、合流する為の連絡方法は……」

自身とのやり取りもおざなりに、空へ向かって勢い良く飛んでいく。

別行動を取るのは構わないけれど、調査に進展が見られた時、どうやって合流するつもりだろう。まさか狼煙《のろし》よろしく、山を撃ち抜いて連絡を入れてくるような真似、考えていやしないだろうか。

王様たちの感覚って一般人とはかけ離れているから、色々と恐ろしいのだけれど。

「海王、行っちゃったねぇ」

「行ってしまいましたね」

精霊王様と共に見上げた先、サバ氏の姿は青空へ吸い込まれるように消えていった。

ほんの数秒の出来事である。

海の王とか自己主張していた割に、空を飛ぶのも速くて困っちゃう。

まあ、今は本人の言葉を信じる他にあるまい。自由奔放な王様たちをブサメンの一存で押さえつけるような真似は、どだい不可能である。短期間であれば魔力に物を言わせて、みたいなことも考えられるけれど、それで不仲となっては本末転倒。

「それで肝心の君は、これからどーするつもり？」

「調査に当たって、まずは当面の拠点を手に入れたく考えています」

「それって私も連れてってくれるのかなぁー？」

「精霊王様がお嫌でなければ、是非ともお願いしたいところですが」

「うんうん、やっぱり君と私は仲良しだもんね！」

ニコニコと笑みを浮かべて、こちらの腕をギュッと掴んでくる精霊王様。

現役でキングしている海王様とは異なり、王としての力を失ってしまった彼女は、異世界でブイブイいわせていた頃と比べて弱々しい。弱化して間もなく、帰還の目《め》処《ど》も立たない異界へ放り出されたことで、彼女も必死なのだろう。

こういう露骨なところ、精霊王様っぽくて安心する。

けれど、個人的にはいつか力を取り戻した彼女に、出会った当初の上から目線で逆レイプされたい。抱きつかれたことで、寸毫《すんごう》として動かなくなった腕を眺めて思う。

弱化して尚も、ＳＴＲの値はブサメンより遥かに高いから。

今なら拘束癖のある方々が描いた同人誌にも、理解を示せそうな気がする。

「君が行くところだったら、私もずぅーっと付いて行っちゃうんだから」

「でしたらまずは、図書館に向かわせて下さい」

「図書館？　本なんか読んでどうするのぉ？」

「自身があちらの世界を訪れることとなった契機の騒動について調べたいなと」

チャラ神様がブサメンの肉体をどのように扱ったのか、現時点では確認が取れていない。もし仮に事故現場から遺体ごと呼び出されたのであれば、ワンチャン、失踪として処理されている可能性もある。

だとすれば、失踪宣告を取り消して戸籍を復活させることが可能。

勤務先での雇用や住居こそ既に絶望視している。一方で以前の住まいに戻されるだろう住民票には期待大。こちらがあれば引っ越しを行って住所を得られる。懐にあるペニー帝国の金貨も少しくらいなら、質屋に入れて現金化することが可能だ。

そのためにも戸籍の確認は、現時点で一番大切なミッション。

「こっちの世界だと、そんなことまで図書館で調べることができるの？」

「多少なりともニュースになっているとは思うので、過去の新聞を確認したいなと」

「新聞？」

「あちらの世界で言うところの、町の広場に設けられた瓦版のようなものです」

「ふぅーん」

そんな感じで今後の方針を巡り、精霊王様とやり取りを交わしていた時分のこと。

我々が陣取った裏路地に向かい、パタパタと足音が近づいて来るのに気づいた。一人ではなく複数、それもかなり忙《せわ》しない感じがする。音源は裏路地が交差している表通りから聞こえてくる。

かと思えば、同じ方向から人の声がいくつも連なった。

「そっちはどうだ？」「こっちには見られませんね」「この辺りにはいないんじゃないですかね？」「だとしても、調べない訳にはいかないだろう」「とりあえず、上には連絡を入れておきます」「そっちの通りも調べておこう」

自然と我々の意識もそちらに向けられた。

すると時を同じくして、表通りからひょっこりと顔を見せた面々。

裏路地に向けて、数名から成る一団がやってきた。

全員がお揃いで紺色の制服を着用している。

特徴的なデザインの制帽には中央に立派な旭日章のマーク。腰にはもれなく拳銃が括《くく》り付けられている。しかも、我々の姿を目の当たりにするや否や、誰もが表情を厳しくして、声も大きくやいのやいのとし始めた。

「お、おい、こっちの通りに隠れているぞ！」「あの妙ちくりんな格好、間違いない！」「通報にあった子供も一緒だ！」「応援を呼べ、上にも報告を入れろ」「急いで反対側から回り込め、絶対に逃がすんじゃないぞ！」

これはもう、アレだよ、ほら。

牢屋にイン的な。

新天地を訪れるたびに経験しているから、むしろ馴染みを覚えるほどの。

いやしかし、ここは生まれ故郷にしてホーム。勤務先も割と近くにある。なんなら終業後の飲み会で足を運んだ覚えのある界隈。すぐそこにある飲食店とか、何度か通った記憶があるし、今でも潰れてなかったのちょっと嬉しいっていうか。

「こちら新橋《しんばし》方面、容疑者を発見しました」「凶器を隠し持っている可能性もある、十分に注意しろ！」「捕らえられている子供の安全が最優先だ！」「他に協力者がいるかもしれない、周りにも注意せよ！」

精霊王様、不審者に拉致された女児枠に内定している。

本人は状況が理解できないようで、キョトンとした面持ちをされておりますね。

自身も長いこと異世界に滞在していたおかげで忘れかけていた。こちらの世界はとても安全な世界。ブサイクな中年男性が小さな女の子と一緒に歩いていたら、両者が親子関係にあっても、とりあえず通報されちゃうような世界。

なんなら普通に自転車に乗っているだけでも職質とか受けるし。

それが人前から逃げ出したとあらば、即座に警察官が集まってくるらしい。

遠くからは緊急車両の発するサイレンとか聞こえてきて、なんかもうお祭り騒ぎ。

「なんて言っているのか分からないけど、私たちのこと怖い顔で見てなーい？」

「失礼ですが、精霊王様はこちらの世界の言葉を理解されていないのでしょうか？」

「そりゃそーだよ。だって、異世界の言葉なんだよ？　むしろ、どうして君の方こそ、平然と私たちの世界の言葉でお喋りしてるのかな？　さっきの話を聞く限り、最初から会話ができてたような感じだったけど」

「恐らく神様が気を利かせて下さったのでしょう」

回復魔法と合わせてプレゼントされたに違いない。

ところで、精霊王様や海王様が地球人類の言語を解さない、というのは不幸中の幸い。醬油顔と仲良しである前者はさておいて、後者の口から異世界の存在が世間様にバレるようなことは、向こうしばらくは起こらないと思われる。

もちろん彼の場合は、ただ存在しているだけで、とても危ういとは思うけれど。

「怖い顔のニンゲンたちが近づいてくるけど、君はどーするのかなぁ？」

「反対側に向かって、一緒に逃げて頂けたらと」

素直に事情を説明して、警察に助けを求める、といった方法も検討はした。けれど、既に死亡届が出されている可能性も考えられる手前、身元不明の戸籍さえ怪しい人物の言うことを、果たして警察は聞き入れてくれるだろうか。

そうして考えたのなら、逃走する以外に選択肢はなかった。

「君ってば凄く強いのに、倒しちゃわないの？」

「彼らはこの国の憲兵です。この場で危害を与えた場合、後々に百倍、千倍という規模になって、こちらの捜索に人員が向けられることになります。ですから可能な限り穏便に、この場から逃れたいなと考えているのですが」

「りょーかい！」

我々がやり取りを続けている間にも、ジリジリと距離を詰めてくる警察官一同。

すぐに走ってこないのは、醤油顔のすぐ隣に精霊王様がいらっしゃるからだろう。彼らからすれば、彼女は不審者に囚《とら》われた人質として映っているに違いない。事実、

その子を解放しなさい、とかなんとか聞こえてくる。

そうした先方からのアナウンスに構わず、ブサメンと精霊王様は回れ右。

二人で仲良く、反対側に向けて駆け出した。

「逃げたぞ！　追えっ、追うんだ！」「反対側から回り込んでいる連中は、まだ来ないのか⁉」「対象が子供を連れて逃げ出しました。応援をお願いします！」「相手は三十代から四十代と思《おぼ》しき男性。小学生ほどの子供を人質に取っております！」

警察官が現れたのとは反対側、また別の通りと交わっている方向に向かう。

そうした我々の対応に、先方も即座に動いた。

こちらに向かい、背後から駆け足で迫ってくる。

異世界を訪れた当初の自分であれば、ほんの数分と持たずに根負け。早々に捕まっていたことだろう。実際、牢屋に突っ込まれていた。しかし、あちらの世界でレベルアップした昨今の中年ボディーは、存外のこと持久力に富んでおります。

むしろ、現代日本においてはオーバースペック。足に力を込めすぎると、自動車を追い越してしまうく

警視庁

らい。

これは自身に限った話ではなく、異世界で荒事を生業《なりわい》としていた人たち、たとえばゴンちゃんなんかも似たりよったり。巨大な斧を手にしたまま、垂直跳びでピョンと一メートル以上も、真上に跳び上がったりしていた。

そこで適度に力を抜きつつ、徐々に追っ手から距離を取るように路上を駆ける。警察官は我々を挟み撃ちにするべく、反対側にも回り込んでいたけれど、こちらが裏路地を抜け出すほうが少しばかり早かった。

「このまま走って逃げるのぉ？」

「適当なタイミングで我々の姿を晦《くら》ましたいのですが、お手伝いを願えませんか？」

精霊王様も醤油顔のペースに付き合って下さるの本当にありがとうございます。龍王様が一緒だったら、どうして余がニンゲン如きに背を向けなければならぬのだ、とかなんとか言って、大変なことになっていただろう。

走るのに応じて捲《めく》れ上がるスカートなど最高。

ブサメンは見えた。ロリ駆けるときスジの輝きが。

相変わらず下着を穿《は》いていないの、精霊王様に一生付いて行きたくなる。

「君はとっても魔法が得意なのに、そんなことで私のお手伝いが必要なの？」

「魔力こそ備えていても、そういった細かい行いは苦手となりまして……」

「私たちをボコボコにしたとき、かなり高度な空間魔法を使ってたと思うんだけどなぁ」

「空間を飛ぶにしても、事前に姿を消しておきたい理由は先程お伝えした通りです」

「まぁ、べつにいーけど」

ブサメンが行使可能な魔法は片手に数えられるほど。スキルポイントを取得する機会も限られているので、この場はなるべく節約したいところ。ただでさえ行き先が不透明な状況に追い込まれてしまっているのだから。

＊

警察官との追いかけっこは、数分ほどで終えられた。

活躍したのは精霊王様の魔法。先方の視界から逃れたタイミングで、彼女の魔法により姿を晦まして頂いた。本人の言葉に従うのなら、認識阻害の魔法。こちらの姿を相手方から認知できないようにして下さったのだとか。

要は光学迷彩のような感じである。

持続時間もそれなりとのことで、余裕を持って現場を脱出。ただし、周囲から捕捉されていない状況で、人通りの多い都内を歩き回るのは、それなりに大変な行いであった。気を抜くとすぐに誰かとぶつかりそうになる。

それから警察官を振り切った我々は、魔法で姿を晦ましたまま、銀座界隈の百貨店に向かった。何故かと言えば、恐ろしく目立つ異世界の装いから、現代日本でも違和感のない格好に衣類をチェンジする為。

申し訳ないと思いつつ、勝手にお買い物をさせて頂きました。

脱いだ衣類を納めておく旅行用のキャリーバッグから始まり、パンツやシャツのみならず、下着から靴に至るまで、一通り頂戴した次第。途中からちょっと楽しくなってしまったのは内緒である。

これで他所様から通報されたり、警察から職質を受ける頻度も下がるのではなかろうかと。帽子を被ってメガネをかけたのなら、ブサメンの不細工な部分も半分くらい隠れる。上下共に夏仕様となったおかげで、風通しも抜群だ。

そして、こうしたお着替えは精霊王様もまた同様。

「ねぇねぇ、こんな感じでいーのかな？」

「そうですね、とても可愛らしくございます」

「本当にぃ？　どうせまた口から出任せなんじゃないのー？」

「そんな滅相もない」

個人的には、以前のゴスロリっぽい格好が大好き。短めのスカートとか最高。

一方で現在の精霊王様は、かなり落ち着いたお姿をされている。スカートは常識的な長さとなり、シャツやアウターもヒラヒラ感は控えめ。コスプレ女児から一変して、いいところのお嬢様といった雰囲気を感じる。

いやしかし、それでも頑張ればパンチラは狙えそうな気がするぞ。

去り際には日本円に替えて、フロアのキャッシャーに異世界から持ち込んだ金貨を二枚ほど、隙をついて忍ばせておいた。重量的に考えて、我々が頂戴した品々に対しても、十分以上となるのではなかろうか。

ブサメンが異世界から持ち込んだ金貨は割と純度が高

DTT

くて、大きさは五百円玉より少し大きいくらい。同程度のワンオンス金貨が三十グラムほど。相場が以前と変わりなければ、一枚あたり二十万円以上の価値がある。

　ただ、やっていることは万引きと大差ない訳で、多少なりとも心が痛んだ。

「着替えも確保しましたし、そろそろ店を出ましょうか」

「その底に車輪が付いてる鞄、外に出たらむしろ持ち歩くの大変じゃないかなぁ？」

「この辺りはどこも路上が舗装されているので、こちらで問題がないのですよ」

「ふぅーん、この国は随分と豊かな国なんだねぃ」

「豊かであることは否定しませんが、ここよりも豊かな国は沢山ありますね」

「ニンゲンが生態系のてっぺんに立っているの、決して伊達じゃないってことかぁ」

「そうですね。あちらの世界で同じことを行ったのなら、維持が大変になりそうです」

　精霊王様と他愛無い会話を交わしつつ、百貨店を後にする。

　思い起こせば、親族以外の異性と百貨店へショッピングに出かけたの、生まれて初めての経験ではなかろうか。その事実に得体の知れない達成感を覚えた。しかしながら、支払いの部分にはやはり若干の寂しさを感じてしまう。

　どうにかして日本円を手に入れられないものか。

　こちらの世界に長居をするつもりはない。けれど、向こうしばらくお世話になるのも間違いない。入用になるたびに万引き紛《まが》いの行いをするのも申し訳ないので、まとまったお金を合法的に稼ぎたいところである。

　懐に収めたお財布代わりの革袋には、支払いに利用したのと同じ金貨が五、六十枚ほど入っている。こちらの世界の価値に換算すると一千万円以上。タナカ伯爵のお小遣い、ちょっとヤバい。

　異世界ではそこまで気にしなかったけれど、現代日本の金銭感覚に照らし合わせて考えたら、かなりの金額を日頃から持ち歩いていたことになる。ただ、他所の貴族様と比べたのなら、これでも少ない方だったりする。

　異世界の貴族社会の格差っぷりを改めて認識だ。

　上手いこと換金できれば、それに越したことはない。

当面は安泰。けれど、身分証が手元にない都合上、質屋に足を運んでも買い取ってはもらえないだろう。盗品を疑われて警察に突き出されるのがオチである。

異世界であれば、盗賊の根城を襲撃して溜め込まれた金銭を頂く、みたいな真似も行えた。けれど、こちらの世界では流石《さすが》にハードルが高い。ヤクザの事務所を襲撃して、金庫の中から現金を頂戴したら、警察から怒られるだろうか。

などと考えたところで、自意識が向こうの世界に染まっていることに気づく。

「精霊王様、お店を出たタイミングで魔法を解いて頂いてもいいですか？」

「うん、いいよー」

「できることなら、急に姿が現れたようにならないと嬉しいのですが」

「ほらぁ、またそうやって元精霊王を煽《あお》るんだから。それくらい言われなくたって、ちゃーんとするんだから。それとも君は私のこと、とんでもないお馬鹿さんだと考えてたりするのかなぁ？」

「そんな滅相もない、念のための確認です」

いまいち勝手の分からない異世界の魔法に翻弄された結果、毎度のこと精霊王様を煽ってしまうのごめんなさい。彼女が優秀過ぎる為、どうしても細かなことを気にしてしまう自分が一方的に煽っている認定を受ける形。

こんな方が職場の同僚だったら、きっと仕事も恐ろしい勢いで進むのだろう。

今すぐデキ婚したい衝動に駆られる。

生中出し的な意味で。

そうこうしている間にも、百貨店の正面エントランスから店舗前の通りに合流する。

周囲の人気が一気に増した。

これと合わせて、精霊王様の魔法が解除される。

道を行き交う人たちが、ブサメンや精霊王様を認識するようになる。それは先方が多少なりとも、こちらを意識して進路を取るようになったことで把握できた。少なくとも問答無用で身体《からだ》をぶつけられるようなことはない。

そして、以降は出会い頭にジロジロと見られたり、いきなり通報されるようなこともなかった。衣服を変えたことで、上手いこと現地に溶け込めたみたい。異世界の衣類は、予備に調達した着替えと合わせてキャリーバッグの中だ。

「それじゃあ、次は図書館に行くのかな？」

「ええ、そうさせて頂けたらと」

少々距離があるけれど、近くに区立の図書館があったと記憶している。

現地までは空を飛んで行くこともできた。認識阻害の魔法があれば人目を気にすることもない。けれど、精霊王様たっての願いから、ゆっくりと歩いて向かうことにした。こちらの世界を見て回りたい、とのことである。海王様と同じく、彼女もまた別世界の風景が気になっているのだろう。

童貞はショッピングに次いで、お散歩デートまで経験してしまった。すぐ隣を精霊王様が歩いているというだけで、見慣れた風景が別世界のように感じられるの凄い。これが世の彼女持ちたちが見ている光景なのか。

そうして訪れた先、図書館ではすぐさま過去の新聞をチェック。

まず最初に確認したのは日付である。

結論から言うと、醤油顔が異世界に放り込まれてから、既に結構な月日が経過していた。多分だけれど、あちらの世界で過ごしていた歳月が、こちらの世界でも同様に経過しているのではなかろうか。

実際に数えていた訳ではないけれど、感覚的に近いような気がしている。

「こんなに沢山の本をタダで好き勝手に読めるなんて、こっちの世界の平民は随分と恵まれているんだねぇ。あっちの世界だと、それこそ貴族でもなければ、こんなことは絶対に無理だったと思うんだけどなぁー」

「精霊王様は随分と人間の暮らしに通じていらっしゃるのですね」

「これだけ露骨に違っていたら、誰だって気づくと思うよぉ」

肝心の事故については、該当する記事を探し出すのに少々時間がかかった。

長期間の異世界生活を経て、当時の正確な日付が記憶も曖昧になっていたから。それでも年月は記憶していたので、何日分かを読み漁ったところ、これだと思しき事件を全国紙の三面記事、隅っこの方に発見した。

トラックに撥《は》ねられて男性一人が死亡、原因は飲酒運転か。

そんな見出しと共に、当時の状況が淡々と並ぶ。

東京・港区の路上で青信号の横断歩道にトラックが突っ込み、男性一人が轢かれる事故がありました。被害者は田中義男《たなかよしお》さん（三十六歳）。病院に運び込まれるも、間もなく死亡が確認されました。

トラックを運転していた男性からは、基準の三倍を超えるアルコールが検出されており、警察は飲酒運転の疑いで現行犯逮捕しました。調べに対して容疑者は「お酒は既に抜けていると思っていた」と供述しています。

とかなんとか。

「…………」

ブサメンの身元、しっかりと確認されてしまっている。

自身の名前や年齢と共に、先程にも訪れた事故現場の住所が示されている。この状況で他人ということは考えられない。自身を轢いたトラックの運転手が飲酒運転であったことは今初めて知ったけれども。

病院で死亡が確認されたとなると、遺体も焼却、埋葬されていることだろう。

こうなると戸籍の復活は絶望的。

少なくとも合法的な方法では。

「深刻そうな顔しちゃって、どーしたのかなぁ？」

「今後の活動に当たって、多少ばかり難易度に上昇が見られそうでして」

これで完全に根無し草となってしまった。

覚悟はしていたけれど、割と喪失感とか覚えてしまう。

「もう少し分かりやすく説明して欲しいなぁ」

「もしかしたら残っているかも、などと淡い期待を抱いていた母国の戸籍が、やはり失われていることが確認できました。こちらが残っていれば、住まいや仕事を得ることもできたのですが」それも難しそうです」

「失くなっちゃったのなら、ーんじゃないの？」

「この国では個人の出生が厳密に管理されておりまして、私のような身元不明の大人がゼロから戸籍を得るような真似は、非常に困難な行いなのです。もし仮に行えたとしても、かなりの時間を要してしまうのではないかなと」

「君の生まれ故郷は色々と堅苦しいねぇ」

「おかげで人口に対する犯罪率が低い、というメリットもありますが」

「最初に始めた人、よくやろうと考えたよね？　すごく大変そう」

「あちらの世界でも戸籍の管理は行っているのでは？」

「そこまで厳密にやってるところ、あんまり多くはないんじゃないかなぁ？」

「ご指摘の通り、確実に行うとなると、とても手間のかかる行いではありますね」

記憶喪失になって家族や知り合いも不在の方が、家庭裁判所に申請を行い就籍するようなケースも稀《まれ》にあるらしい。けれど、許可が出されるにしても、その過程には数ヶ月という期間を要するとか聞いた覚えがある。

故にチャレンジするとしても、最後の手段。

なんなら一緒に女児誘拐の罪状まで付いてきそうだし。

「ただ、そういう明らかに大変そうな行いを、成功例として結果だけ眺めることができるのは面白いなぁ。ねぇねぇ、もしも余裕が出てきたら、またこの図書館に来てもいーかな？　そういう国の仕組みとか、ここでなら学べるんだよね？」

「精霊王様はこの国の言語を理解されているのでしょうか？」

「あぁん、またそういうことを言うんだからぁー」

こうして交わされる精霊王様のお喋りも、第三者が耳

にしたのなら、謎の言語として扱われると思う。これに対して自身が日本語で語りかけている様子は、傍《はた》から眺めたら完全に危ない人である。

こちらの話し言葉のみ、異世界の言語として彼女には伝わっている。けれど、ブサメンが日本語を話せなくなった訳ではない。図書館の司書さんに新聞の縮刷版を求めた際には、普通にお話ができた。

そして、少なくとも自身は日本語を発しているつもりだし、口の動きも相違ない。これまでの異世界での生活がそうであったように、日本語で発声した内容が同時に異世界の言語として彼女には響いているのだろう。

意思疎通の魔法とか、そういう代物が存在しているのかも。

チャラ神様のことだから、黙って勝手に付与っていそうな気がする。

「承知しました。身の回りが落ち着きましたら、改めてご教示させて頂きます」

「ありがとー！　君のそういうところ、私は大好きだよぉ」

事あるごとに腕に抱きついてくる精霊王様、ブサメン

も大好きでございます。

童貞の攻略法、完全にバレてしまっているではないか。

ただ、自身の個人的な幸福はさておいて、彼女に対するお礼という意味合いでは、割と重要なミッション。この場を訪れるまでにも、精霊王様の魔法には色々とお世話になっている。なにかしら借りを返さなければとは考えていた。

図書館デートに付き合うことでそれが叶うなら、自身としても願ったり叶ったり。

「本日のところは申し訳ありませんが、こちらの予定を優先してもいいですか？」

「いいよぉ？　宿無しになっちゃったニンゲンに付き合ってあげる！」

「ありがとうございます」

チャラ神様の適当な仕事に少しだけ感謝したい。

精霊王様と一緒で良かったと不謹慎ながら思う。

一人で飛ばされていたら、きっと寂しくなっていただろうから。

異世界を訪れるまでは日常であったボッチの時間が、今となってはとても懐かしく感じられる。当時の自分であれば、こんなことは考える余地もなかったに違いない。一人で居ても寂しさを覚えることは、あまり多くなかったから。

同時に生活基盤を失ったことで、本来であれば身近だった現代日本が、途方もなく縁遠いものとして映るの、ちょっと不思議な感じ。まるで他所の世界に迷い込んでしまったかのようだ。警察から追い回された事実も結構効いている。

社会ってこんなに厳しかったんだなぁ、とか。

ただ、思い起こせばそれなりに厳しかったような気がしないでもない。

「そういうことなら、私の魔法でちゃちゃっと解決しちゃおーかな？」

「先程は偉そうなことを語ってしまいましたが、最終的には精霊王様に頼らざるを得ないかもしれません。自身も色々と考えてみるつもりではありますが、そのときはどうかご助力を頂けたら幸いです」

背に腹は代えられない。

最悪の場合、ホテルの窓口でチャーム的な魔法を利用して、宿泊先を確保するような真似は許容するべきかも。

精霊王様がその手の魔法を行使可能か否かは定かでない。けれど、自ら提案してみせた手前、似たような行いは可能と思われる。

懐の金貨が尽きるまでは、これを対価に世間へ迷惑をお掛けするも止むなし。

しかしながら、それ以降はどうしたものか。

とても頭の痛い問題である。

放浪が長期に及んだ場合、ホームレスに転落する可能性が高い。

そんな感じで今後の予定を交わしつつ、精霊王様と共に図書館を後にする。

「せっかく他所の世界を訪れたんだから、いい感じのお宿に泊まりたいよね！」

「あまり贅沢をするのもどうかとは思いますが……」

精霊王様としては、こちらの世界の事物に興味津々といった感じ。

図書館でも行政の仕組みがどうのと語っていたことを思うと、他所の世界について学べることは学んで帰ろうという姿勢が窺《うかが》える。彼女のこういうところ、普段はメスガキしてても根っこの部分は王様ですね。

「ねぇねぇ、元精霊王としては、ああいう背の高い建物がいいと思うなぁー」

「どちらの建物ですか？」

「あっちの方に並んでる大きなやつだよ！」

彼女が指し示した先は、某老舗ホテルや大手企業のオフィスビルが立ち並んだ界隈。流石は精霊王様、なかなかお目が高くあらせられる。対面に皇居を臨む立地は、本国でも随一の景観を誇る。

もし仮に前者へ宿泊するのなら、最低でもお一人様、五万円ほどは必要なのではなかろうか。一生に一度くらいは泊まってみたいけれど、このタイミングでそれはどうなのかと思わないでもない。

だけど、精霊王様とのお出かけ記念だと考えたら、ついつい財布の紐も緩みそう。

「それとも精霊王じゃなくなって、ざこざこ精霊になった私の言うことなんて、君は聞いてくれないのかな？　それは仕方がないことかもしれないけれど、もし仮にそうだとしたら、私はとても悲しいなぁ」

「…………」

精霊王様、元精霊王になってもネチッこいの、なんだか無性に愛らしい。

この性格で世のため人のため、人知れず頑張っていたとか、俄然求婚したくなる。

ブサメン、ざこざこ精霊と結婚したいです。

「内側がどうなっているのか気になるんだもん。あぁん、見てみたいなぁー」

「内観に限って言えば、ペニー帝国の王城の方が遥かに豪華だと思いますが」

「えぇぇ、そうなの？」

見栄とメンツで生きているペニー帝国の王侯貴族と比べたら、こちらの世界の方々は割と機能性を重視している。宿泊した経験こそないけれど、内装についてはネット上で垣間《かいま》見《み》た覚えがあるから、なんとなく判断ができる。

豪華さという意味合いでは、異世界の帝国に軍配が上がることだろう。

我らが陛下のお国柄、本当に無駄なところにお金かけるの大好きだから。

「こちらの世界は見栄えよりも、機能的な面を優先する傾向がありますから」


「逆にそれはそれで気になるなぁ」

「左様ですか」

それにまだ、精霊王様の魔法に頼ると決まった訳ではない。

我々がズルをしたらズルをした分だけ、どこかの誰かが不利益を被《こうむ》ることになる。既に百貨店で万引き紛いの行いをしている手前、偉そうなことを言えた口ではないけれど、ズルズルと続けるような真似は控えたい。

勤務先で立場を追われるような方々も、出てくるかもしれないから。

元社畜的に考えて、そういった可能性を含む行いは、なるべく控えていきたい。これで知り合いの生命が懸かっていたりしたら、躊躇《ちゅうちょ》することはないとは思う。でも、現時点で引き合いに出されているのは、自身の衣食住のみ。

そんな具合に本日の宿泊先を巡って、精霊王様とお喋りをしながら歩く。

日比谷《ひびや》の区立図書館を出てから、丸《まる》の内《うち》界隈を神田《かんだ》方面に向かうルート。

そうした矢先の出来事である。

「すみません、少々よろしいですか？」

「え？　あ、はい……」

　東京駅の正面を過ぎた辺りで、早々にもお巡りさんに声をかけられてしまった。

　後ろから自転車で近づいてきて、気づいた時には射程に収められていた。すぐ近くに交番があることは把握していたので、その前はしっかりと迂回してルート取りをしていた。けれど、パトロール中の警察官と遭遇してしまったようだ。

　こちらが足を止めると、先方は我々のすぐ正面に自転車を寄せて降りた。

「東京には観光ですか？」

「ええ、そうです」

　我々の前に立った警察官は、四十代も中頃と思しき男性。ブサメンと会話を交わしつつ、チラリチラリと精霊王様の様子を窺っている。人当たりの良さそうな笑みを浮かべているけれど、視線の動きが内心を物語る。

　一発でロリコンの女児誘拐を見抜くとは、なんて優秀な警察官だろう。

　実行犯はチャラ神様だけれど、面前の事実関係は先方が危惧している通り。

「失礼ですが、連れているお子さんとはどういった関係でしょうか？」

「いわゆる職質というやつでしょうか？」

「ええ、そうです」

　それって任意ですよね？

　喉元まで出かかった台詞を咄嗟に飲み込む。

　そういうイキった発言をすると、殊更に怪しい目で見られることをブサメンは知っている。実体験がございますので。平日の日中、たまの休みに私服で自転車に乗っていたりすると、防犯登録の番号を確認されたりする。

「知人の子供です。この辺りを案内する約束をしておりまして」

「お子さんは外国の方とお見受けしますが」

「片親が国外の方となりまして、この娘《こ》はハーフなのですよ」

　当たり障りのない単語を選んで受け答えを行う。

　極力、具体的なワードを出さないように。

　すぐに確認可能な情報はダメ、絶対。

　異世界で王侯貴族を相手にやり取りしているときより、

まず間違いなく緊張しているだろう自分に気づく。長年の社会生活で培われた苦手意識が、この紺色の制服の方々に対して胸の鼓動を早くさせる。

「運転免許証を拝見してもよろしいですか？」

「私は生まれも育ちも都内なもので、自動車の免許を持っていないんですよ」

「それなら保険証でも構いません」

「この辺りを見て回るだけのつもりでしたので、保険証もちょっと……」

「それだけの荷物を持っているのにですか？」

「これはこの娘と家族のものとなります。最後に駅まで送り届ける予定でして」

「そうですか」

王様たちと喧嘩をしているときよりも、ハラハラドキドキしているのどうしよう。

めっちゃバトルしてる感、ある。

一手でもミスったら即逮捕。

しかも味方はゼロ。

もし仮に醤油顔と警察官の会話を理解しているのなら、精霊王様からもいい感じの合いの手とか、入れて下さったに違いない。けれど、彼女が理解できるのはブサメンの台詞のみ。それも別世界の独特なやり取りとあっては、要領を得ないことだろう。

「でしたら、そちらの鞄の中を確認させて頂けませんか？」

「…………」

あぁ、それは困っちゃう。

だってバッグの中には異世界のお洋服、入っております。

いやしかし、娘の両親が趣味でコスプレをしているとか言えば、見逃してもらえるような気もする。イベントに参加する為、娘と一緒に都内まで出てきた、とかなんとか。ただ、催しの仔細にまで話題が及んだら厳しい。

更に言えば、先の騒動がこちらの警察官の耳にまで及んでいたら、完全にアウト。

「どうしましたか？」

「いえ、こちらは私の私物ではないので、素直に頷くことは憚《はばか》られるのですが」

「本人に確認させて頂いてもよろしいでしょうか？」

「すみません、この娘は日本語があまり得意ではありませんでして……」

「…………」

警察官のこちらを見つめる眼差しが少し厳しくなった。

言い訳を重ねるロリコン野郎に疑念を強めていらっしゃいますね。こいつ絶対に黒だろう、と言わんばかりの圧を感じる。自身が同じ立場だったら、まず間違いなく黒だと判定するもの。それが正義。

額に浮かんでいた汗の雫が、狙ったようなタイミングで頬を垂れる。

ブサメンは縋《すが》るような思いで精霊王様に視線をチラリ。すると彼女からは、小さく頷くような素振りが返ってきた。

「女性の警察官を呼ぶこともできます。それでしたら確認させて頂けますか？」

「そこまで面倒をおかけする訳にもいきません。この場で確認して下さい」

共連れの反応に一縷《いちる》の望みを託して、キャリーバッグに手を伸ばす。

歩道の隅に寄せる形で、これまで引いていたバッグを寝かせる。ロックを解除の上、チャックを引く。購入から間もない品とあって、扱いに戸惑いが感じられたりしないか、ヒヤヒヤとしつつの行い。

上に来た蓋の部分を開くと内容物は丸見えだ。

「……どうでしょうか？」

「たしかにどれも子供用の衣類のようですね」

バッグに詰め込まれた品々を確認して、警察官はそのように呟《つぶや》いた。

自身には荷を込めたときと変わりないように映る。

「すみませんが、下の方も確認してよろしいですか？」

「ええ、どうぞ」

警察官が手を出すのに応じて、内容物が一通りお目通り。

精霊王様のゴスロリ衣装と一緒に、ブサメンが着ていたお貴族様の衣類もしっかりと収まっている。個人的には前者を顔に押し付けて、スーハーと深呼吸を繰り返したい衝動に駆られる。エレメンタルな残り香を存分に楽しみたい。

けれど、警察官の彼には別の光景が映ったようだ。

精霊王様が魔法で上手いこと誤魔化して下さったのだろう。

目と目で互いに通じ合えた感じが、ブサメン的にはとても喜ばしい。

「失礼しました。仰るとおり子供用の衣類がほとんどのようですね」

「小さな女の子の私物となります。調査をするにしても度が過ぎやしませんか？」

「申し訳ありません。これも規則となりまして、どうかご容赦を頂けたらと」

こちらの言い分を受けて、先方は謝罪の言葉と共に身を引いた。

周囲には他に通行人の姿も見られる。我々に目を向けている方々もチラホラと。この状況で荷物を晒《さら》しての事情聴取とあらば、非難の声の一つでも上げておかないと不審に思われそうだったから。

「この子も怖がっておりますので、そろそろ行ってもよろしいでしょうか？」

これ幸いとブサメンは畳み掛けるように先方へ伝える。

すると、即座に動いて下さったのが精霊王様。ブサメンの身体に抱きついて、我が身を盾とするように警察官を見つめる。聡明な彼女だからこその判断。それが外見年齢に相応、今にも泣き出しそうな面持ちとか非常に興奮する。

そんな表情も出来たのかと、メスガキ王様の潜在能力にブサメンは脱帽。

ギュッと抱きしめ返して、先程にも乞われたホテルにチェックインしたくなる。

年上のロリータ、最高。

醤油顔はそれを異世界で学びました。

「ご協力、ありがとうございます」

「いえいえ、お仕事ご苦労さまです」

精霊王様のおかげで首の皮一枚つながった感じ。

無事に職質をやり過ごすことができた。

それから当初の予定通り、神田方面にしばらく歩く。

やがて、警察官の姿が見えなくなった辺りでのこと。ブサメンは精霊王様に確認をさせて頂いた。すると自身が想定したとおり、彼女が上手いこと魔法で対応して下さったようだ。

先方には異世界の服に代えて、こちらの世界の子供用衣料を見せたようである。

曰く、幻惑の魔法、とのこと。

精霊王様と一緒にショッピングしておいて良かった。

ひとしきり説明を受けたところで、彼女の口からは物騒な本音がポロリ。

「ニンゲンの一人くらい、やっつけちゃえば早いのになぁ」

「ここで彼をやっつけた場合、彼の後ろに控えている何万、何十万という仲間や、その更に後ろに控えている組織や団体が、それこそ昼夜を問わずに武力的、経済的、文化的な側面から我々を攻撃し始めるのです」

「だったらそれもやっつけちゃえば？　君ならそれくらい簡単にできるでしょ」

精霊王様の言わんとすることは、分からないでもない。暴力のみで立場をもぎ取るような真似も不可能ではないと思うから。これは自身と同じく、高度な魔法と圧倒的なタフネスを備えた彼女や海王様も同様である。

けれど、その先にはどのような未来が待っているのだろうか。

「結果として生まれ故郷が衰退しては、本末転倒ではありませんか」

「そんなに丸ごと押し寄せてくるの？」

「この国はそういうふうに出来ているのですよ」

「それは凄いなぁ」

だからこそ秩序が保たれているとも思う。

でなければ今ごろ我々は、ヤクザの事務所に押し入って金品を強奪の上、高級ホテルのスイートルームで豪遊していた。エステルちゃんのお股並に緩々な異世界の秩序も決して悪くはない。けれど、個人的には祖国の在り方こそシックリとくる。

おかげさまで苦労しているが。

「そういうことなら、私はしばらく姿を消していた方がいーのかなぁ？」

「すみませんが、お願いしてもよろしいでしょうか」

「はぁい」

個人的にはグラマラスなお姉様に化けて下さっても構わないように思う。

ロリも素晴らしいけれど、巨乳も素敵。

けれど、自発的に提案することは憚られて、素直に頷くこととなった。

以降は彼女との会話も控えめ。人目を気にしつつ、神田を秋葉原《あきはばら》方面に向けて歩く。このまま上野《うえの》界隈までお散歩したのなら、精霊王様の知識欲も収まるのではないかと考えている。それまでは付き合おうと思う。

すると、彼女が姿を消してから数分ほどが経過した時分のこと。

「すみません、少々いいでしょうか？」

「あ、はい……」

またしても警察官に声をかけられてしまった。

ブサメン単体でもアウトだった模様。

今度は路地の角を曲がったところでバッタリと遭遇。からのお互いに目があったかと思えば、即座にお声がけ。先程と同様に自転車で巡回中の警察官だった。こちらの行く先を遮るように車体を止めるのマジ止めて欲しい。

流石にショックが大きいのだけれど。

そんなに不審者ムーブしていただろうか。

「身分を証明できるものを確認させて下さい」

「申し訳ありません。今は手元にありません」

「免許証や保険証で構いません」

「財布ごと家においてきてしまいまして……」

「失礼ですが、これからどちらに？」

「気晴らしにこの辺りを散歩をしておりました」


先程の職質の経験を踏まえて、荷物は精霊王様が持ち歩いて下さっている。当然ながら彼女の魔法の影響下にあり、他者からは確認できない。大きなキャリーバッグを引いた大人が、身分証の一つも携帯していないとか、怪しさ満載だから。

「でしたら氏名と住所、それに職業を教えてください」

「山《やま》田《だ》健一《けんいち》、現在は無職です。住所は……」

氏名はでっち上げ。住所は勤務先の近くにあった単身者向けの分譲マンションを伝えた。生前の住まいはここからだと電車移動が必須。財布を持っていない、という前提に対して、散歩という言い訳が使えなくなってしまう。

それでも先方からは突っ込みを受けた。

「お住まいからは随分と距離があるように見受けられますが」

「職を失ってからは時間ばかりが余ってしまいまして、健康の為にこうして歩くようにしているんですよ。おかげさまで五キロほど痩せましてね。お巡りさんのように日頃から自転車に乗ったりしていたらよかったんですが」

「……そうですか」

大丈夫、今の自分はそれなりに裕福そうな格好をしている。

異世界を訪れる以前であれば、絶対に手を出さなかっただろう高級ブランドは、見栄えも然《さ》ることながら着心地も最高である。これなら警察に声をかけられることもないだろう、なんて考えつつチョイスさせて頂いたのだもの。

だがしかし、お巡りさんから続けられた提案は、有無を言わせぬものだった。

「すみませんが、ちょっと署まで来てもらえませんか?」

「…………」

先程受けた職質と比較しても、かなりグイグイと来る。むしろ、精霊王様が一緒であった方が、難易度低かった説。

そんな馬鹿なと思うことは、ブサメンには贅沢な行いなのだろうか。

「すぐにパトカーを呼びますので」

「いえ、あの、流石にそこまでして頂くのはちょっと……」

いきなりパトカーを呼ぶとか、職質の範疇《はんちゅう》を逸脱しているのでは。

そのやり取りに危ういものを感じた。

まさかとは思いつつも、これを確認するべくアクション。

「すみません。この後も予定があるので、どうか失礼させて頂けたらと」

ペコペコと頭を下げつつ、極力下手《したて》に出てのお返事。

そして、先方から逃れるように、その脇を抜けようと一歩を踏み出したところ――。

「内神田《うちかんだ》一丁目、司町《つかさまち》から対象と思しき男を発見。応援をお願いします」

左肩の辺りに括り付けていた無線を手にして、警察官の人が応援を要請。

これを耳にして理解した。

相手はブサメンの素性を把握している。

女児を連れ回す、変態コスプレ野郎の存在を。

通報があった現場の近くで、監視カメラの映像などを確認したのだろう。郊外ならいざしらず、都内の大きな通りはどこもカメラが目を光らせている。死角を探して移動するなど、どう足掻《あが》いても不可能。自身が異世界へ飛ばされる以前からそうだった。

　こうなるともうお手上げ。

「もしかして、また追いかけっこなのかなぁ？」

「…………」

　すぐ隣で困った表情の精霊王様から問われた。

　申し訳ありませんが、まさにその通り。

　魔法で姿を消した彼女は醤油顔にしか見えない。傍目に不審と思われないように、自然を装いつつ問いかけに頷く。すると精霊王様からは、やれやれだと言わんばかりの溜息《ためいき》が漏れてきた。

　そんな彼女に申し訳なく思いつつ、位置について、よーいドン。

　ブサメンは警察官の脇を抜けてスタートを切った。

「あ、こら待てっ！」

　またも鬼ごっこの時間である。

　すぐ隣では精霊王様が並走。

　大きなキャリーバッグを両手に抱えて走る女児の姿は、とてもパワフルに感じられる。

「どぉーして君ってば、すぐに追いかけられちゃうの？」

「先程の出来事が先方の間では共有されているものと思われます。恐らく私や精霊王様の姿も、関係者の間では周知が為されているのではないでしょうか。そうでなければ、ここまで的確に声をかけられる筈がありません」

「人相書きでも出回っているのぉ？　君ってもしかして、こっちの世界では有名人？」

「いえいえ、違いますよ。こちらの世界では精霊王様が考えている以上に、個人を特定する方法が沢山あるんです。今この瞬間であっても、どこかの誰かから一方的に見られている、といったような感じです」

「へぇー、まるで精霊みたいだなぁ」

「そのように考えても差し支えないかなと」

　でなければ、ここまで露骨に職質を受けることはないと思う。

　そうだと信じたい。

　じゃないと心が挫《くじ》けてしまう。

「待ちなさい！　今すぐに止まりなさい！」

　背後からはお巡りさんが追いかけてくる。

　自転車に跨《またが》って全力疾走。

　しかし、異世界でパワーアップした醤油顔の健脚には敵《かな》わない。不細工な中年男性らしからぬ俊敏性を発揮。

株式会社
4F

キッチンを這い回るゴキブリのように、東京の下町、小規模な分譲マンションやオフィスビルが立ち並ぶ界隈を駆け抜ける。

自動車ですれ違うのにも苦労しそうな細い道は、追いかけっこをするのに絶好のロケーションだ。矢継ぎ早に曲がり角を折れて、お巡りさんの視界から脱する。そうこうする内に、背後から響いていた声が聞こえなくなった。

気づけばいつの間にやら、神保町《じんぼうちょう》の辺りまで来ている。それでも息すら乱れていない自身の肉体に恐ろしさを感じた。

日本に戻ってきたことで、改めて自らの異常性を理解する。

やがて、お巡りさんを完全に撒《ま》いたことを確認したブサメンは、界隈でも人気が少ない裏路地に移動した。オフィスビルの出入り口やお店の軒先などを避けて、監視カメラの目がない場所を確保する。

エアコンの室外機やゴミ箱などが並んでいる区画だ。

同所で建物の陰に身を隠しつつ、精霊王様とトーク。

「これまでの話を統括すると、君ってもうこの国に居場所がない気がするけど」

「認めたくはありませんが、そのように考えた方がいいかもしれません」

現代日本、なんて恐ろしい場所なんだろう。

ちょっとレールを踏み外しただけで、こんなにも社会が辛く当たってくる。

ところで未成年者誘拐罪の量刑は三ヶ月以上、七年以下の懲役。他方、執行猶予が付く判決は三年以下の懲役または禁錮。警察から繰り返し逃走している手前、三年以上の懲役が言い渡される可能性は高く、執行猶予は絶望的。

つまり現時点で、牢屋へのチェックインが約束されたようなもの。

「しばらくは君も、私と同じように姿を紛らわした方がいーんじゃないかな？」

「…………」

精霊王様の言う通りにするなら、社会生活は完全に諦めなければならない。

衣食住もどこかの誰かを魔法で騙して手に入れる羽目に。

完全に異世界スタイル。

しかも彼女のおんぶに抱っことなり、自分一人では碌《ろく》に身動きが取れなくなる。女性に抱っこされるなら、一度でいいから逆駅弁というものを経験してみたいとは常々。忘れられない脱童貞になること間違いない。

か細くも力強い精霊王様の腕っぷしを眺めては妄想が捗《はかど》る。

おかげでふと思いついた。

「精霊王様、私に姿を変える魔法をかけてはくれませんか？　以前にも、北の大国へ向かうのに行使して頂いた魔法なのですが」

「かけてもいいけど、すぐ元に戻っちゃうよ？　そっちの方がずっと大変だもん」

「この国はとても安全なのです。回復魔法が必要になる機会は滅多にありません」

「あぁん、またそうやって元精霊王にマウンティングするー！」

「今のどこがマウンティングになるのですか？」

精霊王様の変身魔法がブサメンの回復魔法で消失することは確認している。それなら魔法を使わなければいい。こっちの世界であれば、ミサイルやロケットの直撃でも受けないかぎり、回復魔法を要する機会はないだろう。トラックに轢かれた程度なら、大したダメージは受けないと思う。

「だって私はもう、精霊王じゃないんだよ？　君みたいな魔力の塊に魔法を使ったところで、すぐに効果が切れちゃうもん。それこそ回復魔法を使わなくたって、自然に戻っちゃうに決まってるよ！」

「…………」

それは大変だ。

ダークムチムチのような被害者が、また生まれるやもしれない。しかもこちらの世界だと、決定的瞬間を動画に撮影されて、ネット上に晒されてしまうかも。そんなことになったら、醤油顔は世界中のデータセンターに対してファイアボール待ったなし。

いやしかし、だとすればどうしたら。

などと考えたところで思い出す。

こういうときの為に貯めておいたスキルポイントの存在を。

精霊王様に魔法を頼まずとも、ブサメンは自前で変身することが可能なのでは。

「承知しました。でしたら自分で試してみることにします」

「えぇっ？　それって本気で言ってるのぉ？」

「前に一度、この身体で体験した魔法ですから」

「どれだけ魔力が大きくても、それは無理じゃないかなぁ？　見よう見まねで習得できるほど、あの魔法は簡単じゃないもん。いくら君が神様のお気に入りだからって、できることとできないことがあるでしょ」

　いかなる状況でもネチッこさを忘れないシットリ系の精霊王様マジでネチッ娘。

　ネチネチとした交尾をしてくれそうな雰囲気がとってもエロい。

「細かいことは苦手だって、さっき自分でも言ってたよね？」

「苦手ではありますが、試してみることには意義があるかなと」

　ステータスウィンドウさん、どうかお願いします。

名　前：タナカ
性　別：男
種　族：人間
レベル：８３５
ジョブ：誘拐犯
ＨＰ：８７７８６５／８７７８６５
ＭＰ：１８５９７８９９８０／１８５９７８９９８０
ＳＴＲ：６７１００
ＶＩＴ：１６８４４８
ＤＥＸ：９７８０１
ＡＧＩ：１４４０５０
ＩＮＴ：１２３２７８８８９０
ＬＵＣ：－９９２００

　スキルウィンドウと合わせて、ステータスウィンドウが表示されることも確認。残りスキルポイントの増加から想像した通り、レベルがかなり上昇している。それでも当初と比べたら上がりっぷりの鈍化は否めない。

　ジョブ欄に不本意な文字列が見られるが、こちらは見なかったことにしよう。

パッシブ：
魔力回復：ＬｖＭａｘ
魔力効率：ＬｖＭａｘ
言語知識：Ｌｖ１
アクティブ：
回復魔法：ＬｖＭａｘ
火炎魔法：ＬｖＭａｘ
浄化魔法：Ｌｖ５
飛行魔法：Ｌｖ55
土木魔法：Ｌｖ10
召喚魔法：Ｌｖ１
空間魔法：ＬｖＭａｘ
次元魔法：Ｌｖ１
残りスキルポイント：２５４

ということで、こちらに新たなスキルを追加したい。

ただし、ポイントの消費は極力抑えて。

地球上にはモンスターが不在。ただでさえレベルが上がりにくくなっている昨今、この世界で暮らしている間に追加でポイントを得るような真似は見込めない。そして、異世界に帰還する見通しはまるで立っていない。

つまりこうして確認したポイントが、自身にとっては今後利用可能なすべて。

「どぉーしたの？　急にボーッとしちゃって」

「軽い瞑想状態だと思って頂けたらと」

「瞑想っていうより、呆《ほう》けているみたいだけどぉ」

「…………」

ステータスウィンドウやスキルウィンドウが他者から見えないことは、異世界を訪れた当初にも把握している。

精霊王様からの茶々に構うことなく、ブサメンは変身魔法の取得を急ぐ。

変身魔法を下さい。

変身魔法をお願いします。

ただし、レベルは控えめ。

レベルは最小限、最小限で大丈夫です。

必死になって祈りを捧げる。

こちらの世界では無理かも、とも考えた。

けれど、直後にも身体の内側にドクンと刺激的な感覚が響く。

以前にも経験のあるやつ。

これは来たでしょう。

魔力回復：ＬｖＭａｘ
魔力効率：ＬｖＭａｘ
言語知識：Ｌｖ１
パッシブ：
回復魔法：ＬｖＭａｘ
火炎魔法：ＬｖＭａｘ
浄化魔法：Ｌｖ５
飛行魔法：Ｌｖ55
土木魔法：Ｌｖ10
召喚魔法：Ｌｖ１
空間魔法：ＬｖＭａｘ
次元魔法：Ｌｖ１
変身魔法：Ｌｖ１
アクティブ：
残りスキルポイント：253

よしよし、無事に発注通りのスキルが追加されている。


ドンピシャリな名前からして、まず間違いない。

「今度は急にニヤニヤしちゃったりして、見ていて不安になるの止めて欲しいなぁ」

「申し訳ありません。瞑想に対して手応えのようなものを感じておりまして」

「うっそだぁー！　いくら君でも、こんな短時間でモノにできる筈がないもん」

疑念の眼差しを向ける精霊王様。

ジトっとした上目遣いが最高。

これにブサメンは新作スキルをお披露目することで応えよう。

「早速ですが、この場でお披露目としましょう」

「えぇー、それ本気で言ってるのぉ？」

醤油顔のイケメン新時代。

その到来を止めることは、もはや誰にも不可能だ。

いいや、別にイケメンになりたかったから、スキルを取得した訳ではない。必要に駆られて仕方がなく、どうしても必要であったから取得したのだ。決してイケメンになって現代日本でモテ期を謳歌したい訳ではありません。

ごめんなさい、嘘です。

多少なりとも期待しております。

トラックに轢かれて死んでしまったのも、異世界に突っ込まれたのも、チャラ神様にイケメンを否定されたのも、すべてはこの瞬間の為にあったのだ。そうして考えると、成るべくして成ろうとしている我が身のイケメン成り。

待望のナイスミドル。

今この瞬間、ブサメンはイケメンに至る。

「変身っ！」

多大なる期待から、思わずポーズとか決めてしまう。

間髪《かんはつ》を容《い》れず、ペカーッと全身が輝いた。

あまりの眩《まぶ》しさに目を閉じる。

人目を忍んでいる手前、派手な演出はドキリとさせられた。それでも輝きが収まった後、自身の肉体がどのような変化を見せているのか、想像しただけで不安も吹き飛んだ。ワクワクが胸の内を満たしていく。

どうかイケメン、イケメンでお願いします。

加齢と共に渋みが滲み始めたダンディ属性のオジサマ。スーツと囲いのヒゲがよく似合う、長身且つ細マッチョなナイスミドル。休日に寝癖が付いたまま上下スウェットで表参道《おもてさんどう》を歩いても許されるレベルのイケメンでお願いします。

閉ざした瞼《まぶた》の裏側に、自らの理想とするイケメン像を繰り返し思い浮かべる。

しばらくすると輝きが収まり始めた。

恐る恐る目を開くと、面前には驚いた顔でこちらを見つめる精霊王様の姿が。

「どうでしょうか？」

反射的に尋ねた直後、すぐさま気づいた。

あっ、これ駄目なやつだ、と。

だって視点の位置が大きく下がっている。

しかもどこかで聞いた覚えのある子供っぽい声色。

直後には腰回りでストンと、ズボンが下着ごと足元に落ちていく感覚。肌が直接外気に晒されて、熱気に火照った身体が清々《すがすが》しい。一方でシャツの袖回りは手首を越えて、指先まで生地の下に収まっている。

自らの身体に視線を落とすと、オーバーサイズとなったシャツが太ももの下辺りまでを隠している。本来であれば股間の辺りに備わるべきブラブラ感が消失。代わりにボリュームを増した頭髪が身じろぎに応じて首回りを撫でる。

「…………」

キャリーバッグから手鏡を取り出して外観をチェックする。

精霊王様のおめかし用にと百貨店で調達した品だ。

するとそこには、お久しぶりですね、ナンシーさん。

北の大国での侵入工作にあたって、精霊王様からご提供を受けた女児ボディーが映っていた。当時と寸分違《たが》わない顔立ちをしている。頭髪や体格なども同様だ。それなりの期間を化けていたので見間違うこともない。

まさか自分には女体化の願望があるのだろうか。

素直に評するなら、ロリ生活も悪くはなかった。

周囲から一方的にチヤホヤされるの最高だった。

しかし、今は違うだろう。

本心からイケメンを求めていた。

心底から欲していた。

ナイスミドルなダンディーを。

にもかかわらず、何故にナンシーさん。

「君ってさぁ、本当に私のこと馬鹿にするの好きだよね」

「いえ、これはその……」

精霊王様から早々にも突っ込みを頂いてしまった。

非モテの浅はかな心情を理解しない彼女にしてみれば、ブサメンだって同じことができるのだと、真正面から張り合われたようなもの。それが本人の面前で行われたとあれば、馬鹿にされたと感じても仕方がないだろう。

けれど、決してそのようなことはございません。

「やっぱり君ってば、精霊王のこと下に見てるよね？　そうに決まってるよねぇ？」

「滅相もありません。私が望んでいた姿とは、似ても似つかない結果となります」

「それってつまり私の魔法が不完全で、大して役に立たないっていうことかなぁ？」

「もう一回、チャレンジさせて下さい」

「べつにいーけどぉー？　君の魔法なんだから、君の好きにすればいーよぉ」

プイッとそっぽを向いてしまった精霊王様。

その前で変身魔法を改めて行使する。

けれど、肉体に変化は見られない。

そこで一度元の姿に戻ってから改めてチャレンジ。幸い魔力には余裕がある。身体的に負荷が大きい魔法とは聞いていたけれど、これといって痛みがあったりはしないので、少しくらいなら繰り返しても差し支えはないだろう。

なんたってイケメンを体験する千載一遇の好機。

イケメン。

イケメン。

イケメン。

ブサメンはイケメンになりたい。

以降、変身魔法を行使したり、解いたり、行使したり、解いたり。

しかし、どれだけ行使を繰り返しても、ブサメンと美少女を行ったり来たり。

その過程であまりにも必死な醤油顔の姿を確認したからだろう。

機嫌を損ねたと思われた精霊王様にも、多少の余裕が戻ってきた。

「まさか本当に、その姿にしか化けられないのぉ？」

「ええ、どうやらそうみたいです」

十数回ほどチャレンジするも、結果は変わらず。

観念したブサメンは素直に頷いた。

そうして眺めた自らの肉体は、最初に挑戦した際とまったく同じ造形をしている。

「どうやら完全には魔法をものにできなかったみたいだねぇ」

「残念ながら、精霊王様の仰るとおりかなと」

恐らくスキルポイントをケチったのが原因だろう。

魔法の行使に当たり、なにかしら制限があるのではなかろうか。変身できる姿には上限があるだとか、過去に化けた覚えのある姿しか取ることができないとか。あるいは化けるにしても癖が付いてしまったとか。

結果として自身の場合だとナンシーちゃん。

ファイアボールもスキルをゲットした当初は威力が弱かった。レベルアップと共にパワーが増加したり、数が増えたり、飛んでいく速度が増したり、それ以外にも付加価値が付いたりと、少しずつ成長していったことを覚えている。

逆に言うと、スキルレベルを上げたのならナンシー以外に化けられるかも。

けれど、そのために必要なスキルポイントは不明。

先行きが不透明な状況で、変身魔法にポイントをつぎ込むような真似は控えたい。あまりにも悔しい。それはもう悔しい。けれど、イケメンになる為だけにスキルのレベルを上げるのは、限りあるポイントのこれ以上ない無駄遣い。

あと一つくらい、レベルアップしてもいいのではなかろうか。

そうしたらイケメンになれるかも。

そんなガチャの課金にも似た誘惑が、非モテの童貞心を唆《そそのか》す。

二、三ポイントくらい、いいじゃないのと。

なんなら十ポイントくらい、一息に振り込んでみようと。

こうした思いを必死に抑えつつ、ブサメンは精霊王様に告げる。

「仕方がありません。当面はこの姿で活動しようと思います」

「もしかして君ってば、私がプレゼントした姿が嫌いだったりするのぉ？」

「すみません、今のは言葉の綾です。決してそのようなことはありません」

少なくとも女児誘拐犯の顔から脱することはできた。

まずはその点を喜ぼう。

子供の格好をしていれば、いきなり逮捕されるようなことはない。補導のリスクはあるけれど、相応のメリットもある。その威力は北の大国での従軍経験中、ブサメンも身をもって学んできた次第。

この姿でも詰んでしまったら、その時に改めてレベルを上げればいい。

そう、変身魔法でイケメンになれないと、まだ決まった訳ではないのだから。

「精霊王様、すみませんが百貨店で調達した衣類をお借りしてもいいですか？」

「別に私の物って訳でもないんだからぁ、好きにしたらいいと思うよぉ」

「ありがとうございます」

サイズが合わなくなってしまったシャツとパンツは封印。代わりにキャリーバッグに収まっていた、精霊王様のお着替えを借りることにした。周囲に人目がないことを改めて確認の上、路上で身支度を整える。

　ところで、百貨店では醤油顔がミニスカ姿を褒め称えまくった為、バッグに収まっていた精霊王様の衣類は大半が丈も短めのスカート仕様。まさか巡り巡って、自身が着用する羽目になるとは夢にも思わない。

　なるべく控えめなものを選んだものの、膝上のフレアスカートにオフショルダーのシャツという非常に女児っぽい格好となってしまった。こんなことならロングスカートやハーフ丈以上のズボン姿もご提案しておけばよかった。

　一度は慣れた覚えのある股間のスースー感が、それでも新鮮に感じる。

「この姿であれば、荷物は私が引かせてもらった方がよさそうですね」

「そぉーなの？」

「両親の実家から自宅に戻る途中、などと伝えたのなら、大人の納得を得ることができるのではないかなと。逆に平日の昼間から手ぶらで歩いている方が、世間からは奇異の目で見られてしまいそうでして」

　これまで着用していた衣類をバッグに押し込み、伸縮ハンドルを手に取る。


　本来であれば、小学校に通っているような見た目のナンシーさん。

　女児誘拐犯を脱したとはいえ、警察の目には十分注意しなければ。

「だけどぉ、その姿で今晩の宿屋は確保できるのかなぁ？」

「…………」

　事前に予約でも入れていない限り、ホテルを押さえることは不可能に思う。

　むしろ、警察に連絡を入れられてしまうのがオチではなかろうか。

　世のパパ活ガールたちなら、夜の繁華街で神待ちモードに入るという手段もあっただろう。少なくとも自身が異世界を訪れる以前には、決して少なくない神々が日常的に逮捕、起訴、牢屋に突っ込まれていた。

　けれど、流石にそれは抵抗が大きい。

　もしも我々にピーちゃんが同行していたら、検討したかもしれないけれど。

「すみません。本日の宿泊先の確保ですが、精霊王様のご協力を頂けたらと」

カラオケ
まねきいぬ
カラオケ
カラオケまねきいぬ
24時間営業
3F
PPAP
NEKO
MAN
PPAP
NEKO
KDC

「しっかたないなぁ！　不甲斐ない君の為に、私が一肌脱いであげるよぉー」

「ありがとうございます、精霊王様」

ブサメンが素直に頭を下げたところ、精霊王様はニコニコと楽しそうな笑みを浮かべて元気良く応じた。ご自身が主導して本日の宿泊先を決定できることに、喜びを覚えているのだろう。

なるべく世間様に迷惑がかからないよう、自身が気をつける他にあるまい。

＊

【ソフィアちゃん視点】


あぁ、どうしたことでしょう。タナカさんが急に消えてしまいました。

しかも我々の見ている前で、それはもう忽然《こつぜん》と。

彼の肉体が強烈な輝きに包まれたかと思えば、その収まりと共にパーティー会場から姿が見られなくなっていたのです。輝いていたのはほんの僅かな時間です。その間に本人が動いている気配は、少なくともメイドは感じませんでした。

すぐ近くにいた精霊王様と海王様も見られません。

タイミング的に考えて、彼と同じように消えてしまったものと思われます。

当然ながら現場は大騒動です。

タナカさんが消える直前、龍王様とお話をされる姿は、パーティー会場に居合わせた多くの人たちが確認しておりました。自ずと疑念の眼差しを向ける方も出て参りましょう。多数の王様たちが龍王様に声をかけ始めました。

「ドウシタ、喧嘩カ？　争イカ？　ソレニシテハ静カダガ」

「もしや……あのニンゲンに……何か……したのか？　龍たちの、王よ……」

「妾《わらわ》、見ていたぞ。この龍があのニンゲンに力を行使するのを」

「よ、余ではない。余ではないぞ？　余はただ、あの者に龍族の儀式を……」

「だとしたら……どうして、あの者が……消えて……しまった、のだ」

「どうせまた性悪精霊のやつが、何か企んでたりするんじゃないの？」

「妾、海王の姿が見られないのも気になる」

「アンタ、海王や精霊王と組んで、あのニンゲンをどうこうしようってのか？」

「そのようなことは考えておらぬ。二度目の輝きは余の行いとは関係がない」

鬼王様に樹王様、虫王様、妖精王様、鳥王様といった面々が集まって参りました。獣王様と魔王様は少し離れたところから様子を窺っております。他の王様たちと比べて多少腕っぷしに劣るお二人でございますから。

これに対して、珍しくも慌てている龍王様のお姿、とても新鮮な感じがしますね。

こんなことで嘘を吐かれるような方ではないので、きっと本当に何も悪いことはしていないのだと思います。

個人的にはむしろ、一緒に姿を消してしまった精霊王様や、海王様の方が怪しいのではないかなと。

そういった意味では、妖精王様のご指摘こそ正解に近いような気がします。

ただ、それ以上に可能性のある原因に、メイドは心当たりがありました。

そして、これはドラゴンさんやエルフさんも同じであったみたいです。

お二人からすぐに声が上がりました。

『なぁ、ちょっと前にもこんなことがあったような気がするぞ？』

「う、うむ。先代の魔王を倒した翌日にも、似たような出来事があったな」

『あの時にオマエ、なんか渡してなかったか？　アイツが召喚されないようにって』

「一方的な召喚を防ぐ魔道具だが、あれは本人が装着していなければ効果がない」

過去にも同じような現象を経て、タナカさんを召喚した人物がおりました。

ニップル殿下でございます。

彼女であれば、彼のことを一方的に呼びつけることができるのです。召喚される側としては、かなり恐ろしいことだと思います。ただ、タナカさんは当時からまるで気にした様子がありませんでしたね。

そのドッシリと構えた在り方を、小心者のメイドは大変羨ましく思います。

『よ、よし。あのニンゲンのところに行くぞ。前にアイツを呼び出してたヤツだ』

「そうだな。もしや偶発的な要因から、例の召喚魔法が発動したのかもしれん」

もし仮に犯人がニップル殿下であれば、大した問題ではありません。我々が迎えに上がったのなら、騒動はすぐに解決することでしょう。タナカさんはこのようなことで、とやかく言うような方ではありませんから。

そして、その可能性はとても高いように思います。

「ちょっと待て。その方らは、あの者の行き先に思い当たる節があるのか？」

エルフさんとドラゴンさんの会話に気づいて、龍王様がこちらにやって来ました。

自ずと彼の周りに集っていた他の王様たちも、我々の下に近づいてこられます。危害を加えられるようなことは無いと理解していても、メイドは緊張を覚えます。これはドラゴンさんも同じのようで、ピンと尻尾が起立しておりますね。

「過去にも我々の見ている前で、同じような事象が発生したことがあるのだ」

「あの者を呼び出した人物に、その方らは心当たりがある、ということか？」

「うむ、端的に言えばその通りだ」

龍王様からの問いかけにエルフさんが答えます。

王の名を冠する方々とのやり取りでも、まったく怯《ひる》んだ様子の見られないお姿は、とても頼もしく感じられます。普段は誰に対しても腰が低い方ですが、ここぞという場面ではグイグイと向かっていく姿がとても格好いいです。

「我々はこれから、その確認に向かおうと考えているのだが」

「ならば余もその方らに同行する」

「龍王さん、アンタが行くって言うのなら、オイラも付いていくんだぜ？」

「この状況で……あのニンゲンを……失う訳には、いかぬ……だろう」

「妾も一緒に行く」

「その方らが心配しているようなことは絶対に起こらない。余の身は潔白だ」

龍王様に続いて、鳥王様、樹王様、虫王様から声が上がりました。

するると、彼らのやり取りを目の当たりにしたことで、他の王様からも同行を求められました。更にはペニー帝国の方々や北の大国の皆様からも、ご一緒させて欲しいとの申し出を頂戴しました。

タナカさんを一方的に召喚することが可能な人物がいる。その事実に皆さん、興味を引かれたのではないかなと思います。北の大国の方々にしてみれば、ペニー帝国を出し抜くためのキーパーソンとして映っていることでしょう。

そんなこんなで皆さん一緒に、ニップル王国へ向かうことが決まりました。

「アンタ、もう少し寄ってくれ。こっちは窮屈なんだぜ」

「おい、押すな。余はこれ以上詰めることはできぬのだ」

「妾、足を踏まれた。踏んだのは誰？」

「仕方が……なかろう。他に、行き先を……しっている者が……おらなんだ」

移動はエルフさんの空間魔法です。

普段であれば快適なそれも、今回は二十名近い大所帯での移動となりますから、彼女の周りに詰めかけた皆さんは、押しくら饅頭のようでございますね。互いに肌が接するほどの距離感であります。

皆様、よもや自分だけ漏れたら困る、と言わんばかりでございます。ペニー帝国の方々や北の大国の皆さんも、顔色を真っ青にしながら、それでも王様たちに揉まれつつ踏ん張っておりますよ。施政者としての意識の高さを感じます。

メイドも当然ながら、脇を湿らせつつ身を強張《こわば》らせております。

「よ、よし、それじゃあ行くぞ？」

一団の中央に立って、エルフさんが声を上げられます。皆さんからは立て続けにお返事がありました。

直後にも我々の足元にブォンと魔法陣が浮かび上がります。

「嬢ちゃんたち、旦那をよろしく頼むぜ？」

「はい！　行って参ります！」

ゴンザレスさんからお声がけを頂きました。

パーティー会場の警備を預かっていた彼と、彼が率いた黄昏《たそがれ》の団の皆様からお見送りを受けて、我々は一路、ニップル王国に向けて出発でございます。ちなみにゴッゴルさんも今回はお留守番ですね。

さっさとタナカさんをお連れして、パーティーの続きを楽しみたいものです。

＊

【ソフィアちゃん視点】

結論から言いますと、ニップル殿下は犯人ではありませんでした。

「ほ、本当だよ！　だから信じてくれよぅ！」

涙目となったご本人が、必死の形相で訴えていらっしゃいます。

その理由はひとえに、彼女の私室に押しかけた皆々の存在です。エルフさんやドラゴンさんのみならず、パーティー会場に居合わせた多数の人たちが、我々に同行する形で殿下のお部屋に突撃であります。

その中にはペニー帝国の王様や宰相さん、北の大国の方々のお姿も見られます。お偉い面々が急に自室を訪れたのですから当然でしょう。部屋までの案内をお願いしたニップル国王も、青ざめた顔でガクブルと震えておられます。

「僕じゃない！　僕はなにもやってないんだ！」

現在、我々は殿下の居室の出入り口付近でまとまっております。

先頭に立ったエルフさんとドラゴンさん、それにメイドと他数名ばかりが、開け放たれたドアから室内に臨んでいる形でしょうか。半分くらいの方々は、廊下から室内を覗き込んでおりますね。爪先立ちとなったり、空に浮かんだりしております。

殿下の居室の風景は以前訪れたときと大差がございません。豪華絢爛と称するには程遠いですが、それでも相応の広さと、これまで積み重ねてきた歴史と風格を感じさせる王族の私室。過去の栄光と現代の衰退が窺われる風景です。

やはりというか、金目の物はほとんど見られません。

ここ最近のニップル王国は、ミスリルの取引きで派手に儲けていると思うのですが、彼女の生活にはあまり変わりがないように見受けられます。これは同所へ到るまで、チラリと垣間見た王城内についても同様です。

主たる取引先となるドラゴンシティの帳簿を預かっている手前、彼らが手にしている利益については、自身もそれなりに理解が及びます。それらはどちらに消えているのか、些かの疑問に感じてしまいます。

「余らに隠し立てしているようであれば、それは愚か極まりない判断であろう」

「だから違うって言ってるだろ!? 召喚魔法は金輪際使わないって決めたんだ！」

「しかし、現に余らの前からあのニンゲンは姿を消した。この者たちから聞いた話によれば、その方はあのニンゲンを一方的に呼び出すことができるというではないか。これほど疑わしき存在は他にない」

自身に嫌疑がかけられている手前、龍王様による突き上げが始まりました。

傍目には落ち着いて感じられますが、意外と内面は大変なことになっているのかもしれません。如何に龍たちの王とはいえ、多数の王様を相手にしては、一方的に敗退する他にありませんから。

「だ、だとしても、僕じゃない！ そんなことをする理由もないじゃないか！」

「我々としては偶発的な行使、あるいは危機的な状況を受けての突発的な行使を想定していたのだ。しかし、こうして訪れたところを見るに、あの男に対して何かを求めるような状況ではなさそうだな」

エルフさんからニップル殿下に助け舟が出されました。

自ら声を上げて訪れた手前、申し訳なさそうな面持ちをされておりますね。メイドとしましても、殿下が召喚魔法を使われたとは思えません。けれど、そうなると夕ナカさんはどこに行ってしまったのでしょうか。

「っていうか、僕の魔法では呼ばれなくなったんじゃなかったのか!?」

「召喚魔法に呼び出されることを防ぐ為の魔道具は渡した。しかし、装備していない場合はその限りでない。あの者の姿が消えたとき、魔道具を身に着けていたか否かは、こちらでは把握できていないのだ」

ちなみに殿下は本日も、お野菜でお遊びになっていたようですね。

大急ぎで取り繕ったと思しき彼女の装いは、所々に乱れが見られます。部屋の中程に立った本人の背後、ベッドの上には掛け布団に隠れて、具合の良さそうな棒状の根菜がチラリと窺えます。前に訪れたときと同じような光景でございます。

過去に吐いた嘘が、今尚も彼女を苦労させているのか。それとも後ろの方に目覚めてしまったのか。

メイドとしては判断に悩むところであります。

「だとしても、僕にどうこうできるような相手じゃないだろ!?　第一、この国は君たちのおかげで成り立っているんだ。これまでの恩義を仇で返すような真似、王家の名に誓って絶対にしない！」

「う、うむ。たしかに貴様の言う通りだと思う」

『それじゃあ、アイツはどこに行ったんだ？』

我々の当ては外れてしまったみたいです。

しかし、こうなるとタナカさんの行き先には皆目検討がつきません。これまでも私どもが目を離した隙に、ふらっとどこかへ消えることがありました。きっと今回も似たようなものだとは思います。

心配はしておりません。なんたって龍王様を筆頭とした、王様たちですら圧倒して見せた彼なのですから。そう簡単にどうにかなってしまうとは思いません。きっとすぐに戻って来て下さることでしょう。

けれど、そんな彼だからこそ、皆さん賑やかにされております。タナカさんの協力が得られたのなら、世の中を大きく動かすことも不可能ではありません。ニップル殿下の私室や廊下では、居合わせた人たちがワイワイと言葉を交わし始めました。

精霊王様や海王様が一緒というのも、疑念を膨らませるのに一役買っております。

そうして状況の滞った現場の雰囲気に触発されてのことでしょう。

痺れを切らした妖精王様の元気な声が、室内に大きく響き渡りました。

「あーもー！　だったらアタシたちの前で、その召喚魔法とやらを使ってもらえばいいじゃん！　要はあのニンゲンさえ戻ってくればいいんだし、それなら別にこのニンゲンが原因だろうとなかろうと、どっちでもいいんだろ!?」

「たしかに妖精王殿の言う通りではある」

『そうだ！　私もそれがいいと思う！』

たしかに仰るとおりではございます。

我々が求めているのはタナカさんの帰還であって、これを呼び出した人物の特定ではありません。エルフさんとドラゴンさんも同様に考えたようでして、すぐに賛同の声が聞こえて参りました。

これは他の方々も同じでございます。

「ふむ、たしかにその方の言う通りではある。悪くないのではないか？」

「原因の、特定は……あの者が……戻ってからでも……問題ないと、考える」

「妾、さっさと解決して、パーティーを楽しみたい」

「オイラもアンタたちの意見に賛成だぜ！」

主に声を上げられたのは、各界の王様たちでございますね。ペニー帝国や北の大国の方々は、これを黙って見つめておられます。ただ、決して否定的ということはなく、小さく頷く素振りが見られます。

タナカさんが戻ってきたのなら、本人から事情を確認することもできますし。

唯一の例外は、スペンサー伯爵でございましょうか。

これまた慌てて声を上げられました。

「ちょ、ちょっと待って欲しい！」

「どうしたと言うのだね？　スペンサー伯爵」

クールな彼女らしからぬ言動を目の当たりにしてでしょう、身内であるアッカーマン公爵から疑問の声が発せられました。当然ながら、他の方々からもスペンサー伯爵に対して、疑念の眼差しが向けられます。

対して彼女は、ニップル殿下やエルフさんを睨みつけて訴えました。

「あの魔法は場合によって、私を呼び出すこともあるではありませんか！」

「いや、まぁ、それはその……」

ニップル殿下のお返事は歯切れが悪いものでございます。

過去、伯爵のことを全裸に剥いてしまった我々でありますから。際しては非常に痛ましい事故も起きておりました。しかも困ったことに本日も、ベッドの上には当時と同じ状況が再現されております。

けれど、この場は多勢に無勢でございます。

「それくらい別にいいじゃん！　ほら、さっさと召喚魔法を使っちゃおうよ！」

「この妖精の言うとおりだ。余らの前でその方の魔法を試してみるといい」

妖精王様が言うと、龍王様からも即座に同意の声が。

そして、他の王様たちからも矢継ぎ早に賛同が上がり始めました。スペンサー伯爵の尊厳については何処《どこ》吹く風でございます。というよりも、皆さんは召喚魔法の副作用、呼び出された対象が全裸になるという事実をご存知ないのでしょう。

「っ……！」

こうなると伯爵としてはぐうの音も出ません。

なんたって相手は一騎当千の王様たちです。つい先日にも、魔法一発で山脈の削れる光景を目の当たりにしている彼女ですから、続く言葉も失われてしまいました。ヒクヒクと顔を引き攣《つ》らせるばかりでございます。

そして、これはニップル殿下も同じです。

各界の王様たちをご存知なくとも、現場にはペニー帝国のお偉い方々が同行しております。昨今のニップル王国にとっては、国の屋台骨そのもの。その存在に気圧《けお》されてのことでしょう。自らの身の潔白を示すべく、彼女は大きな声で仰りました。

「それで僕の言うことを信じてくれるのなら召喚する！いくらでも召喚するぞ！」

「そんなっ……」

龍王様を筆頭として、我が身可愛さに動いた皆さん。

そのしわ寄せはスペンサー伯爵へ。

「い、いくぞ！」

善は急げとばかり、ニップル殿下が召喚魔法を行使されました。

自室に設けられたベッドに向けて、手にした杖を掲げます。

シーツの上に魔法陣が浮かび上がります。

そして、これまた結論から申し上げますと、ニップル殿下の召喚魔法によりタナカさんが呼ばれて来ることはありませんでした。代わりにスペンサー伯爵の肉体が、キラキラと眩《まばゆ》い輝きに包まれてございます。

「う、うぅぅぁああああああ！」

ご本人の口からは、この後に待っているだろう仕打ちに悲鳴が漏れました。

様子を眺めておりますメイドとしましては、こうなるだろうなぁ、などと考えていた手前、こうなってしまった事実に諦めにも似た無常感を覚えております。以後の流れが手に取るように分かります。

『ふぁ？　ふぁぁぁ？』

狼狽《うろた》えるスペンサー伯爵の姿に鳥さんも首を傾げておりますね。

ちなみに彼はいつも通り、メイドが抱えさせて頂いております。

やがて、伯爵の姿がアッカーマン公爵の隣から消失しました。

数瞬の後、シーツに描かれた魔法陣の上に彼女の肉体が像を結びます。

やはりと申しますか、当然のように全裸でございますね。

「ううっ……！」

不安定なベッドの上にありながら、自らの足で着地した彼女は、決して座り込むまいと立ち姿勢を維持されております。ガニ股となり踏ん張っておいでです。前回の経験が遺憾なく活きておりますね。

掛け布団の下から転がり出てきたお野菜が、彼女の足元、ちょうどいい具合のところにございます。素直に腰を落としていたのなら、前回に引き続いて今回もまた、前や後ろを貫かれていたやもしれません。

「一度では判断できぬ。何度か繰り返してみよ」

「んなっ……！」

龍王様のお言葉にスペンサー伯爵の顔が凍りつきました。

全裸となった伯爵のことは、あまり気にされる素振りがありません。

これは他の王様たちも同様であります。

我々人間とは感性が異なっているのではないでしょうか。

例外は鳥王様くらいです。多少なりとも申し訳なさそうな面持ちを浮かべております。過去に人と交流があったとお聞きした覚えがあるので、その辺りが影響してのことでしょう。

一番驚いていたのがアッカーマン公爵ですから。

そして、どれだけ魔法を繰り返したところで、呼ばれてくるのはスペンサー伯爵です。

移動と落下。ベッドの上で僅かな距離を上下するスペンサー伯爵が、繰り返してポヨンポヨンと跳ねるばかりです。幾度となく召喚魔法を行使しても、タナカさんが呼び出されることはございません。

なんと居《い》た堪《たま》れない光景でしょうか。

「うぅ……」

やがて、ニップル殿下が魔法を行使された回数も、両手の指で数えられなくなった辺りでのことです。最終的には心を挫かれて、スペンサー伯爵はドサリとシーツの上に倒れてしまいました。

あんまりな光景を目の当たりにして、エルフさんから待ったの声が上がります。

「な、なぁ、そろそろ確認を終えてもいいと思うのだが……」

「たしかに、その方が言っていることは確かなのだろう」

エルフさんからの提案を耳にして、龍王様が唸《うな》るように呟かれました。

どうやらニップル殿下の主張をお認めになられたようです。

タナカさんは現在も、殿下の召喚魔法による呼び出しを防ぐための魔道具を、その身に着けていらっしゃることでしょう。でなければ、こうしてスペンサー伯爵が繰り返し呼ばれることはありませんから。


代わりに犠牲となった伯爵は、放心状態でベッドの上に横たわっております。

これが自ら王様たちと関わり合いを持った方の末路、ということなのでしょう。居合わせた人類勢は何を語ることもなく、ただ静かに哀れみと恐れの眼差しを、彼女と龍王様に向けておりますね。

下手に口を挟んで巻き込まれては大変だ、そのような思いが暗に伝わって参ります。

『それじゃあもしかして、またアイツはどこか他所に行っちゃったのか？』

「少なくともここではない場所から呼び出されたのは、間違いないように思う」

『オマエでも分からないのか？』

「申し訳ないが、現時点ではまったく手がかりが掴めていない」

『ぐ、ぐるるるる……』

召喚魔法の結果を受けて、途端にドラゴンさんが慌て始めました。こちらに来ればタナカさんとお会いできると信じていたようでございますね。彼女と受け答えをするエルフさんも、不安げな面持ちをされております。

お二人のやり取りを耳にしたことで、現場に居合わせた方々も互いにやいのやいのと言い合い始めました。どこかの誰かが怪しいだとか、精霊王様や海王様の仕業ではないかとか、色々と聞こえてきます。

その只中、不意に声を上げられたのが鳥王様です。

「なぁ、アンタたち。こういうときの為の王様会議、なんじゃないのか？」

よく通る響きでございました。

彼は他の王様たちを見つめて続けます。

「こういう状況でこそ、オイラたちは足並みを揃えるべきだと思うんだ」

一際大きな声を耳に入れたことで、皆々の注目が彼に向けられます。ざわついていた室内が静かになりました。ペニー帝国や北の大国の方々も口を噤《つぐ》んでおられますね。皆さんの間では視線が行ったり来たり。

ややあって、王様たちからぽつりぽつりと反応が。

「たしかに……鳥王の、言うことは……理にかなった……ものでは、なかろうか」

「妾、鳥王の意見に賛成」

「いいだろう。余も会議の開催に賛同する」

「性悪精霊の思惑に乗るような真似は癪《しゃく》だけど、今回はアタシも付き合っていいぞ」

「敗者ハ強者ノ言葉ニ、従ウトショウ。イツカ再ビ挑ム、ソノ為ニモ」

比較的タナカさんと仲が良さそうにされていた樹王様や虫王様のみならず、龍王様や妖精王様、鬼王様からも賛同の声が上がりました。ベッド脇でスペンサー伯爵の介抱をされていた魔王様のみノーコメントです。

あと、今更ながら獣王様が同行していないことにメイドは気づきました。パーティー会場では、他のどの王様よりも肩身を狭くされていた牛さんです。メイドはそこはかとなく、親近感を覚えている次第にございます。

「人たちの王よ、アンタはどうなんだ？」

鳥王様の視線がペニー帝国の王様に向かいます。

問われた陛下の身体は傍目にも明らかなほど、ビクリと大きく震えておりました。彼らから意見を求められるとは、まったく考えていなかったのでしょう。他の王様たちからもジロジロと見つめられて、頬が引き攣ってお りますね。

スペンサー伯爵が受けた仕打ちも、多分に影響していると思われます。

「う、うむ。余も貴殿らの意見に賛同する」

「よし、これで過半数の承諾を得たぜ？　会議を開くには申し分ない筈だ」

記念すべき第一回目が先刻に終えられたのも束の間のこと。

第二回目の王様会議が招集される運びとなりました。

メイドの素直な思いとしましては、彼らが自発的に会議を催して下さったことに、小さくない喜びを覚えております。タナカさんや精霊王様の行いは、決して無駄ではなかったのだと改めて感じた次第でございます。

ところで、司会進行は誰が務められるのでしょうか。

元の世界（二）

Original World (2nd)

　せっかく異世界で宿屋に宿泊するのだから、豪華なところに泊まりたい。そんな精霊王様のご要望にお応えする形で、ブサメンは彼女を都内でも指折りの高級ホテルに案内することになった。

　神保町界隈を出発した我々は、新宿《しんじゅく》方面に向けて進路を取る。

　本来であれば電車を利用するべき移動距離。

　しかし、徒歩全盛の異世界に慣れた我々は、無一文であることも手伝い、えっちらおっちら歩いての移動。精霊王様から非難の声が上がることはなかった。むしろ、寄り道を交えつつ、嬉々としてこちらの世界の景観を楽しんでおられた。

　新見附濠《しんみつけぼり》を過ぎた頃には日も傾いて、空が暗くなってくる。

　気温も多少なりとも下がってきた。

　なにより直射日光から逃れられるのが嬉しい。

　精霊王様は終始平然としていらっしゃるけれど。

　やがて日が落ちると、仕事帰りと思しき人たちの姿が増えて、路上は随分と賑やかになってくる。これを避けるように大きな道路から裏通りに入った我々は、雑居ビルの並び立つ界隈を歩いて行く。

　位置的にはゴールデン街の辺り。

　このまま歌舞伎町《かぶきちょう》を抜けて新宿西口に出ようという算段だ。

　あの辺りには都内でも指折りの高級ホテルが立ち並ぶ。精霊王様にも満足して頂けることだろう。決してエッチなお店が軒を連ねる界隈を、精霊王様と一緒に歩きたいからではない。断じて否である。ゴッゴルちゃんが一緒じゃなくて良かった。

「この辺りは随分とゴミゴミしているんだねぇ。もしかしてスラム街なのかな？」

「いいえ、スラム街ではありません。どちらかというと観光地ですね」

「そぉーなの？　こっちの世界のニンゲンは妙なところを見て回るんだなぁ」

「都市開発のスピードが早いからこそ、少しでも古いものが珍しいのだと思います」

「なーるほどぉ」

　区役所を越えて、歌舞伎町の中程に差し掛かる。

　すると、男性向けの風俗店以上に、ホストクラブの看板や広告が多いことに気づいた。イケメンの巨大看板が随所に並ぶ。ネオンとか凄く豪華な感じ。これに精霊王様が興味を示されたのなら、ブサメンとしては一方的に寝取られたような気分。

「やたらとキラキラした看板が多いね！　それもニンゲンのオスばっかり！」

「この辺りでは年がら年中、選挙活動のような行為が行われています。こうして自らの顔立ちをアピールして、より多くの票を集めようと誰もが必死なのです。自身が前に訪れたときよりも、規模が拡大しているように思いますが」

「ふぅーん？」


決して嘘は言っていない。実際にアドトラックなどでも、なんとか総選挙とか、その手のワードがひっきりなしの界隈である。ただし、飛び交っているのは票ではなく、疑似恋愛に伴う現金だけれども。

　卑しい童貞野郎は当初の予定を変更、なるべく店舗の少ない路地に進路を取った。

　自ずと人気も顕著に減って、周囲には我々以外に人の姿も見られなくなる。

　そうした道すがらの出来事である。

「っ……じゃねぇぞ！　この野郎！　……っすぞ！」

「ま、待って下さいっ……！　どうか、……です、お願いします！」

　不意に聞こえてくる声があった。

　それは路地を曲がってすぐの出来事。

　行く先に人の集まりが窺える。

　見るからに粗暴な格好の男性が三名ほど、地面に蹲《うずくま》った男性を囲んでいた。

　後者は頭部を両手で押さえつつ、腹部を庇《かば》うように背を丸めている。顔立ちまでははっきりと見えない。デニムのジャケットにチノパンを着用。軽く眺めた限り、どこにでもいるアラサー男性といった風情である。

前者はこれを恫喝《どうかつ》しているようで、しきりに乱暴な言葉を吐きかけている。どなたも腕や頭部など普段から露出する部位にまで入れ墨を入れており、一目見てアウトローだと判断できる。服装もかなりラフだ。

近年では治安も改善して観光地化の著しい界隈。少なくとも自身が異世界を訪れる以前は、この手の騒動もだいぶ数を減らしていた。路上で喧嘩など起これば、動画が撮影されてネットを賑わせる程度には珍しい。

「…………」

けれど、異世界であれば、割とどこでも見られた光景である。

ペニー帝国内では治安が良い部類に入るドラゴンシティであっても、この手の出来事は毎日どこかしらで起こっていると思う。なんなら自身が巻き込まれたこともあった。首都カリスのぼったくりバーで、店員さん相手にファイアボールした覚えあるもの。

やはりというか、精霊王様はまったく気にした様子がない。

人類の営みの上で、日常的な出来事と捉えていらっしゃる。その上で彼女は元最強。キング属性を失った現在も、腕っぷし強めの精霊様。一般人なら歩みを止めて回れ右をしそうな状況でも、我関せず真っすぐに足を進める。

人類の感覚からすれば、道端でカマキリが喧嘩をしているようなものと思われる。

だからこそ、隣で歩みを止めたブサメンに対して、彼女は首を傾げて問うてきた。

「どーしたの？」

「もしよければ、別の道を迂回して行きませんか？」

「えぇー？　どーして？」

「いえ、なにやら行く先で揉めているようですので……」

そうこうしていると、先方から反応が見られた。

粗暴な格好の男たちのうち一人が、我々を見つめて声も大きく吠えた。

「なに見てんだコラ！　子供がこんなところ歩いてんじゃねぇよ」

眉間にシワを寄せて、唸るような物言い。

異世界を訪れる以前であれば、即座に踵《きびす》を返して、駆け足で逃げ出していたことだろう。だってめっちゃ怖い顔をしている。次の瞬間にも殴りかかってきそう。声をかけられた直後、思わずビクッとなってしまったくらい。しかし、慣れとは不思議なもので、驚きつつも落ち着いている自分に気づいた。

感覚的には、頑丈な檻越しに眺める動物園の猛獣、みたいな。

もののためしにステータスを確認してみることにした。こちらの世界でも、第三者に対して利用可能なのか確認する意味でも、一度はチェックを行っておくべきでしょう。対象は最初に声を上げたスキンヘッドの男性。

名　前：山田大介《だいすけ》
性　別：男
種　族：人間
レベル：12
ジョブ：半グレ
ＨＰ：213／250
ＭＰ：0／0
ＳＴＲ：71
ＶＩＴ：88

ＤＥＸ：65
ＡＧＩ：67
ＩＮＴ：10
ＬＵＣ：33

他人に対しても、しっかりと機能してくれた。

対象を一瞥《いちべつ》した限りであっても、本名を即座にゲットできるの現代社会的にとても凶悪。出会い頭に氏名を伝えて、見ず知らずの誰かとの交渉を初手から圧倒とか、下手にファイアボールを撃つよりも威力的だ。ジョブ欄も然り。

ステータスウィンドウに気を取られていると、男たちから立て続けに反応があった。

「この野郎、勝手に見てんじゃねぇよ！」

「ぶっ殺されてぇのか、クソガキ共が！」

残る二名からも追い立てるように声が上がる。

彼らの主張を意訳するのであれば、早くどっか行ってくれ、万が一にも警察は呼んでくれるなよ、といった感じではなかろうか。素直にこの場を去ったのなら、これといって危害を加えられることはないと思う。

如何に半グレとはいえ、女児を相手に本気になるような真似はするまい。

ただ、そうした主張の背景が伝わるのは、同じ世界の人たちに対してのみ。

「もしかして君たち、元精霊王のこと威嚇してたりするのかなぁ？　かなぁ？」

精霊王様がプチ苛立《いらだ》たれた予感。

猫撫で声で甘えられてばかりだから忘れそうになるけれど、こちらの精霊殿は意外とオラついた性格の持ち主である。弱者から噛みつかれたら、遠慮せずに殴り返すタイプ。出会った当初の上から目線な語りっぷりが自然と思い返される。

言葉が通じていないのが不幸中の幸い。

「落ち着いて下さい、精霊王様。彼らは気が立っているだけで、決して精霊王様のことを威嚇している訳ではありません。いわば獣が縄張りを侵されたことに警告を発しているようなものなので、どうか場所を……」

先方には聞こえないように、小さめの声で精霊王様の説得を試みる。

すると時を同じくして、半グレたちの足元で蹲ってい

た男性に動きが見られた。

勢いよく立ち上がったかと思えば、こちらに向けて全力でダッシュ。

隙を突いて逃げ出さんと試みる。

せめて反対側に向かってくれればよかったのに、どうしてこっちへ来るのか。鼻血で汚れた顔を取り繕うこともせず、必死の形相で駆けてくる。その鬼気迫る表情は、彼のおかれた状況がのっぴきならないものであることを窺わせた。

道でちょっと肩をぶつけた程度では、こうはならないような気がする。

恐らくそれ以外に問題を抱えているのではなかろうか。

「テメエ、逃げんじゃねぇよ！」

当然ながら、半グレたちも彼を追いかけて駆け出した。

我々の脇を過ぎて抜けていく被害者の男性。

その背中を追いかける半グレたち。

迫りくる後者に対して、咄嗟に道を譲ったブサメンとは対照的に、通りの真ん中に立ったまま様子を眺めているのが精霊王様。その態度が気に入らなかったのだろう。

先頭を走っていた半グレの一人が、彼女の肩に手を伸ば

す。

「邪魔すんじゃねぇ、このクソガキ！」

肩を掴んで路肩に飛ばそう、などと考えたのだろう。

当然ながら、そのような行いを許す精霊王様ではない。

「あぁーん、そんな乱暴にされたら困っちゃうよぉ！」

逆に足を引っかけると、相手を路上に転がしてしまう。

これが見事な足さばき。

「んぎっ……！」

見た目完全に女児っている精霊王様である。半グレの彼もまさか、カウンターを受けるとは思わなかったのだろう。不意を突かれた相手は、路上を駆ける勢いをそのままに、顔からアスファルトに突っ込んだ。めっちゃ痛そう。

直後には後方から続いていた二名より非難の声が立て続けに上がる。

「テメェ、なにしてんだこの野郎！」

「クソガキィ、舐めた真似してんじゃねぇぞコラァ！」

いきり立った半グレたちの叫びを受けて、逃げ出した男性にも反応が見られた。背中越しにこちらを振り向いたかと思えば、咄嗟に足を止めて目を見開く。女児相手にオラつき始めた男たちに驚いたのだろう。

その面前で半グレたちに動きがあった。

「子供だからって殴られないとでも思ってんのか⁉　あぁ⁉」

地面に転がったのとは別、残る二名の内一人が精霊王様に向けて腕を振り上げる。

ただでさえ気が立っていたところ、仲間を転がされたことで、堪忍袋の緒が切れてしまったようだ。子供相手に拳骨《げんこつ》とか普通ではない。けれど、普通ではないからこそジョブ欄に半グレなどと記載されてしまうのだろう。

表記上は暴力もハーフカットな感じがするけれど、実情は全グレですよね。カロリーオフだからといって、ついつい倍盛りしてしまうマヨネーズさながらの一撃が、見た目か弱い実態ヤクザな女児に迫る。

「こぉーんなざこざこ精霊を捕まえて、いきなり殴るなんてひどぉーい！」

先方の身動きを目の当たりにして、白々しい台詞を吐いた精霊王様。

甲高いアニメ声が歌舞伎町の裏路地に響く。

間髪を容れずに迫った拳は、彼女によって真正面から受け止められた。小さな女児の手の平と、武骨な男性の拳がぶつかり合い、スパンといい音が界隈に響く。受け手はピクリとも動かず、完全に攻め手の勢いを受け止めている。

「んなっ……」

「そ、そうはならんやろ!?」

これには半グレたちも絶句。

目の前の光景が信じられないと言わんばかり。

一方で精霊王様はブサメンに対する言い訳のつもりか、異世界の言語でお喋り。

「ここで君たちが騒ぎ始めると、また怖い人たちが追いかけて来るかもしれないんだよねぇ。そうなると私たち、すっごく困っちゃう。だから悪いけど、少しの間おとなしくしていてもらえないかな？」

事前に説明させて頂いた現代日本の仕組み。

聡《さと》い精霊王様はその辺りをちゃんと理解しておられた。

次の瞬間、まるでこと切れてしまったかのように、半グレたちの意識が失われた。多分、相手を眠らせる魔法でも行使されたのではなかろうか。意識こそ失いつつも、小さく上下する胸元を眺めてそのように判断する。

「そっちのニンゲンも眠らせちゃう？」

彼女が見つめる先には、半グレたちから襲われていた男性が、依然としてその場に立っていた。驚きの表情を浮かべたまま、急に意識を失った男たちと、その傍らに立った我々とを交互に眺めている。

「そうですね……」

自ずと頷きそうになったところで、ふと思いついた。

これってチャンスなのではなかろうか。

「いえ、ちょっと待って下さい」

「どーしたの？」

「こうして危ないところを助けたのですから、無事に窮地を脱した彼には、その貸しを返して頂くというのはどうでしょうか？　見たところなにやら困っているご様子。我々であれば今後も継続して、力になれることがあるのではないかなと」

先方はどうやらアウトロー団体を相手に問題を抱えているようだ。

断片的に聞こえてきたやり取りからも、突発的な喧嘩というよりは、なにかしらの利害関係が背景にあることは想像に難くない。だとすれば、警察に追われる身の我々であっても、力になれることがあるかもしれない。

その弱みに付け込んで、当面の生活環境を手に入れる作戦。

見ず知らずの女児を利用して、自分だけ逃げようとしていた輩《やから》だ。多少利用したところで、自身も良心が痛むことはございません。少しくらい我々の都合で使わせてもらっても構わないでしょう。

世間に迷惑をかけて、高級ホテルにタダ宿するよりは遥かにいい。

「そのニンゲン、私たちの役に立つのかなぁ？」

「駄目だったときは諦めればいいだけですから」

「まぁ、べつにいーかなぁ？」

「ご快諾下さり、ありがとうございます」

もちろん先方が誠意的に対応してくれるのなら、互いにウィンウィンの関係を築いていけばいい。もし仮に駄目でも、こちらが受けるダメージはほとんどない。すぐにバイバイすればいいだけのこと。

などと考えたところで、ふと気づいた。

モノの考え方が完全に異世界のそれとなっておりますね。


自身の人生からすれば、あちらの世界で過ごした時間はそこまで多くを占める訳でもない。けれど、この歳にして決して小さくない影響を受けていることに驚いた。それくらい刺激的な毎日を過ごしていたのだな、と。

「な、なんなんだよ、この子供は……」

鼻血まみれの男性は、得体のしれない女児二名を目の当たりにして狼狽《ろうばい》。

そんな彼に向き直り、ブサメンは伝えさせて頂く。

「もしよろしければ、そちらの事情をお聞かせ願えませんか？」

精霊王様と二人、細い路地の中程に立ち並んでのこと。

足元では倒れ伏した半グレたちが伸びている。

これほど怪しい存在もない。

「場合によっては、貴方のお役に立てるかもしれません」

「…………」

男性は驚愕に身を固めたまま、こちらを凝視するばかりだった。

＊

ナンシー隊長からの誘い文句に対して、先方は困惑を隠し得なかった。

そんなの当然である。

見た目小学生な女児が半グレ一同を討伐の上、用心棒さながらに声をかけてきた訳であるからして。異世界ならそういったこともあるだろう。実際に似たような出来事を目の当たりにしてきた経緯もある。

けれど、ここは現代日本である。

自分だったら絶対に無言で立ち去る。

絶対にヤラセでしょう、と。

しかし、それでも彼は自らが目撃した事実を信じることと決めたらしい。目に見えて躊躇しつつも、最終的にはこちらの提案に承諾を示した。曰く、もしもこの光景が現実であるなら、どうか話を聞いて欲しい、とのこと。

その発言からも、男性がかなり追い詰められているだろう背景が窺えた。

互いに意思の疎通が得られたのなら、我々はすぐさま場所を移動。

この場に残っていては、半グレの仲間がやってこないとも限らない。


当初の予定であった新宿西口を目前にして、ＪＲ駅構内へ。

高級ホテル行きは一時キャンセル。精霊王様からはブーブーと不満の声が上がっていたけれど、醤油顔的には少しだけホッとした感じ。上手くいけば世の中に迷惑をかけることなく、今晩の宿が手に入るかもしれない。

新宿駅から小田《お だ》急線《きゅうせん》に乗り込み、下北沢《しもきたざわ》へ。

移動の間に軽く事情を伺ったところ、我々が目撃した光景は、こちらが想像した通りのものであった。知り合いを訪ねて足を運んだ歌舞伎町。その帰り道に半グレたちから有無を言わさず、一方的に襲われたのだという。

ただし、襲われた理由については、本人も察しがついているそうな。

この辺りは場所を移した先で話させて欲しい、とのこと。

以降は男性からこちらに対して、身元を探るようなやり取りがあった。両親はどうしているのだとか、醤油顔が引いているキャリーバッグには何が入っているのだとか。これらをのらりくらりと躱《かわ》している間に、我々は目的地に到着した。

駅から徒歩数分の距離にある雑居ビル。

その地下に設けられた空間だった。

道路に面した下り階段を下りたところ、突き当りにはドアと看板。一見してバーを思わせる外観をしている。出入り口の脇にチケットがどうのと書かれた張り紙を見つけて、醤油顔はなんとなく店舗の正体に気づいた。

男性の案内を受けて店内に入ると、まず目に入ったのは、出入り口の正面に設けられた小さな受付スペース。その脇を過ぎて進むと、バーカウンターとテーブルや椅子の並びが見えてきた。天井付近にはいくつかモニターが下げられている。

店内はそこから更に奥へ続いており、突き当りには重々しい防音扉。

これを越えて先に進むと、想像した通りホールとステージが見られた。

「あぁん、なんだか窮屈で息が詰まりそうな場所だよぉ」

「ライブハウス、ですか？」

「君らくらいの年齢でも知ってるのか？」

「ええまぁ」

なんならステージの上にはドラムセットとか置かれているし。

窓一つない三、四十坪ほどの薄暗い空間、内三分の二ほどを占めるホールは、スタンディングが前提となり座席は並んでいない。隅の方に申し訳程度、フロアの広さに見合わない小さなテーブルと椅子が用意されているのみ。

ホールに面したステージの上にはドラムセット以外にも、ギターアンプやマイクスタンドなど、多数の音楽機材が見られる。かなり奥行きがあるようで、後方には得体の知れない設備が窺える。天井付近にも色々とぶら下がっている。

ステージ脇には楽屋に通じていると思しきドア。また、ホールを挟んでステージを対面から見据える位置には音響さんのスペース。この辺りはライブハウスとしてごく一般的な造りではなかろうか。

気になったのは室内が綺麗なこと。

ライブハウスと言えば、かなり汚いイメージがある。フロア全体が雑に黒く塗られていて、壁には古いステッカーがびっしり。壁際には荷物が適当に積まれており、剥き出しの配線がそこかしこを這い回る、みたいな。

けれど、こちらの店舗はお洒落《しゃれ》なクラブって感じ。

地下フロア独特の閉鎖感はあるけれど、幾分か過ごし易いような気がする。

「随分と綺麗にされているのですね」

「分かるのかい？」

「多少は知見が及びまして」

「親御さんがバンドマンとか？」

「ええ、そんなところです」

先方とのやり取りは口から出任せだ。

学生の頃から始まり社会人になってからも、チケット販売のノルマを抱えた知り合いのバンドマンから、度々お誘いを受けていた。売れっ子のバンドはどうだかしらないけれど、世のバンドの大半はノルマを消化するのに四苦八苦。

というのも需要と供給が崩れた為、ライブハウスというビジネスは貸しホール化が著しい。要はカラオケの延長線上。チケットのノルマさえ果たせば、お金さえ払えば、誰でもライブは開催できる。お客さんがゼロでも問題なし。

事前に音源の審査があるライブハウスは、ごく一部の有名店だけである。

けれど、素人の大して上手ではない演奏を聞く為に、数千円という金額を定期的に支払う人はあまりいない。年に何度も誘われていたら、趣味を同じくしていない限り、友人関係であっても辟易《へきえき》とすることだろう。

その消化先として、自分のような非モテの陰キャは都合が良かったと思われる。

実際、ステージ下には自分と似たような人種が多かった。陽キャや異性からちょっと声を掛けられただけで、すぐに嬉しくなってしまうタイプ。良く言えば人がいい、悪く言えばチョロい感じの方々。

おかげさまでライブハウスという場所にはそれなりに知見があった。

自身は楽器などからきしだけれど。

「つい最近になって、全面的にリフォームをしたんだよ」

「それでこんなに綺麗なんですね」

「君らくらいの子は知らないだろうけど、昨今はライブハウスも客層の高齢化が洒落にならなくてね。だから、若い子たちのトレンドを積極的に取り入れて、メタバース的なライブなんかも開催できるように設備を入れ替えたのさ」

「具体的にどういった感じなんでしょうか？」

「ほら、仮想ライブとか、Vチューバーとか、最近はそういうのが人気だろう？」

「失礼ですが、こちらのオーナーさんですか？」

「ああ、その通りだとも」

その手の行いは大手企業の資本が入った大規模な箱だけだと思っていた。個人が参入するにはハードルが高いから。結構な金額を投資されたのではなかろうか。改めて機材に目を向けると、たしかに面構えがお高そうに見えてきた。

「あとは若い女性に足を運んでもらうために、バースペースもお洒落に改修をしてさ。古くからのお客さんには、風情がなくなった、みたいなことも言われるけど、一日に何時間も過ごすような場所なら、綺麗な方が嬉しいよね？」

「ええ、そうですね」

ライブハウスも生き残りをかけて大変みたいだ。

そして、個人的には先方の意見に賛成である。なんなら椅子とかもっと増やしてくれると嬉しい。何時間も立ったままステージを眺めているのは大変なこと。バンドの腕前次第では、他のお客さんと椅子取りゲーム状態になってしまうの辛い。

「まぁ、それが原因で困っている訳なんだけどさ」

「つまり金銭的な問題、ということですか？」

「結果的にはそうなってしまう」

「もう少し具体的な説明をして欲しいのですが」

勿体ぶった物言いをするオーナーさんへ素直に伝える。

すると彼はしょっぱい表情となり悩む素振りを見せる。

ただ、それも僅かな間のこと。

「……ここまで連れてきちゃったんだから、素直に話すとするか」

危地を脱してからそれなりに時間を設けたことで、多少なりとも冷静さを取り戻したのだろう。鼻血も拭われて久しい。そして、目の前に並んだ女児二名の存在に、改めて危うさを覚えたものと思われる。

主に児童誘拐的な意味で。

それでも彼は観念した様子で、自らが抱えた問題を語り始めた。

「子供には理解できないかもしれないけど、なるべく簡単に言うと……」

要約すると、やはり金銭的な問題。

ただ、自身が考えていた以上にアウトローな背景があった。

まず前提として、こちらの店舗はビルや土地も含めてオーナーの所有物らしい。界隈の地価を思えばかなりの財産。そして、最近になって行われた大規模なリフォームは、それらを担保として銀行から融資を受けて実施したそうな。

それでも当初の予定であれば、もし仮にライブハウスが上手く行かずに店を畳むことになっても、他所のフロアに収まったテナントの家賃収入により、十分対応できる範囲であった、とのこと。

しかし、リフォームが終えられてから間もなく、ビルに入っていたテナントが一斉に退去を申し出たのだそうな。それも決して馬鹿にならない違約金を支払ってまで、すぐに引っ越していったとのこと。

時を同じくして、ライブハウスのお客さん、この場合は店に出入りしていた顔見知りのバンドグループが、一斉に寄り付かなくなってしまったという。ただ一人の例外もなく、波が引くように去っていったそうな。

当然ながらお店は営業停止状態。

これには彼もおかしいなと感じたらしい。

程なくして知らされたのが、近隣一帯の再開発のお知らせ。周辺の地価からすれば、破格での交渉がやってきたとのこと。地上げの対象として、目を付けられてしまったらしいオーナーだった。

納得のいかない彼は、当然ながら立《た》ち退《の》きを拒否。リフォーム代の返済に向けて、必死になって営業を続けていたそうな。すると今度は、我々が目撃したような半グレたちが、彼の下を訪れるようになったみたい。

そして、本日に至る。

その辺りをお子様に向けて伝えるように、やんわりと説明された。

「どう？　君みたいな子供には、まだ理解できない話だと思うんだけど」

「最初に一点、確認したいことがあります」

「えっ……」

自嘲じみた笑みを浮かべながら問うてくるオーナー。

これに構わず質問を返させて頂く。

「投資の話はオーナー以外、どなたか別の方から提案を受けてはいませんか？」

「……おい、まさか、し、知り合いまでグルだったなんて言うつもりか？」

「心当たりがあるようなら、決して可能性は低くないかなと」

「…………」

子供からの物言いにもかかわらず、先方は途端に顔色を悪くした。

どうやら図星みたいだ。

ビルに入っていたテナントのみならず、オーナーの個人的な付き合いにまで手が入っているとなると、相手方もそれなりに支度を行った上で臨んでいるものと思われる。件《くだん》の再開発とやら、それなりに大きな額が動く案件なのではなかろうか。

「なんなら銀行の担当者も通じている可能性がありますね」

「そ、そんな馬鹿なっ……！」

ヤクザのフロント企業が行った地上げに、銀行の担当者が巻き込まれて逮捕とか、自身も過去にニュースで見た覚えがある。今回は融資を行っただけなので、後ろに手が回るようなことはないと思うけれど。

店先にトラックが突っ込んでいたのは昭和の時代。

この手の出来事も段々と巧妙化してきているようだ。

「とはいえ、それを証明することは困難だと思われます。また、もし仮に証明できたところで、オーナーが背負っている借金には変わりがありませんし、その返済義務が撤回されることもないと思いますが」

「だとしても、相手は反社じゃないか！」

「そう名乗る人物が声をかけて来たのでしょうか？」

「いや、それは……」

反社会的な人が裏で企画立案を行っていたとしても、各々の関係を証明できなければ、法律に訴えることはできない。そして、これをオーナーさんの立場から把握することは、とても困難なことのように思う。

半グレ相手に警察へ通報を入れても、彼の置かれた状況は変わらない。下っ端が数人ばかり逮捕されたところで、嫌がらせは終わらないだろう。むしろ、仲間内の反感を買ったことで、今後の仕打ちが酷くなるばかり。

「本日のようなケースは以前にも？」

「変なのに付きまとわれたことはあったけど、殴られたのは今日が初めてだ」

「警察には相談されていたのでしょうか？」

「当然だろう？　以前から相談してたよ。それ以外でも何度か通報だってしてる。けど、せいぜい店の周りを軽く見て回った程度で終わりだ。実害が出ていないなら、これ以上はできませんの一点張りさ」

「左様ですか」

この辺りは自身が異世界を訪れる以前と変わりがないみたい。もう少し社会的に影響力のある事件に発展したのなら、警察も本腰を入れて捜査してくれるのかもしれない。けれど、現時点ではそう大した事件でもないから。

「流石に今回は動いてくれると信じてるけど」

「ええ、そうですね」

一通りを喋ると、オーナーはハァと大きく溜息をついた。

心身ともに参っていらっしゃる。

そりゃそうか。

こんな得体の知れない女児にすら身の上を語ってみせるくらいだ。


その事実を思い起こしたのか、彼は自らを取り繕うように言葉を続けた。

「だけど、勘違いしてくれるなよ？　俺だってやる気はあったんだ。業界に問題意識だって持っている。だから、決して知り合いに騙されたとは考えちゃいない。設備のリフォームは自分の意思で決めたんだ」

「とても素晴らしいことだと思います」

「だからこそ余計に辛いんだよな。予定していた仮想ライブだって一度も行えていない。店のマスコットキャラクターにと、高い金を払って立体モデルまで発注したっていうのに、肝心の中身が逃げちまった」

「中身というのは、モデルに声を当てる人間が、ということでしょうか？」

「そうだよ。わざわざ知人の伝手《つて》を借りて、役者のオーディションまでしたんだ。これだと思える女の子を見つけてきて、ある程度のレクチャーも済ませていた。それが今となっちゃ連絡さえ取れやしない」

「こちらの店に出入りしている姿を、先方に把握されていたのでしょうね」

「あぁ、そんなこったろうな」

打ち合わせを終えた後、自宅への帰り道を付けられて、強面《こわもて》の半グレ集団から脅されたりしたら、誰だって逃げ出してしまうことだろう。年頃の女性であれば、断りなく音信不通となっても不思議ではない。

場合によっては今この瞬間も、誰かが店の出入り口を見張っているかも。

自分や精霊王様の場合は、ちょっとやそっと小突かれた程度ではビクともしないので、なんら問題はない。けれど、代わりにオーナーの社会生命が危うくなる可能性は、考えられないでもない。女児監禁的な意味で。

まあ、こちらは彼からのお返事次第で追々対応しよう。その為にもまずはこの場で確実に、言質《げんち》を取っておきたいところ。

「そちらの事情は把握しました」

「お、おぅ」

ブサメンが改まった態度で伝えると、先方は小さく頷いて応じた。

オーナーが先程からちょくちょく及び腰となるのは、我々の子供らしからぬ言動を目の当たりにしてだろう。半グレとの立ち回りを目撃されている手前、この期に及んで取り繕っても仕方がない。

「事情を確認した上で、改めてこちらから提案がありま す」

「ここまで付いて来たんだ、聞いてやるよ」

「そちらが我々の衣食住を保証してくれるのであれば、こちらは貴方のボディーガードを務めましょう。少なくとも先程のような出来事はなくなります。相手が刃物を持ち出してきても、その身の安全を保証します」

「…………」

真正面から提案させて頂いた。

オーナーは口を閉ざして熟考の面持ち。少なくとも自分や精霊王様の有用性は信じてもらえたみたい。面前で半グレたちを無力化してみせたのが効いたのだろう。しかし、その存在は胡散臭《うさんくさ》いにもほどがある。

脳裏では色々と疑念が渦巻いていることだろう。

「提案に応える前に、いくつか確認したいことがある」

「なんでしょうか？」

「アンタたち、親はどうしてるんだ？」

「親はいません。身寄りもありません。なんなら戸籍もありません」

「それ、マジで言ってる？」

「安心して下さい、警察に駆け込むような真似もしません」

「…………」

この場で嘘をついてしまうと、後で色々とこじれそうな気がする。なので素直に事実を伝えておくことにした。

オーナーからすれば、受け取り方に悩まざるを得ない返答だとは思うけれど。

双方ともに口を閉ざす羽目となる。

互いにジッと見つめ合うことしばらく。

先んじて目を逸らした彼は、別所に視線を向けた。

そこには我々から離れて、フロア内を見て回っている精霊王様の姿が。

オーナーは彼女を視線で示して問うた。

「さっきから君ばかり喋っているが、そっちの子は納得しているのか？」

「合意は取れています。彼女は日本語が不自由でして、どうかお気になさらずに」

「そ、そうかい」

「なにかなぁ？　私もお喋りした方がいいのかなぁ？」


「いえ、この場は私に任せて下さい。あと少しで話し合いも終えられそうです」

我々に向き直った精霊王様から問われた。

醤油顔から何を説明した訳でもないのに、こうして大人しくして下さっているの、誠にありがとうございます。

もし仮に巻き込まれたのが彼女ではなくロリゴンだったら、もっと大変なことになっていた気がする。

意識をこちらに戻したオーナーは、眉間にシワを寄せて難しい表情をしていた。この場で決めろというのは酷な気がしてきた。それでもどうにか前向きに検討して下さってはいるようで、続けざまに反応が見られた。

「アンタたちからの提案だけど、こっちからも条件を付けていいか？」

「条件次第では受け入れることも吝《やぶさ》かではありませんが」

やはり、駄目だろうか。

などとブサメンが諦めかけた矢先のこと。

先方から与えられたのは、こちらも想定外の提案であった。

「ボディーガードと合わせて、店のマスコットの中身も担当しちゃくれないか？」

「それは今しがた話題に上げられた、立体モデルの中身ということでしょうか？」

「ああ、その通りだ」

　こちらからの問いかけに彼は深く頷いて応じた。

　是が非でも、と訴えんばかり。

「こっちは既に音源まで用意してる。このまま何もせずに終わるなんて、不完全燃焼もいいところだ。今後この店がどうなるにせよ、こうして手元に残っているうちは、用意した設備を存分に使い倒してやりたいじゃないか」

「この状況でそのようなことに時間を割いている余裕があるのですか？」

「むしろ、こんな状況だからこそだ。もしも上手いこと世間の話題になれば、店に客が戻ってきてくれるかもしれない。そうすれば連中だって、下手に手出しはできないだろ？　今の時代、地上げの為に放火するような真似はあり得ない」

　ブサメンが考えている以上に、オーナーは前向きな性格の持ち主のようだ。

　自身が同じ状況に立たされたら、このような判断はきっとできない。半グレの派遣元に泣きついて、少しでも高い価格で土地や建物を買い取ってもらえるよう、交渉を行っていたのではなかろうか。

「お言葉ですが、その可能性はかなり低いのでは？」

「んなもん最初から承知の上さ。だけど、俺はそういうのがやりたかったんだ。せっかく環境が整ったのにお預けをくらっていて、ずっとウズウズしてたんだ。チャンスが訪れたのなら藁《わら》をも縋る心持ちだからな」

　精霊王様が日本語をお喋りできない手前、主立って対応するのはブサメンの仕事になりそうだ。素直に申し上げるなら、できれば遠慮したい。人前で歌を歌った経験など、学生の頃に音楽の授業で臨んだ歌のテストが精々である。

　当時の教師やクラスメイトの反応を思い出して、暗鬱とした気分になる。

「しかしながら、私は人前で歌を歌った経験がありません」

「それはこっちでどうにかするから考えなくていい」

「そういうものなのですか？」

「上手いに越したことはないが、多少の下手っぴは編集でどうにかなるからな」

「左様ですか」

　しかし、後がないのは我々もオーナーと同じである。この機会を逃したのなら、次はいつ合法的に衣食住を得られるか。こうして交渉に臨めただけでも幸運なこと。そのように考えると、自身の苦手意識を理由に断ることは憚られた。

　結果として世間に迷惑をかけるようなことになっては申し訳ない。

　顔を晒したりする訳ではないのだ。

　ここは妥協するべきだろう。

　そうしよう。

「承知しました。ボディーガードと合わせて、モデルの中身も引き受けます」

「マジか？　よし、それじゃあ契約は成立だ！」

「どうぞよろしくお願いします」

　そんな感じでブサメンと精霊王様は、当座の住まいを得ることに成功した。

＊

　ライブハウスのオーナーから与えられた住まいは、店舗が収まっている建物の最上階に設けられた住居だった。つい先月までは、同ビルのオフィスに入っていた会社の社長さんが、私室として借りていたのだとか。

　いわゆるペントハウス。

　おかげでかなり具合がよろしい。

　間取りは3LDK。こうして聞くと普通に感じられるけれど、そこはやたらと金持ちが多い都心のクオリティー。リビングだけで三十畳以上ある。メインのベッドルームも十畳以上あった。広々としたルーフバルコニーまで併設されている。

　多分、賃料は下手なタワマンより上。

　この辺りは支払いのいい店子《たなこ》を得る為に、オーナーも気をかけた部分とのこと。なんでもビルを建ててから、部屋はずっと埋まりっぱなしであったのだそうな。そうして語る彼はちょっと誇らしげだった。

　借り手が付くまでは、我々の好きにして構わない、とのこと。

　ただし、家財道具などはすべて運び出されており、室内はとても閑散としていた。次の入居者に向けて清掃こ

dream

そされている。けれど、生活をしていく上で必要なものが、何一つとして見当たらない。

当然ながら精霊王様からは非難の声が。

以前までは玉座しかない洞窟に住まわれていた割に、注文の多い精霊である。

そこでオーナーにはさっそく、夜間も営業を行っている総合ディスカウントショップに赴いて頂いた。エアーベッドを筆頭として、当面の生活必需品を調達。なんなら我々も同行して、あれこれとお買い物をさせてもらった。

ちなみにオーナー自身は家賃収入を優先して、別所に住んでいるのだそうな。

結果として精霊王様もご満悦。

「建物はこぢんまりとしてるけど、この部屋はなかなか居心地がいーね！」

「気に入って頂けたようでなによりです」

一晩を過ごした翌日、新居のベッドルームで精霊王様と寝起きのトーク。

だだっ広い寝室の中央に設けられたエアーベッド。

これに腰を落ち着けてのやり取り。


残念ながらベッドは二つ用意がございます。

運ぶのが面倒だし、アンタたちは身体が小さいんだから、別に一つでもいいだろう？　とのオーナーからの言葉に、それでも精霊王様の手前、どうか二つお願いしますと申し上げたブサメンの自業自得である。

一つが良かった。

一つのベッドで一緒におやすみしたかった。

けれど、それが理由で彼女に嫌われてしまったら、こちらの世界での生活はかなり悲惨なことになるだろう。まさか無茶はできなかった。枕や掛け布団も含めて、二人分を用意して頂いた次第である。

「だけど、寝床はもう少しふかふかしてるのがいーなぁ」

「昨晩はちゃんとしたベッドを用意している時間がなかったので、こちらは暫定的な処置になります。オーナーには改めて、家財道具の調達を要請するつもりでいます。それまでの間はどうか、こちらでご容赦を頂けたらと」

果たして精霊には睡眠という概念があるのか否か、疑問に思わないでもない。ただ、少なくともブサメンはぐっすりと眠らせて頂いた。昨日は王様会議の支度に忙しくて、碌に眠れていなかったから。

ちなみに自身は就寝中も変身魔法を継続、ナンシー隊長の格好をしている。

オーナーの目があるので、当面はこの格好で過ごすことになりそうだ。

なので衣類についても女児用を調達。

今は二人して寝間着代わりの安っぽいスウェットを着ている。大きめにデザインされた襟口から、胸元がチラチラと窺えるの素晴らしい。対面に座った精霊王様が身じろぎをするたびに、ついつい視線が向かってしまう。

DQNな家柄の娘さん、って感じ。

幼さにリアリティを覚える。

昨日の格好と比べても背徳感マシマシ。

その圧倒的な腕力によって、一方的に分からせられたい気分が盛り上がる。

「どーしたの？　私のことジロジロと見て」

「いえ、髪を下ろした姿もお美しいなと」

「思い起こせば、この色合いは君に合わせたんだったよねぇ。実際に足を運んでみると、たしかに君の故郷って、こういう髪色のニンゲンが多いなって思ったよぉ。前に言っていたこともしっくりきた感じかなぁ？」


「ご理解下さりありがとうございます」

ツインテール仕様の通常モードも大変素敵だけれど、ロンストも非常に素晴らしくあらせられる。若干メスガキ感が控えめとなり、代わりに清楚さがアップ。それでも変わらずに憎まれ口を叩く姿が、ちょっと新鮮な感じ。

ただ、そうして穏やかな朝の時間を味わっていたのも束の間のこと。

我々の会話へ割って入るように、ピンポーンとインターホンの呼び出し音が響いた。

「ねぇねぇ、なんか変な音が聞こえてきたよ？」

「外からの呼び出しですね」

インターホンの受信機は寝室の壁にも見られた。

使い方を精霊王様にレクチャーしつつ、呼び出しに応じる。

やって来たのはライブハウスのオーナーであった。

スウェット姿のまま、玄関まで足を運んだ女児二名。ペタペタという足音が妙に耳につく。屋外に面したドアを開くと、ムワッとした外気がエアコンの効いた室内に流れ込んできた。本日も相変わらずの真夏日。

玄関先にはモニターで確認した通り、来訪者の姿が。

オーナーは我々の姿を眺めて開口一番、元気良く言った。

「さっそくだけど、アンタには衣食住の対価を支払ってもらいたい」

「本日は警察に被害届を出しに行くと言っていませんでしたか？」

「そっちは朝イチで済ませてきた」

「そんな簡単に終えられるものなのでしょうか？」

「今は担当者が忙しいから、改めて向こうから連絡するってさ」

「病院へ医師の診断書をもらいに行くべきだと思うのですが」

「それも一緒に済ませてきた」

「随分と早起きなんですね」

「いや、もう昼過ぎだろ？」

「すみません、部屋に時計がありませんでして」

「……悪かった。今日中に用意する」

昨日、仕事をしたくてウズウズしていると語っていたのは、嘘偽りのない本音だったみたい。他人から暴力を振るわれたら、普通の人なら数日くらいは凹みそうなもの。なのにこのバイタリティ。

身支度を整えた我々は、すぐに居室を出発。

オーナーに連れられて地下のライブハウスに向かった。

現場の光景は昨晩と変わりない。従業員も全員逃げてしまった、という説明の通り、店舗内には人気も皆無。先週からは営業も取りやめているそうで、バーカウンターには薄っすらと埃《ほこり》が積り始めていた。

そうした只中、我々をホールの中程に待たせて、オーナーは作業を始めた。

ちょっと待っていてくれ、との指示に従って、ブサメンと精霊王様は待ちぼうけ。音響周りのスペースで機材を弄《いじ》ってみたり、ステージの上にあった楽器やスピーカーの場所を移動させたりと、忙しなくする彼を眺める。

幸いなことに空調は効いており、暑さに困ることはない。

しばらくすると、フロア内に変化が見られた。

照明が消えたかと思えば、ウィーンと機械的な音を立てて、ステージ上に巨大な液晶ディスプレイが降りてくる。舞台の大半を覆い尽くすほどに大きなものだ。直後には全面に映像が表示された。

映し出されたのは、アイドルっぽい衣装を身に着けたアニメ調の立体モデル。

それがステージ上で動いているかのように振る舞う。時を同じくして、随所に設置されたスピーカーから音楽が流れ始めた。

重低音の効いたアップテンポな楽曲だ。

シンセサイザーを多用するポップな曲調でありながらも、随所にギターサウンドが取り入れられている。若者をターゲットに見据えつつも、ライブハウスとしてのアイデンティティを守らんとする意思が窺える。

これに合わせてキャラクターが踊り始めた。

イントロが終えられると、キャラクターの口の動きに合わせて歌唱が入ってくる。

モデルは人工物であるのに対して、こちらは生身の人の声だ。

「そこいらにある黒くて四角い箱、こんなに大きな音が鳴るんだねぇ」

「不快なようであれば、上の部屋に戻って下さっても構いませんが」

「べっつに？」

自身もライブハウスを初めて訪れたときは、圧倒的な音量に驚いた覚えがある。慣れていない人にとってみれば、かなり不愉快な空間だと思う。バンドによっては耳が痛くなるほど音量を上げたりするし。

映像をしばらく眺めたところで、オーナーが我々に向けて言った。

「歌声はデモテープから引っ張ってきてるが、動いてるモデルと楽曲は本番用だ」

「このキャラクターを演じろ、ということですか？」

「そういうこと」

思ったよりも手の込んだ仕組みが導入されていることに驚いた。

こういう機材って、それなりに大きなイベント施設じゃないと見られないから。少なくとも自身が異世界を訪れるまでは、限られた場所にしかなかった。だからこそ、話題にもなっていたような気がする。

「こちらの設備、かなりお高かったんじゃないですか？」

「だからこそ、担保にした土地や建物の所有権は風前の灯《ともしび》火だ。しかも半グレからボッコボコにされて、しまいにはアンタみたいな得体の知れない子供の世話にまでなろうとしてる。本当にどうなっているんだかな」

やはり、昨今でも十分高価な機材みたいだ。

自嘲気味に語るオーナーの態度から、投資された額が透けて見えた。

「ご愁傷様です」

「だから精々使い倒してやる。アンタには最後まで付き合ってもらいたい」

「ええまあ、衣食住を保証してくれる限りは付き合いますが……」

「配信用のチャンネルや各種アカウント周りも準備万全。あとは音録りをするだけだ」

「まさかとは思いますが、今日この場で収録を行うつもりですか？」

「とりあえず、軽く歌ってみちゃくれないか？」

「…………」

なにそれ、恥ずかしい。

けれど、真面目な面持ちで語るオーナーを前にしては、そのような所感を口にすることも憚られた。むしろ、中身おっさんの自分が女児の姿で恥ずかしがるとか、気持ち悪いにも程がある。意識した途端、二の腕に鳥肌とか立ってきた。

この場は淡々と応じさせて頂こう。

それもこれも当面の宿を得る為。

それ以上でも、それ以下でもない。

「承知しました。歌詞カードなどあれば手元に欲しいのですが」

「用意してある。これを使ってくれ」

ズボンのポケットから折りたたまれたコピー用紙を差し出された。

準備がよろしいこと。

期待の眼差しを送ってくるオーナーに促されるがまま、ブサメンはステージの上、マイクの前に立つこととなった。僅かな段差越しに彼や精霊王様がこちらを見つめている。前者から期待の眼差しを感じて、ピンと背筋が伸びる思い。

ステージ脇のスピーカーから、すぐさま伴奏が響き始めた。

まさか一発で上手くいくとは思わない。

何度か繰り返し曲を確認させて頂いた。

なんなら軽く口ずさんだりして。

　そうこうしている間に、段々とオーナーの表情が訝《いぶか》しげなものとなっていったのは、見て見ぬ振りをしておりました。異世界で王様たちを相手に立ち回ったときよりも、遥かに緊張している自分に気づく。

　っていうか、口内が猛烈に乾いてきた。

　そんな感じに万全の態勢を整えた上で、いざ尋常に歌唱。

＊

　結論から言うと、ブサメンの歌いっぷりは最低だった。音痴だった。

「アンタ、マジで下手くそだな？　終始音程が狂ってる。それに目を瞑《つぶ》ったとしても、可愛らしさの欠片《かけら》も感じない。見た目は子供なのに、いい歳したおっさんがその場を取り繕いながら歌っているような、愛想の悪さを端々から感じるんだが」

「こっちの世界のことを知らない私でも、今のは駄目だって分かるよぉー」

「……申し訳ありません」

　オーナーのみならず、精霊王様からも非難の声が飛んできた。

　あと、前者のご指摘が的を射過ぎている。

　流石はその道のプロ。

　いい歳したおっさんがその場を取り繕いながら、食い扶持《ぶち》の為に頑張っていたのです。

　学生の頃にカラオケなど楽しんでいれば、この場での評価も違ったのかもしれない。けれど、その手の行いとは縁遠い青春を送ってきた手前、当然と言えば当然。それでもワンチャン狙ってしまった陰キャのなんと無様なこと。

　採点機能とか付いていたら、きっと酷いことになっていただろう。

　自分でも分かってしまうのが辛い。

　最後の方とか歌いながら泣きそうだった。

　二人からの辛辣な眼差しが切なかった。

「こいつはちょっと、やり方を考えないといけないかもしれないな」

「なにぶん初めてのことでして、練習をする時間を頂けませんでしょうか」

「悪いがこっちも、あんまり時間をかけている暇はないんだが」

「その辺りは編集でなんとかなると、先程は説明をされていたと思います」

「だとしても、限度ってものがあるだろう？」

「申し訳ありません、どうか私にチャンスを下さい」

どうして自身が逆に頼み込むような羽目になっているのか。

それもこれも衣食住が懸かっているからだ。

まさか自らの歌声に、その日の食い扶持が乗ってくる日が訪れるとは。

焦りを覚え始める。

この場で自身が折れたら、今後の衣食住は精霊王様の魔法にお頼み申し上げることになる。斯《か》くして、どこかの高級ホテルで見ず知らずのスタッフが、身に覚えのない帳簿の改ざんを巡り、理不尽な処遇を受けるかもしれない。

我々の置かれた状況と比べたら、スケールの小さい危機だ。しかし、異世界を訪れる以前は、ずっとそうしたスケールで生きてきたからこそ、抵抗感を覚える。などとブサメンが自らの音痴っぷりに、悔悟の情を覚え始めた辺りでのこと。

「はーいはいはーい！　私もお歌を歌いたいなぁー」

「えっ、精霊王様もですか？」

予期せぬ人物から反応が見られた。

元気良く手を挙げての訴えである。

「だって君たちばかり楽しそうにしていて、ズルくなぁーい？」

「いえ、自分はこれからの生活の為に努力している訳でして……」

「だったら尚のこと、私だって協力するべきだと思うんだよね！」

「ご本人がそのように仰るのであれば、私は一向に構いませんが」

精霊に歌が歌えるのだろうか。

いやしかし、こうして我々とお喋りが行えている時点で、それなりに可能性はあるような気がしないでもない。他種族とも率先してコミュニケーションを取っていた精霊王様なら、文化的な交流だってそれなりにあったりとか。

「嬢ちゃん、そっちの子はなんて言っているんだ？」

「彼女も歌ってみたいそうです」

「この国の言葉は喋れないんじゃなかったのか？」

「歌詞を口にする程度なら問題ないと、本人は訴えています」

「だったらお頼み申し上げるとするか」

精霊王様からの提案に従い、ブサメンは彼女と場所を代わった。

ステージに立った女児をホールから眺める。

先程と同じように、すぐさまスピーカーから伴奏が流れ始めた。

直後に歌詞カードを渡していなかったことに気づく。更に言えば、歌詞カードを渡したところで日本語を読むことができない精霊王様。いやいやちょっと待って下さいよと、慌ててオーナーを振り返る。

そうした醤油顔の心配など露知らず、精霊王様は歌を歌い始めた。

「おい、マジかよ……」

「っ……」

間髪を容れず、オーナーとブサメンは驚愕。


なんと彼女は歌詞をすべて暗記していた。未知なる言語によって構成された異世界の歌詞を、ネイティブさながらに発声してみせる。それもアップテンポな曲調に寸毫として遅れることなく流暢に。

控えめに申し上げて、めちゃくちゃお上手。

やたらとよく響くアニメ声が、これ以上なくマッチしていた。

最初に聞かされた音源と比べても、尚のこと優れているのではなかろうか。アニメ調の立体モデルとも親和性が高そうである。こんなところで彼女のキャピキャピした声色が役に立つとは夢にも思わなかった。

マイクに向かう姿もなんと愛らしいこと。

驚き慄《おのの》いた我々の面前、精霊王様は曲を最後まで歌い上げた。

やがて背後で流れていた曲が途切れて、フロア内が静かになる。

ステージからピョンと飛び降りた精霊王様が、我々の下に戻ってくる。

「どうかなぁ？　私、上手に歌えてた？」

「なんだよおい、こっちの嬢ちゃんは……」

「立体モデルの中の人は、精霊王様にお願いした方がよさそうですね」

オーナーが精霊王様のことを興奮した面持ちで見つめている。

彼女に可能性を見出《みいだ》したのだろう。

傍目完全に危ない人。

けれど、その気持ちも分からないではない。

それくらい精霊王様のお歌は上手であらせられた。

「ねぇーねぇー、なんて言ってるのか教えてよぉ。蚊帳《かや》の外にしないで欲しいよぅ」

「精霊王様の歌声を耳にして、とても感動されております」

「本当にぃ？　私のお歌、君たちが聞いても上手だったのかなぁ？」

「私も聞き惚れておりました。恐らく精霊王様と出会ってから一番の感動です」

「えぇー、それはそれで元精霊王的に考えて、ちょっとイラッとしちゃうなぁ」

素直に申し上げるなら、一番の感動は先日にも開催された王様会議の終盤、彼女が精霊王の座を自ら譲渡してまで、その本懐を語った際のこと。世界の平和の為に人知れず頑張っていたこと。童貞は正義のメスガキにしてやられました。

ただ、その事実を伝えたのなら、今後めっちゃ調子に乗られそうなので黙っておく。

「なぁ、この子に伝えてくれないか？　是非とも仕事を頼みたいって」

精霊王様を見つめて、オーナーから乞われた。

まさか断ったりしないよな？　みたいな気迫を感じる。

素直に頷いて、ブサメンは彼女に向き直った。

「精霊王様に歌を歌って欲しいと、こちらの彼は語っております」

「本当にぃ？　私のお歌、そんなに良かったのかなかなかなぁ？」

ただでさえ普段からメスガキしているのに、急に自身の価値を見出したかのような物言いが、聞いていてイラッとする。だけど、そんな彼女も普通に可愛らしいから、前向きに許容できてしまう自分が悔しい。

くそぅ、メスガキ、くそぅくそぅ。

逆レイプされたかった気持ちが、やっぱり逆レイプされたい気持ちで一杯です。

「決して無理にとは言いませんが、精霊王様としては如何でしょうか？」

「君が望むようなら、私としては協力することも吝かじゃないかなぁ？」

「承知しました。そのように伝えさせて頂きます」

勿体ぶった態度で語ってみせる精霊王様。

腰に手を当てて、お尻をフリフリとしているの凄くエロい。

「なぁ、ど、どうなんだ？」

「協力する意思があるとのことです。話を進めさせて下さい」

「本当か!?　ありがとうな、嬢ちゃん！」

オーナーの表情がパァと華やいだ。

分かりやすい性格の持ち主だ。

そんな体《てい》たらくだから他者に付け込まれてしまったのだろう。しっかりと手綱を握ってくれる奥さんでもいれば、我々の世話になるようなこともなかったろうに。残念ながら彼の左手には結婚指輪が見られない。

「ところで一つ質問をいいか？　昨日から疑問に思っていたことがあるんだが」

「なんでしょうか？」

「アンタ、その子とは日本語でやり取りしているようにしか思えないんだが……」

「オーナーには日本語として聞こえているかもしれません。ですが、こちらの彼女には別の言語として届いているのです。そういうものだと考えておいて下さい。昨晩、半グレたちが急に倒れたのと同じミラクルです」

「度々聞こえてくる精霊王様っていうのは、ニックネームか何かか？」

「そのようなものだと考えて下さい」

「……まぁ、それで今後も協力してくれるなら、これ以上は立ち入らないけど」

「ご配慮をありがとうございます」

普通の人なら疑心暗鬼に陥りそうな問答である。

だがしかし、我々との関係が悪化した場合、持ちビルの所有権にも影響が出てくる手前、オーナーは素直に頷いて下さった。それくらい精霊王様のボイスに期待している、といった意思表明でもあると思う。

「代わりにアンタには、その子のマネージャーを頼みたい。通訳が必要だ」

「承知しました」

自身としては、決して悪くない形に収まったと思う。

けど、なんだろう。

この胸にふっと湧いた敗北感は。

ブサメンもカラオケとか、頑張ってみようかな。

＊

【ソフィアちゃん視点】


タナカさんと精霊王様、それに海王様が姿を消してから、一晩が経過しました。

ニップル殿下の召喚魔法でもお呼び出しすること叶わず、ドラゴンシティに戻った我々でございます。彼の予期せぬ消失をご説明させて頂いたところ、殿下も自ら同行を願われまして、当面は行動を共にすることになりました。

町に戻ってからは一晩だけ、様子を見ることになりました。これまでにも急に姿が見られなくなることが多々あった彼です。それでも音沙汰がないようであれば、改めて王様会議の開催を、といった段取りです。

結果として、お三方が戻られることはなく、会議の開催が決まりました。

その間の時間的な猶予を利用して、私どもドラゴンシティの面々は会場の整備におおわらわです。立食パーティーの為に整えられていたステージは、すぐさま会議に向けて模様替えが行われました。

これにはゴンザレスさんが率いる黄昏の団の方々がご協力を下さいました。

そんなこんなで本日、第二回目となる王様会議が開催される運びとなりました。

「では、早速だが議題について確認したいと思う」

会場は第一回目と同じく、武道大会で利用したステージとなります。

昨日も活躍した大きな円卓を利用しての開催となりました。

タナカさんが座《ざ》されていた司会進行の席には、エルフさんの姿が見られます。また、彼女のすぐ隣にはドラゴンさんと私、不肖メイドが腰を落ち着けております。気づけばこの位置に配置されておりました。鳥さんも膝の上にございます。

円卓に座した王様たちの位置関係には変わりがありません。ある席から時計回りに、妖精王様、龍王様、魔王様、獣王様、鳥王様、鬼王様、樹王様、虫王様、精霊王様、そして、我々三名といった並びです。

海王様のポジションのみ空席となっています。

また、精霊王様が座られていた場所には、大地の大精霊様が座っております。いえ、正しくは当代の精霊王様でございますね。昨日にも我々の面前で代替わりをされてしまったお二方でありますから。

モフモフとした体毛の愛らしい、愛玩動物さながらの見た目をした大精霊様です。

椅子の座面に後ろ足で立って、前足を卓上においた姿は大変ラブリーでございます。

ご本人は王様となってから日が浅いことも手伝い、どことなく不安げな雰囲気を漂わせておりますね。同じ円卓に着いた王様たちをキョロキョロと、心許《こころもと》なそうに見つめるお姿を拝見していると、ギュッと抱きしめたい衝動に駆られます。

「昨日に確認したとおり、あの男が我々の下に戻ってくることはなかった。一晩が経過しても進展が見られない為、この場で改めて状況を確認の上、今後の対応について皆々で話し合いたいと思う」

王様たちを見渡してエルフさんが仰りました。

異論は上がりません。

王様一同、静かに頷いて応じられました。

ところで本日も昨日と同じく、彼らが座している円卓とは別に、その周りには関係者の方々に向けた席が配置されております。ペニー帝国からは王様や宰相様、エステル様のお父様が見られます。

円卓を挟んで反対側には、北の大国からスペンサー伯爵や彼女の妹さんのスペンサー子爵、アッカーマン公爵といった方々が。また、これとは別に縦ロール様と下僕の方も見られており、本日はすぐ隣にニップル殿下もいらっしゃいますね。

エステル様とアレン様、ゾフィー様は今回も書記を務められるようです。

「まずは最初に大前提となる多数決を取りたい」

多数決、という響きを耳にしたことで、王様たちが少しピリリとされました。

トラウマとでも称しましょうか。

メイドの感覚から申し上げますと、実家の飲食店で手伝いをしていたところ、おいおい、ネーチャン、料理に虫が入っているじゃねぇか、みたいなことをお客さんから言われたときのような感じではないでしょうか。

なんせ昨日は票の扱いを巡って、色々と賑やかにされておりましたから。我々人間を圧倒する王様方が、揃いも揃って一様に緊張する光景はちょっと楽しいかもしれません。それもこれもタナカさんの活躍の賜《たまもの》ではございますが。

そんな先方に対して、エルフさんは淡々と会議を進行されていきます。

「王様会議の発起人であるタナカ、及び先代の精霊王殿と海王殿をこちらの世界に呼び戻す為、こうして第二回目となる会議に臨んでいる王たちは、過去の対立関係に目を瞑り、協力してことに当たることを許容するか否か」

「改めて確認するまでもあるまい？　さっさと議論を交わすべきであろう」

「最初に言質を取っておくのは悪いことじゃねぇと思うぜ？　龍王さんよ」

「妾、賛成する」

「私も……賛成する。海王を……助けるような、真似は……癪だが……あのニンゲンや……精霊王の、身には……代えられない。なんでも……協力、しよう」

「強者ノ作ッタ仕組ミダ。大人シク従オウ」

龍王様や鳥王様、虫王様、樹王様、鬼王様といった面々から、すぐさま声が上がり始めました。王様たちの中でも、良く言えば自発的、悪く言うと好戦的な方々ですから、自己主張もしっかりとしておられます。

幸いにして反対票が投じられることはありませんでした。

全員賛成です。

個人的には妖精王様の反応が気になっていたのですが、彼女も不満そうな表情を浮かべてはいたものの、素直に賛成票を投じて下さりました。多分、我々に気遣ってくれたものと思います。

魔王様などは途中で席を立ち、スペンサー伯爵の下まで駆け足でパタパタと、ご意見を聞きに向かわれておりました。第一回の王様会議では仲違いが心配されましたたが、そこまで関係は拗れていないようであります。

獣王様は相変わらず肩身が狭そうにされておりますね。

「王たちの深甚な配慮を大変ありがたく思う。では、早速だが議論を始めたい」

多数決が終えられたことで、エルフさんが厳かにも仰りました。

キリリとした横顔が非常に格好いいです。王様たちの注目を一身に受けながらも、まるで動じた様子が見られません。すぐ隣でメイドが脇を湿らせているのとは対照的に、凛とした態度で臨んでいらっしゃいます。

「まずは当時の状況を確認したい。これについては昨日、他の誰よりも近い場所からあの者たちを確認していた龍王殿に頼めないだろうか？　どのような些末なことでも構わない、気づいたことを教えて欲しい」

「その方、やはり余を疑っているのか？」

「そうではない。ただ純粋に情報が欲しいのだ」

「……いいだろう。ならば包み隠さずに述べるとしよう」

龍王様、平然としているようで、意外と周囲の目を気にしているのかもしれません。

パーティー会場ではタナカさんのみならず、先代の精霊王様や海王様も消えてしまいました。彼らと交友のあった王様たちから攻められたのなら、流石の龍王様も無事では済まないと思いますから。

「とはいっても、あまり多くはない。まず、当事者たちも驚いていた。あの者らの中に犯人がいるとは思えぬ。まぁ、海王や精霊王が裏で糸を引いている、という可能性も考えられなくはないが」

「魔力的な反応はどうだろうか？　直前の状況が知りたい」

「まったく感じておらぬ」

「いくらなんでもそれはねーんじゃねぇか？」

龍王様のご説明を耳にして、すぐさま鳥王様から疑問の声が上がりました。タナカさんたちが会場から消えたとき、彼は私どもに同行しており、ステージからは離れた場所におりましたから。

そうして与えられた疑問には、虫王様や樹王様から補足が入りました。

「妾、少し離れたところに居たけど、同じく感じなかった」

「私も……龍王や、虫王と同じく……なにも……感じられなかった」

「おいおい、マジかよ？」

「つまり、魔力の痕跡を完全に隠蔽しつつ、あの者たちを対象として、召喚やそれに類する魔法を発動させたという訳か。だとすれば術者は貴殿らと同じ王か、王に比肩する存在、ということになると思うのだが」

動揺する鳥王様に対して、改めてエルフさんから状況の説明が為されました。

どうやら犯人はかなりお強い方、或いは方々のようでございますね。

自ずと王様たちの議論も賑やかになり始めました。

「だったら、ここに居ないヤツが怪しいぜ？　会議に参加してないヤツがな」

「他所の王が……偶然、居合わせる……ような、ことが……あるだろうか？」

「コノ中ノ、誰カガ、告ゲ口ヲシタト？」

「妾、思った。だとしたら怪しいのは、精霊王のことを目の敵にしていた妖精王」

「ち、違う！　アタシはそんな事してない！　絶対につ！」


「余も考えていた。海王と不仲である樹王にも、可能性があるのではないか？」

「私も……違う……断じて、そのような、ことは……しない」

一連のやり取りは耳にしていて不安で仕方がありません。そのまま喧嘩に発展しそうな恐ろしさがございます。

事実、つい先日には大喧嘩をされていたと、メイドは王様会議が開催されるに至った経緯を、エルフさんから伺いました。

こうした懸念は関係者席に着いている皆さんも同様のようでございます。一様に真剣な面持ちで議論に注目されておりますね。目に見えて顕著なのは我が国の陛下でございましょうか。今にも泣き出しそうなお顔をされています。

「これだけの王を……敵に、回してまで……行うことか、という……疑問も残る」

「一緒に消えた性悪精霊が、この場に居ない王から恨まれてたんじゃないのか？」

「アンタの思いは分からないでもないが、もし仮にここでの出来事を把握していたのなら、わざわざオイラたちの目の前で狙うか？　代替わりを終えた元精霊王が相手なら、海王を巻き込んでまで狙う意味が分からねぇぜ」

「余も鳥王の意見に同意だ、妖精たちの王よ」

「だったら狙われたのは海王か？　だけどアイツ、口は悪いけどいいヤツだぞ！」

時間の経過と共に、王様たちの間では議論が熱を帯びて参ります。

しかしながら、どれだけ言葉を交わしたところで、一向に出口は見えてきません。色々と可能性は上げられますが、すぐに否定されての繰り返しです。少なくとも自身が聞いている限り、ほとんど成果は見られません。

それでもメイドとしましては、彼らがタナカさんを含めたお三方の為、真剣に話し合って下さっているという事実が、ちょっと嬉しくございます。彼の行いは決して無駄ではなかったのだと、王様たちの姿を眺めて思います。

「こうして考えると、対象を王に限るような真似はよくねぇかもしれないな」

「鳥たちの王よ、他所の王に対して疑念を向けたのは、その方ではないか？」


「いやまあ、その通りなんだが」

「だけど、あの馬鹿みたいに強いニンゲンと海王、それに弱っちくなったとはいえ、魔法が得意な性悪精霊を一方的に招集するとか、そんなことできるヤツがどれだけいるんだ？　アタシは見当もつかない」

「我々が……考えている、以上に……世の中は、広い……のかも……知れない」

「我々ヨリ強イ者ガイル。ナント心躍ルコトカ」

「鬼王さんよ、アンタあのニンゲンに負けたばかりだっていうのに逞《たくま》しいな」

「妾、ふと思ったのだが、オマエたちは同じことができるのか？　妾は恐らく無理」

「今の発言は聞き捨てならない。余らを侮辱しているのか？　虫たちの王よ」

「そうは言っちゃいないだろう、龍王さん。本人は無理だって言ってるじゃねぇか」

「たしかに……この者が……疑問に、思ったことは……分からない、でもない……」

「アタシだったら真正面からぶん殴る！　そんな卑怯な真似は絶対にしないぞ！」

しばらくすると王様たちも集中力が切れてきたのでしょう。議論が脇道に逸れる頻度が高くなって参りました。乱暴な発言も如実に増えてございます。元より我慢できない性格の方も多い王様たちですから、仕方がないとは思いますが。

そして、これを眺める関係者席の皆様は、それはもう不安そうな面持ちをされておりますね。縦ロール様の隣にいらした下僕の方など、つい先程から椅子より立ち上がり、臨戦態勢でご主人様の脇に控えていらっしゃいますよ。

タナカさんが不在というだけで、こんなにも心細く感じてしまいます。

「議論を交わして頂いているところ申し訳ないが、少々いいだろうか？」

そうした光景を目の当たりにしてのことと思います。聞くに徹していたエルフさんから声が上がりました。

彼女の発言を耳にしたことで、急に口を閉ざした王様たちの注目が、まとめてこちらに向けられました。思わずビクリと身体が震えたのがメイドでございます。すぐ隣ではドラゴンさんも尻尾をピンと立てておりますね。

一方で私の膝の上、クークーと寝息を立てる鳥さんのなんと頼もしいこと。

「貴殿らに私から一つ提案がある」

「その方は王ではない、議論に口を挟む権利はなかろう」

「弱者ノ言ウコトハ、強者ノ耳ニハ届カヌ」

龍王様と鬼王様からピシャリと言われてしまいました。

かなり議論に熱が入っていらっしゃいますね。

ご指摘の通り、前回はタナカさんが司会を務められていたからこそ、彼らも素直に言うことを聞いていたのだと思います。彼という暴力装置が失われた今、この場はとても危ういバランスの上に成り立っております。

それでもエルフさんは果敢に言葉を続けられました。

「ああ、その通りだ。だからこれは司会役からの提案だ。このままでは日が暮れても結論が得られそうにない。それは我々としても、貴殿らにとっても、好ましいことではないだろう。不服かもしれないが、どうか耳を貸して欲しい」

「…………」

龍王様の注目がエルフさんから離れて、すぐ隣に座っていたドラゴンさんやメイド、更には私が抱えている鳥さんに移りました。一体どのような意図があっての眼差しなのか、自身にはまるで判断ができません。

そして、しばらく考えるような素振りを見せてからのことです。

龍王様から改めてお返事がありました。

「いいだろう、言ってみるがいい」

「快諾を感謝する、龍王殿」

他の王様からも異論は上がりません。

無事に発言の権利を得ることができたようです。

エルフさんは丁寧に頭を下げて、ツラツラと語り始めました。

「各々、確認してみたいこと、試してみたいことはあると思う。ならばそれらを持ち帰り、自らの目と手で見定めた上で、改めて議論の場を設けてはどうだろうか。あの者たちであれば、どこへ飛ばされたとしても、早々大事となることはないだろう」

円卓に着いた王様たちを順に見渡してのご提案です。

彼女は卓上に両手を突いて、身を乗り出すようにして言いました。

「解決を急《せ》いた結果、貴殿らの仲が拗れることのほうが、

私としては問題だと思う。もし仮にあの者たちが戻ってきたとしても、こうして育《はぐく》まれつつある仕組みが崩壊しては、本末転倒ではなかろうか」

王様たちから反論はありません。

皆さん、神妙な面持ちでエルフさんの言葉を耳にしておりますね。

これは関係者席に着いた方々も例外ではございません。

「期日については、一ヶ月を目安としたい。異論はあるだろうか」

彼女からの提案につきましては、改めて多数決が行われました。

結果、全員一致の賛成でございます。

互いにやり取りを重ねたことで、彼らも色々と思うところが出てきたのでしょう。

「では、これで決定だ。貴殿らには期日を改めて、再びこの場に集合して欲しい」

そんな感じで第二回目の王様会議は無事に終えられました。

現場に居合わせたメイドとしては、まずは流血沙汰にならなかった事実を喜びたいと思います。関係者席に着

いていた皆さんも、ホッとした表情を浮かべて、互いに言葉を交わされておりますね。

円卓に着いている王様たちの間では、すぐさま今後の方針を巡ってやり取りをする様子が見られ始めました。

こうして眺めていると、どの王様がどの王様と仲良しなのか、ひと目見て把握することができますね。

すぐ隣からもドラゴンさんとエルフさんの会話が聞こえて参ります。

『なぁ、私がぜんぜん喋ってないぞ？』

「いや、今更言われても困るのだが……」

『オマエが沢山喋るから、私が喋れなかった』

「だとしても、同席しているだけで十分助けになっていたと思うのだが」

『どうしてそうなるんだ？』

「いや、気づいていないのであれば、わざわざ気にしなくてもいい」

『ぐ、ぐるるるる……』

そういえば今回はメイドも、一言もお喋りをしていませんね。

小心者としましては、大変ありがたい立場にございます。エルフさんがあまりにも格好良かったので、完全に見惚《みほ》れていた次第です。王様たちを相手にしながら、終始対等に渡り合っておられましたから。

普段のぽやっとした雰囲気が、これっぽっちも感じられませんでした。

多分、彼女もタナカさんの為に頑張っていらっしゃるのだと思います。

＊

精霊王様を中の人に迎えたことで、マスコットキャラクターを利用したライブハウスの販促活動はすぐさま開始された。具体的にどのような活動かと言えば、ネット上の動画投稿サイトを利用したミュージックビデオの公開である。

一発目からほぼ完璧に近い歌唱が披露された為、やる気に満ち溢れたオーナーにより、録音はその日の内に行われた。映像などは既に支度が整っており、翌日には音声の入れ込みも終えられてビデオは完成した。

翌々日には配信サイトで映像が公開。

ライブハウスのステージ上で立体モデルが踊りながら歌う様子を、ホールの様々な角度より映したものだ。現実のバンドグループのプロモ映像をそっくりそのまま、仮想キャラクターを利用して行ったような感じ。

かなり格好良く仕上がっていた。

作詞作曲のみならず、映像の編集までオーナーが一人で行ったのだとか。

完成した映像を拝見した際には、自身もそれなりに期待感とか抱いてしまった。オーナーがこちらの施策に社運を懸けていた理由を改めて理解した気分である。これはもしかしたら、もしかするのではないかと。

それから数日が経過。

映像のＰＶ数は三桁を越えた辺りでピタリと止まってしまった。

当然ながら、待てど暮らせどお客さんはやって来ない。ここで言うお客さんとは、ライブハウスでの演奏を求めるバンドやクリエイターさんたちである。店舗内の設備に対して、問い合わせの一つくらいはあってもいいのではなかろうか、とはオーナーの愚痴である。

しかしながら、電話は一向に鳴らないし、メールもやって来ない。

なんなら配信サイトで公開した映像には、未だコメントすら付いていない。

「ちくしょう、十万再生は堅いと思ってたのにっ……！」

「流石にそれは夢を見過ぎではありませんか？」

「だっていい曲だろ？　ボーカルだって近年稀に見る声質だと思うんだよ」

「そうは言っても、チャンネル自体は新設されて間もなく、投稿された動画は今回が一本目。他所で宣伝をしている訳でもないとすれば、この程度が関の山ではないでしょうか？　むしろ、健闘している方ではないかなと」

「だけど、い、いい曲だよな？」

「曲の出来栄えより宣伝が優先される時代だとは、オーナーも重々ご承知では？」

「分かっちゃいるよ。分かっちゃいるけど、やっぱり遣《や》る瀬《せ》無いよなぁ」

ライブハウスのホール脇に設けられたテーブル、そこに載せられたノートパソコンを囲んで意見交換を行っている。こちらを訪れてからというもの、精霊王様とブサメンは昼過ぎに寝床から起き出して、この場でオーナーと落ち合うのが日課となっていた。

そして、意見交換を終えたのなら、後はフリータイム。彼が外出する際にはボディーガードとして付き合っているけれど、そうでない場合は自宅待機。もしくはお散歩。特にやることもなく、食っちゃ寝の生活を続けている。

正直、かなり満ち足りた毎日だ。

異世界で忙しくしていた反動なのか、それはもう満喫させて頂いておりますとも。

「継続して動画を投稿していれば、次第にファンもついてくると思いますが」

「そんな悠長にやっている時間はないんだよぉ……」

ここ数日、オーナーの精神状態が段々と怪しくなってきた。

先日も借入金の扱いを巡って銀行に足を運んでいた。

持ちビルの他にも多少は現金資産をお持ちとのことで、来月にも即座に差し押さえ、みたいな展開はないと本人は言っていた。けれど、半年後、来年といったスパンで見ると、悠長にもしていられないそうな。

自身が異世界から持ち込んだ金貨を何枚か貸し付けるという手もある。ただ、半グレたちが地上げを前提に動いていることを思うと、返済の是非はさておいて、抜本的な問題解決にはならない気もする。

「オリジナル曲ではなく、カバー曲を投稿されてはどうですか？」

「他人のふんどしで相撲を取れってのか？」

「その方が遥かにＰＶ数は増えると思いますが」

「……………」

耳に馴染みのある曲の方が我々ユーザーだって嬉しい。最初から自前の曲で勝負できるのは、大手事務所にプッシュされた期待の新人だけでしょう。観客は賑わっている場所から連れてくるしかないのだ。

「どれだけ優れたコンテンツでも、人の目に触れなければ存在しないのと同じです」

「俺だって理解しちゃいるさ。だけど、元バンドマンとしては自分の曲で勝負したいっていう思いがあるんだよ。アンタだって分からないか？　お遊戯会に参加するなら、やっぱり自前で曲や衣装を用意して臨みたいだろ？」

「お遊戯会に参加する児童が、自前で曲や衣装を用意する状況が想像できません」

最近のお遊戯会って、そんな感じなのだろうか。

いや、んなことないだろう。

「私も軽く調べてみましたが、映像自体はそこまで目新しいものではないようですね。店舗の設備こそあまり見られませんが、わざわざコストをかけて店先でライブを行うという需要が、あまり無いのかもしれません」

手にしたスマホを眺めて伝える。

こちらはオーナーが買い与えてくれたものだ。我々の為にわざわざ新しく契約をしてきてくれた。ボディーガードを引き受けているとはいえ、別々に行動することもあるので、彼の身に何かあった場合のホットラインである。

精霊王様と話し合った結果、当面は自身が管理することになった。

「そういうこと本人に面と向かって言っちゃう？」

「事実は事実として正しく認識するべきではないかなと」

他にもお小遣いと称して、世のサラリーマンが奥さんから得ている程度の額は、毎日の食費とは別に支給される運びとなった。こちらは今のところ、取り立てて必要な物もないので、精霊王様の合意を得て貯蓄に回している。


思ったよりも堅実な性格のメスガキ王様に、ブサメンの好感度は急上昇である。

「お知り合いのチャンネルとのコラボを検討しては如何でしょうか？」

「知り合いには片っ端から当たったんだが、どれも断られちまった」

「なしのつぶてですか」

「アンタ、子供なのに妙な言い回しばっかり使うよな？」

「最近の子供は勉強熱心なのですよ」

昨日も似たようなやり取りをしたような気がしないでもない。

長いこと人の上に立って仕事をしてきたオーナーだから、どうしても自身のやり方に重きをおきがち。ただ、日に日に再生数の伸びが鈍化していく映像を眺めてだろう、ようやく妥協の言葉を引き出すことに成功した。

「よし分かった。カバー曲をやろう」

「承知しました」

「それと、今回はライブ配信でやる」

「それだと映像のクオリティーが落ちませんか？」

「うちはライブハウスだ。同じ時間に同じ映像を眺めてこそのライブだろ」

個人的には動画として投稿したほうがいいと思う。けれど、これ以上の突っ込みは彼の心証を害してしまいそうなので、控えておくことにした。リスクを取っているのはオーナーだし、我々は偶然居合わせた居候に過ぎない。

代わりにブサメンは精霊王様に向けて、一連のやり取りをご報告。

「……という訳で、改めて歌を披露して頂きたいのですが、よろしいでしょうか？」

「べつにいーよ？　他にやることもないしね！」

「それと一点だけ、事前にご留意を願いたいことが」

「なぁーに？」

「今回は精霊王様の歌声がそっくりそのまま、同時進行的に世の中へ流れることになります。たとえば何気ない咳払いなども、編集作業で切り取られることなく世界中に響く、といった具合です」

「この前に教えてもらった、テレビの生放送ってやつと同じような感じかな？」

「ええ、まさにその通りです」


異世界から地球に飛ばされてしばらく、精霊王様もかなりこちらの世界に慣れて思われる。昨日には一人で近所のスーパーへ買い物に向かわれた。異世界での自由奔放な生活とは打って変わって、窮屈な都会での暮らしに不平を漏らすこともない。

多分、ブサメンの為に気を遣って下さっているのだと思う。

なんて良いメスガキだろう。

などと考えたところで、ふと思い出した。

サバ氏、元気でやっているだろうか。

他所様に迷惑をかけていないといいのだけれど。

今のところ彼の存在がニュースで取り沙汰されている様子は見られない。とはいえ、いつ空飛ぶ魚類の存在が、世間にお目見えするとも限らない。向こうしばらくは朝晩のニュースチェックが日課になりそうだ。

妙なところで水揚げされないことを祈るばかり。

「よし、それじゃ早速だけど、配信の支度に入るとするか！」

「追い詰められている割には、いい笑顔をされるのですね」

「なんつーか、若い頃に戻ったみたいで楽しくもあるんだよな」

「なるほど」

こうだと決まれば、そこから先が早いのがオーナーの美点である。

必要な技術力も自前で備えている。

配信内容はその日の内に決定。

それでも本来であれば、歌の練習に数週間は要するところ。けれど、そこは精霊王様の人間離れした歌唱力が的確にサポート。どのような曲も何度か耳にした限りで、完璧に歌い上げてしまうの凄い。

おかげで配信のアナウンスは即日で告知。

週末には第一回目のライブ配信が行われることとなった。

＊

ライブハウス復興計画、初手で躓《つまず》いた我々は、それでも前向きに頑張った。

支度とリハーサルは数日で終えられて、予定通りライブ配信の当日が訪れる。その間、半グレたちから嫌がらせを受けることはなかった。警察の捜査にも進捗はなし。些か不安を覚えないでもないが、こちらから攻めて出る訳にもいかない。

そんなこんなで、いざ訪れた本番。

店内にはオーナーと精霊王様、それに醤油顔の姿がある。

各所には撮影用のカメラが設置されており、手元の端末から動画の配信サイトを確認すると、無観客のホールからステージ上を映す映像が見られる。気になる現在の視聴者数は十六名とのこと。

ちょっと残念な感じがするけれど、こんなものではないかなとも思う。

ステージの上には、こちらへ足を運んだ当初に拝見した、大きな液晶ディスプレイが降ろされている。そこではパソコン画面の焼付き防止用のスクリーンセイバーよろしく、ライブハウスのロゴが右へ左へゆっくりと動き回っている。

ディスプレイの後ろには、奥行きのあるステージを前後で二分するようにパーティション。

その奥まった場所に精霊王様とブサメンは立ち並んでいる。

ホールやステージに設置されたカメラから、パーティションの先に立った我々を捉えることは不可能。何故そのようなスペースが設けられているかと言えば、ディスプレイに投影された立体モデルを舞台裏からリアルタイムで動かす為である。

本日、立体モデルの挙動はブサメンが担当することになった。

オーナーが撮影や演出、精霊王様が歌唱を担当しているので、手が空いている自身にお鉢が回ってきた形である。ダンスの振り付けなどは、ここ数日でひたすら練習して身体に叩き込んだ。めっちゃ大変だった。

モーションキャプチャーは高価な業務用の機材により実施。

専用のカメラなどが自身を取り囲むように何台も設置されている。オーナーが投資を頑張ったおかげで、全身にトラッカーを付けずとも、ある程度の精度で表情までトラッキングが可能。ただし、指先のトレースには専用のグローブが必要とのこと。

「おーい、そろそろ開始するけど、そっちは大丈夫かー？」

「大丈夫です、カウントダウンをお願いします」

ステージの隅で、マイクスタンドの前に立った歌唱担当の精霊王様。

彼女の見つめる先、自身はモーションキャプチャーの挙動を確認の上、ステージの中程に立つ。向かって正面にあるパーティションには、ステージからホールの様子を映した映像がプロジェクターにより投影されている。

こちらの映像を確認しつつ、観客の反応にアクションを返したりするのが正しい使い方なのだろう。ただし、本日は人っ子一人いないホール内、音響スペースに座したオーナーしか映っていない。

「よし、それじゃあスタートする！」

「精霊王様、お願いします」

「はぁーい！」

オーナーの合図に応じて、スピーカーから音楽が流れ始めた。

動画投稿サイトで配信されている映像やユーザーからのコメントは、我々が待機しているパーティションの奥からも、天井付近に配置されたモニターを通じて確認できる。大量のスモークが焚かれると共に、モニターに立体モデルがお目見えした。

いざ、ライブ配信。

直後には前置きも何もなく、最初の曲が流れ始める。

この辺りの筋書きはオーナーによるもの。

すぐさま精霊王様の歌声が響き始めた。

お題はアニメを見ない方でも知っているような、とても有名なアニメソング。カバー曲を利用するなら全力で媚《こび》を売っていこう、というオーナーの判断だった。一度こうだと決めたのなら、とても割り切りのいい人物である。

自身も所定のダンスを踊り始める。天井から下げられたモニター越し、立体モデルが動画投稿サイト上で動いていることを確認して、まずは無事にライブ配信を始められたことにホッと一息である。

それからもチラチラと目を向けて、配信ページの状況を確認。

気になったのは配信に付いた視聴者の数だ。

ライブ配信が本格的に開始されると、少しずつ人が増えてきた。一曲目を終えると、いつの間にやら百名を越えている。大半はライブハウスの公式サイトや、ソーシャルメディアのアカウントを通じてやって来たオーナーの知り合いだろう。

恐らく最初に投稿した動画を再生した人の大半も、本日こうして配信を見に来てくれたオーナーの知り合いではなかろうか。映像の再生回数とライブの視聴者数を比較するに、当たらずとも遠からずのような気がする。

ソーシャルメディア上では、ライブハウスの公式アカウントを利用して、本日の配信について告知を行った。成果は芳《かんば》しくないけれど、それでもオーナーの知人やファンを思わせる方々からは、多少の反応が見られた。その成果だ。

中には現在の彼が置かれた状況を察していると思われるような方もチラホラと。その事実を申し訳なく思うとのコメントも見られたりして、予期せず与えられた温かい言葉に、オーナーはちょっとしんみりとしていた。

「はぁーい！　配信を見て下さっている皆さん、はじめまして！　いきなりですけど、皆さんはライブハウスと聞いて、どんなイメージを持ちますか？　薄暗くて汚らしい、なんて思う方も多いのではないかと思います」

一曲目が終えられたタイミングで、精霊王様によるMCが入った。

日本語を理解されない彼女は、なんと台詞をすべて丸暗記。

彼女にとってはまるで意味の理解できない音の並び。それをワンフレーズのミスもなく発声してみせるミラクル。同じことをやれと言われてできる人、世の中にどれくらいいるだろうか。

これには提案を受けたオーナーも目を見開いて驚いていた。

その日は分厚いステーキをいい感じのお店で奢ってくれた。

「たしかにそういうライブハウスも多いかもしれません。しかし、今こうして私が歌っているライブハウスは、とっても綺麗なんです！　そして、このような仮想ライブを配信する最新の設備まで整っているんです！　だから……」

精霊王様のMCに合わせて配信に利用されているカメラが切り替わった。


リフォームから間もない店内を次々と映し出していく。

その間、自身は休憩タイム。

適当にそれっぽいポージングで振る舞いながら身体を休める。異世界でパワーアップした昨今のブサメンであれば、ダンスを踊るくらいなら延々と続けていられる。

ただ、オーナーからそのように仰《おお》せつかったので素直に頷いておいた。

「……さて、それじゃあ次の曲に移りたいと思います！　この配信では私たちのライブハウスで行えることを皆さんにより一層知ってもらう為、いろいろな演出を行っていくので、是非とも最後までご覧になってくださいね！」

精霊王様のお喋りが終えられると共に、再びフロア内に音楽が流れ始めた。

ライブ配信は順調に進んで、二曲目、三曲目と消化していく。

しかしながら、視聴者は百数十人ほどで頭打ち。

以降は一向に、追加のお客さんがやって来ない。

音響スペースで作業に当たっているオーナーも表情が怪しくなってきた。

そんなこんなで配信を開始してから小一時間ほどが経

過。

ライブ配信も次の一曲で終了、といった時分のことである。

ホールの出入り口に設けられた防音扉が予期せず開かれた。

「うぃーす、お邪魔しますよーっと」

直後には誰のものとも知れない声が聞こえてくる。

ブサメンと精霊王様はこれを正面のパーティションに投影された映像越しに確認。当然ながらオーナーによる行いではない。彼は音響スペースに腰を落ち着けて、今も配信作業に慌ただしくされている。

だとすれば、誰なのか。

半グレである。

見るからに反社会的な風貌の男たちが数名、ぞろぞろとホールに入ってきた。

内幾らかは自身も見覚えのある顔立ちをしている。以前、歌舞伎町でオーナーを襲っていた人たちではなかろうか。

「ア、アンタたち、どうして勝手に入ってきてるんだっ⁉」


「せっかく客が来たっていうのに、その言い方はどういう了見なのかねぇ」

「本日は関係者以外立ち入り禁止だ！　施錠もしっかりと行っていた！」

「そいつはおかしいなぁ？　自分らが来たときには普通に開いてたんだけど」

オーナーの言葉に構わず、半グレたちはステージ前まで足を向ける。

プロジェクターによって投影された映像越し、自分や精霊王様からも先方の姿がはっきりと確認できる。お喋りをしているのは集団の先頭に立った人物。一際大きな体格の持ち主で、綺麗に剃り上げられたスキンヘッドが特徴的である。

歌舞伎町では仲間を先導していた人物だ。

たしか名前は山田大介さん。

「皆さん、ここのお店でライブをやっても、あまり意味はないですよ？　なんたって銀行からお金を借りたのに返す目処が立っていない。近いうちに潰れちゃう。ここでライブをしたところで、どうせすぐに意味がなくなっちゃうの」

スキンヘッドの男が大きな声で言った。

パーティションを越えて届けられた発言は、精霊王様が利用していたマイクに拾われて、動画投稿サイトで配信されている映像にも乗ってしまう。直後にはサイト上のコメント欄で、男の発言に反応が見られ始めた。

大半は予期せぬアナウンスに疑問を呈している感じ。

こうなっては配信停止も止むなし。

醤油顔の意識は音響スペースに座したオーナーに向かう。

すると、どうしたことか。

半グレの内一名が、いつの間にやらオーナーの背後に回り込んでいた。

しかも彼の耳元に口を寄せて、ヒソヒソと耳打ちをしている。

これを聞いているオーナーは顔面蒼白。全身がプルプルと震えておりますね。原因は首元に当てられたナイフで間違いない。多分だけれど、配信を止めるな、とかなんとか命令されているのではなかろうか。

天井から下げられたモニターには、今も配信中のライブ映像が確認できる。


「そぉーら、ライブに興奮したお客が椅子を投げちまうぞぉ！」

スキンヘッドの発言を受けて、その背後に待機していた面々が動いた。

ホール内にあった椅子を手に取り、ステージに向けて放り投げんとする。なんら躊躇のない挙動には、先方にも相応の覚悟があることが窺えた。多少の逮捕者は見込んだ上での来訪と思われる。器物損壊程度なら、地上げの成果に対してお釣りがくる。

設備が破壊されては、ライブハウスの再興も絶望的。

こうなっては致し方なし。

ナンシー隊長は業務内容をダンス演者からボディーガードに変更。

大慌てでパーティションをスライドさせてステージ奥から表に出る。大型ディスプレイの脇をすり抜けてステージの最前面へ。するとそこにはプロジェクターの映像越しに確認していた半グレたちの姿が。

「お客様、店内での騒動はご遠慮下さい」

ブサメンは彼らに狙いを定めると、ステージの上からホールに向けてジャンプ。

椅子を持ち上げていた面々の内一名に対して飛び蹴り。

　度重なるレベルアップの恩恵を受けて、肉体は自身が想像していた以上に気持ち良く動いた。めっちゃかっこいい感じのモーションをしている気がする。格闘ゲームのキャラクターさながら、足先が先方の身体を打ち抜いた。

「ふぐっ……!?」

　腹部に蹴りを受けた人物は、そのままホールを後方に向かい転がっていった。

　腹が裂けて臓物が辺りに飛び散る、といったことはない。直撃の瞬間、しっかりと加減させて頂きました。飛行魔法を駆使することで、足先が対象と接触する直前、十分に勢いを押さえたので間違いない。

　そうでなければ、とんだスプラッタを配信先にお届けしていたと思われる。

　オークの巨体すら打ち抜いてしまうナンシー隊長の身体能力であるからして。

「な、なんだよ、この子供はっ……」

「ふざけんな！」

「面倒だ、やっちまえ！」

　先方の反応は相手によって様々だ。驚いている人や戸惑っている人がいれば、憤怒の形相で殴りかかってくる人もいる。主に後者を相手取り、ブサメンは半グレたちに手刀を打ち込んでいく。初撃と同様、加減することも忘れない。

　当初の目的を優先した一部の方々からは椅子が飛んでくる。こちらは受け止めてあるべき場所に戻す。ステージを背にしている手前、避《よ》けてディスプレイが破損しては大変なこと。なんなら椅子一つとっても、金欠のオーナーには手痛い出費だろう。

　最終的には半グレたちの大半が、荒ぶる女児を驚異と認めて挑みかかってきた。

「次の曲、はじまるよぉ！」

　そうこうしていると、会場に精霊王様のアニメ声が響いた。

　配信を取り繕うべくの行いだとは、すぐに想像できた。なんて気が利くのだろう。

　半グレと切った張ったするブサメンの後ろで、彼女の声が響き始める。するとその歌声を追いかけるように音楽が流れ始めた。音響スペースに座したオーナーによる

行いだろう。ナイフで脅されながらも、大した胆力ではなかろうか。

ブサメンが場外に移動した為、ステージ上の大型ディスプレイでは動きが止まってしまっていた立体モデル。こちらも精霊王様が歌唱しつつ動かして下さっている。歌詞のみならずダンスの振り付けまで覚えているとか半端ない。

彼女たちの助けを借りて、自身は予期せぬ闖入者《ちんにゅうしゃ》の対処を優先。精霊王様の歌声を背景にボディーガード役を遂行する。激しいロック調のサウンドが、騒々しい現場にやたらと良く合っているのちょっとテンションが上がる。

数分と要さずに、半グレの大半は再起不能となった。

思い起こせば、ここまで露骨に格闘アクションしたこと、異世界でもなかったような気がする。というか、あちらの世界ではファイアボール至上主義者だったので、接敵するような機会がほとんどなかったから。

「このガキ、前にも歌舞伎町でっ……！」

我々がそうであったように、スキンヘッドの彼もこちらを覚えていたようだ。

苛立たしげに醤油顔を見つめていらっしゃる。拳をギュッと握ったりして、とても悔しそうにしておりますね。けれど、殴りかかってくるようなことはない。仲間の大半が撃沈したことで、今後の対応を決めかねているのだろう。

ただ、そうした硬直も束《つか》の間のこと。

「おいっ！　こ、こいつがどうなってもいいのか!?」

オーナーの背後に回っていた人物から声が聞こえてきた。

先方の手にはナイフが握られている。

切っ先は人質の首筋に当てられていた。

脅されている本人からは、必死の形相で待ったの訴えが。

「止めてくれ！　この場で俺を殺したら、アンタたちだって大損だろう!?」

「こ、殺されたくなかったら、その訳が分からない子供を大人しくさせろ！」

訳の分からない子供のせいで、先方もかなり混乱しているみたいだ。

現時点では精々、不法侵入や器物損壊が関の山。こちらから警察に連絡を入れても、そこまで大した問題にはしてくれないだろう。むしろ半グレたちが一方的に、ブサメンによってしばき倒された限りである。

　けれど、死者が出たらその限りではない。

　先日の歌舞伎町の件と合わせて、本格的に捜査が始まることだろう。

　彼らの地上げもどうなるか分からない。

「バカ野郎！」

　同じような損得勘定を行ったのか、スキンヘッドの男からも叱咤《しった》が飛んだ。

　一連の反応を眺める限り、やはり彼が半グレたちのリーダー的存在のようだ。叱咤されたナイフの男は、それでもオーナーの首に刃を当てたまま、醤油顔のことを睨みつけておりますね。浅く切れた肌から薄っすらと血が滲んでいる。

　異世界であれば、死角からファイアボールを飛ばして対処すべきシーン。回復魔法を併用すれば、確実にオーナーを救助可能。けれど、現代日本でそれを行っては色々と問題がありそうな気がする。音響機材も無傷とはならないだろう。


　さて、どうしたものか。

　ボディーガード役も動きを止めて頭を悩ませる羽目に。

　しかし、そうした先方の威勢は然《さ》して続かなかった。

　ナイフを構えた人物がすぐに、その場で崩れ落ちたのである。凶器を取り落とすと共に、全身から力が抜けてしまったかのように、足からガクッと倒れていった。どことなく覚えのある光景は、歌舞伎町で彼らを無効化したときと同様。

　咄嗟にステージを振り返ると、ディスプレイに映し出された立体モデルが、我々に向けてしきりにアピール。どうやら精霊王様が魔法で対処して下さったみたい。笑顔でピースする立体モデルの背後に、彼女の姿が透けて感じられた。

　アヘ顔ダブルピースさせたい衝動に駆られる。

「お、おい、またこのパターンかよっ……！」

　スキンヘッドの男からは叫ぶように声が上がった。

　歌舞伎町での一件を思い起こしてのことだろう。

　勝利を確信したブサメンは、そんな彼に対してキメ顔でお伝えさせて頂く。

「フロア内での暴力行為は厳禁です。すぐに退店して下さい。本店舗は安心安全がモットーとなります。小さなお子さんからお年寄りまで、老若男女に楽しんで頂ける健全な施設運営を心がけております」

「クソッ！」

これ以上の滞在は無意味と判断したようで、相手は即座に踵を返した。

自身が追いかける素振りを見せると、防音扉を越えてホール外に出てからも、エントランスを過ぎて一直線に屋外まで駆ける。地上に伸びた階段をあっという間に上りきり、そのまま通りの先に消えていった。

「…………」

店内に残っている彼のお仲間の対処はどうしよう。

色々と問題も山積みのまま、記念すべき一回目のライブ配信は終えられた。

元の世界（三）

Original World (3rd)

　予期せず乱入してきた半グレたちのおかげで、ライブ配信はメチャクチャである。

　辛うじて配信の体は保っていたつもりではあるが、世間様に対してどのように映ったのかは定かでない。大声でイキり散らす強面の男たちや、彼らを圧倒する得体の知れない女児もバッチリと映ってしまっていた。

　当然ながら映像は当日中にアーカイブから削除。

　オーナーは意気消沈も著しい。

　めっちゃ泣いてた。

　同日は気落ちした彼を気遣い、すぐに解散することとなった。

　自分や精霊王様も住まいに戻り、今後の身の振り方を巡って作戦会議。夜遅くまでああだこうだと議論を交わすことになった。場合によっては、再び流浪の身に落ちるやも知れないから。日々の食い扶持さえ儘《まま》ならぬ身の上である。

　そうして迎えた翌日、オーナーが我々の下にやって来た。

　例によって昼過ぎまで寝ていたところ、ピンポンピンポンと賑やかにするインターホンに叩き起こされた次第。なにがどうしたとばかり、パジャマ姿のまま玄関先に顔を出すと、彼はしきりにスマホをかざして言う。

「おい、これを見てくれ！　これを！」

「朝っぱらからどうしたと言うんですか……」

「百万再生！　百万再生だよ！　あともう昼だ！」

　ぼんやりとした頭に元気な声が繰り返し響く。

　目元をコシコシと指でこすりながらの対応。

「……百万再生、ですか？」

「ああ、これを見てくれ！　ほら、これっ！」

　オーナーは興奮していた。

　それはもうハァハァと息も荒く。

　なんなら額にはじんわりと汗が浮かんでいる。

いかんせん玄関先は暑いので、彼には宅内に入ってもらった。移動した先はリビングだ。未だ家具の搬入されていない閑散としたスペースは無駄に広々としている。その中程で安物の座布団に腰を落ち着けて顔を合わせる。横並びで腰掛けたブサメンと精霊王様。対面にオーナーが座る。

彼は改めて我々にスマホを差し出した。

こちらへ示すように画面が向けられている。

そこに表示されていたのは、昨日にも利用した動画投稿サイトだ。ページ上では動画が再生されている。しかも、映し出されているのは自身も覚えのある立体モデルのダンス映像。合わせて届けられる歌声は精霊王様のもの。

我々が配信していた映像で間違いない。

ただし、投稿者の名前を確認すると、まったく知らない人物。チャンネルの登録者数もライブハウスの公式とは雲泥の差。アイコンも設定されておらず、デフォルトの画像が表示されている。アカウントの取得から間もない代物と思われる。

どこかの誰かが動画をコピーしていたようだ。


ライブ配信の映像がそっくりそのまま、動画投稿サイトに転載されていた。

しかも僅か一晩でとんでもない再生数となっている。

「こちらの投稿者はオーナーのお知り合いでしょうか？」

「んな訳ないだろ？　全然知らないやつだよ」

しばらく映像を眺めたところで、意識をオーナーに戻す。

すると彼は困惑した面持ちで言った。

「まさかとは思うけど、アンタたちの知り合いだったりするのか？」

「そんな滅相もない。我々はこの世界において天涯孤独の身ですから」

「だとしたら、配信を見てた誰かが勝手に上げたってことか……」

醤油顔の返事を耳にしたオーナーは、腕を組んで考えるような素振り。

予期せずバズってしまった映像の扱いに考えあぐねているのだろう。

我々が眺めている間にも、動画の再生回数は凄まじい勢いで上昇していく。投稿日時が本日未明であることを踏まえると、向こう数日は上昇傾向が続くのではなかろうか。初動の勢いから察するに、しばらくは話題に上っていそうな気がする。

「昨日のライブ配信については、サイト側も権利者の存在を把握している筈ですから、削除申請を行えば問題はないかと思います。それとも既になにかしら、問題が発生していたりするのでしょうか？」

「いいや、こいつはチャンスなんだよ。そうは思わないか？」

「そうなのですか？」

「ぶっちゃけ、店の留守電がえらいことになってる」

「半グレたちの嫌がらせでしょうか」

「メディアからの問い合わせだよ」

　個人によって偶発的に撮影された面白映像ではなく、法人がプロモーションとして出した映像がウケた、という背景が大きいのだろう。その手の話題性が大手にキャッチアップされて世に羽ばたいて行く流れは、ネット社会の王道ルートである。

「すみませんが、サイト上のコメント欄を確認してもいいですか？」

「ああ、是非ともそうしてくれ」

　オーナーからスマホを受け取り、ユーザーの反応を眺めていく。

　すると、コメントの大半は肯定的な意見だった。

　一番言及が多かったのは半グレの乱入シーン。彼らとナンシー隊長によるアクションは、ライブに付随する演出の一環として受け入れられたみたい。歌唱を継続して下さった精霊王様の判断や、ブサメンの苦し紛れの口上にも意味があったようで幸い。

　ただ、改めて考えてみると、当然のような気もしてくる。なんたって後者は女児。どこからどうみても子供。普通に考えたら、大人を相手に立ち回れる筈がない。長らく続いた異世界での生活が祟《たた》り、感性があちらに引きずられていた気がする。

　立体モデルの出来栄えについても、かなり評価が高い。オーナーが高い代金を支払ったと愚痴っていただけのことはある。精霊王様の歌声と合わせて、今後の活動に期待するようなコメントも多数見られた。

　なんなら半グレたちの挙動に対しても、役作りが完璧、との喝采が。

「精霊王様、アンタの歌声も評判がいい。俺が見込んだとおりの反応だ」

「ねぇーねぇー、このニンゲン、なんて言ってるのかなぁ？」

「昨晩にも削除した映像が、第三者の手により転載されたことで、世の中で出回ってしまっているようです。そして、これを目にした多くの人たちから、精霊王様の歌声がとても高く評価されているとのことです」

「へぇー？　私のお歌、そんなに良かったんだねぇ」

精霊王様の発言こそ理解できなくとも、ブサメンのお喋りについてはオーナーも母国の言葉として把握している。彼女に対する説明を耳にしたことで、すぐさま彼から補足するように声が上がった。

「きっかけはアンタの人間離れした暴れっぷりだと思う。世の中としても、目が向いているのはそっちで間違いないさ。けど、これはチャンスだ。とんでもないチャンスなんだよ。そっちの子の歌声は本物だ。俺はそれを活かしたいと思う！」

熱のこもった眼差しを精霊王様に向けるオーナー。

ちょっとちょっと、そういうの止めて欲しい。


童貞的に考えて、軽く寝取られた気分になるじゃないの。

「あっ、もしかしてこのニンゲン、私のこと好きになっちゃったのかなぁ？」

「いいえ、違います」

断固阻止。

オーナー、それは駄目です。

醤油顔のメンタルが死んでしまいます。

「これからも精霊王様に歌を歌って欲しいと、オーナーは切望されています」

「そぉーなの？」

「なぁ、こう伝えてくれ。精霊王様の歌声は最高だってな！」

「本人の言葉をそのまま伝えると、精霊王様の歌声は最高だ、とのことです」

「へぇー？　そんなふうに言われたの、きっと私も生まれて初めてだよぉ」

やめてあげて、精霊王様。

そういう意味深な台詞。

オーナーとの間で視線を行き来しながら言われたら、

童貞は挫けてしまいます。寝取られ趣味って、若い頃からオチンチンを摩耗させてきた上級ヤリチンの行き着く先だと信じているんだけど、実際のところどうなのだろう。

陰キャで寝取られ趣味とか存在するなら、それは菩薩か何かの類いではなかろうか。

「なぁ、ど、どうなんだ？」

「精霊王様、オーナーから回答を求められていますが……」

「そういうことなら、もう少し付き合ってあげてもいーかなぁ？」

「もうしばらくは付き合っても構わない、とのことです」

「本当か!? マジでありがとうな！」

パァと満面の笑みを浮かべて、オーナーは精霊王様を見つめる。

とっても嬉しそう。

言葉こそ通じずとも、その態度で彼が何を言っているのか判断したのだろう。精霊王様はピースサインでこれに応じた。舞台の上でも感じたのだけれど、何かと便利な意思疎通のハンドサインとして学習されたみたい。

「よ、よし！　それじゃあ早速だけど、次の配信を考えてくるわ！」

「我々はどうすれば？」

「アンタたちは好きにしてくれてていい。そっちの子はすぐに歌詞を覚えてくれるし、アンタも歌声は壊滅的だが、ダンスについては申し分ない。こっちで段取りが整い次第、すぐに連絡を入れるから」

「承知しました」

いちいちブサメンの歌声をディスってくるの、何か意味があるのだろうか。

そして、顔を合わせていたのも束の間のこと。

オーナーは興奮も冷めやらぬ面持ちのまま、足早にリビングから去っていった。パタパタという足音はすぐに遠《とお》退《の》いていき、ガチャリ、バタンと玄関ドアの開いては閉じられる音が聞こえてくる。

これを確認したところで、ブサメンは精霊王様から改めて問われた。

「結局のところ、私たちはどーなるのかなぁ？」

「彼の今後の働きっぷり次第ではありますが、こちらの施設については多少、行く先に光が見えてきたのではないかと思います。上手いこと事が運んだのなら、我々の衣食住も当面は安泰なのではないかなと」

「便利な道具が増えていくのは嬉しいねぇ」

自身が座した座布団の座面を手でクイクイと押したりする精霊王様。そうした素朴で何気ない行いが、メスガキ極まりない生き様とのギャップから、やたらと可愛らしく見えてしまうの悔しい。これが天然モノの威力か。

性欲と保護欲を同時に刺激してくるの、倫理的に問題があると思います。

自身が女体化していなければ、とても危うい状況にあっただろう童貞の心身。精神が肉体の変化に引っ張られつつ、それでも必死に前者は、いや待て、ここはファックすべきシーンだ、と後者をしばき倒すべく抗っているような感じ。

負けるな精神、頑張れ性欲。

でも今はちょっとだけ我慢して欲しい性欲。

なんて厄介なんだ性欲。

「とはいえ、異世界に戻るための方法については、未だに糸口すら掴めておりません。オーナーに対する協力はもちろん必要ですが、今後はこちらについても意欲的に検討していけたらと思います」

「そこまで急がなくても大丈夫だと思うけどなぁ。私たちが解決しなくても、海王が上手いことやってくれるかもしれないよぉ？　ああ見えてなかなか、細かな魔法の扱いには秀でているみたいだし」

「だとしたら大変喜ばしいのですが」

ここ最近、精霊王様との共同生活が幸せ過ぎて、サバ氏のことを忘れつつある。

一体どこで何をしているのやら。

＊

精霊王様の美声にライブハウス再興の可能性を見出したオーナー。情熱と使命感、そして、借金の返済期日に突き動かされた彼は、ふっと湧いて出た千載一遇の好機をモノにするべく、即座に行動を開始した。

これだと決めたのなら後は早いのが、彼の長所にして些《いささ》か不安なところ。

ネット上で動画が話題となった翌日には、すぐさま次の仕事を持ってきた。

「……案件、ですか？」

「ああ、それも新進気鋭のゲーム会社とのコラボだ」

「それってライブハウスの運営と関係あるのでしょうか？」

「今はお客が入ってこない店舗にこだわっても仕方がない。他所で色々とやって人目を引いて、半グレたちが迂闊に手を出せなくなるくらい話題になるしかない。そうすれば付き合いがあった連中も戻ってくるだろう」

顔を合わせている場所は、ブサメンや精霊王様が住まっているビル最上階の住宅スペース。同宅のリビングで座布団に腰を落ち着けての打ち合わせ。横並びとなった女児二名に対して、対面にオーナーといった配置。

皆々の手元にはブサメンが淹れたお茶が並ぶ。

昨日、近所の百円ショップで調達したばかりの急須や湯呑一式である。

「ゲーム会社ということは、新作のプレイ動画でも撮影するのでしょうか？」

「いいや、プロモ映像の一貫として、ゲームのバトルシーンをアンタのぶっ飛んだアクションで再現して欲しいと言われた。打ち合わせをした感じ、向こうからは特撮のチームでも抱えていると、勘違いされているようなんだ」

「あぁ……」

ナンシー隊長の女児離れしたアクションシーンが原因である。

今まさに旬な映像から新規ユーザーを引っ張ってきたいのだろう。新進気鋭とのお言葉通り、昨日の今日で声をかけてきたフットワークの軽さを鑑《かんが》みるに、ベンチャー企業からのお仕事ではなかろうか。

大手企業でこのスピード感はかなり難易度高いと思うし。

「悪いが軽く飛んだり跳ねたりしちゃもらえないか？衣装や小道具なんかは、案件を受けるならクライアントが丸っと用意してくれるらしい。撮影までこっちで受け持つという条件で、結構な実入りがあるんだよ」

「殊更にライブハウスとは関係なくありませんか？」

「映像を納品物とする代わりに、背景にはここを利用して構わないっていう契約だ」

「だとしても、撮影に参加するキャストが圧倒的に足りていないと思うのですが」

「そこんところは精霊王様に相談なんだが、前に教えてもらった魔法とやらでどうにかならないか？　割と色々なことができるって話だろう？　アクションの相手は人じゃなくて、マネキンを動かすくらいで構わないから」

オーナーの注目が精霊王様に向かう。

彼女からはブサメンに翻訳の催促が。

「どぉーしたの？　また歌を歌うのかな？」

「いいえ、歌唱とは別の形で精霊王様にご協力を願いたいとのことです」

求められた通りに注文を伝えたところ、精霊王様からは二つ返事で承諾を頂いた。マネキンを何体か動かす程度であれば、大した手間ではないとのこと。なんならゴーレムを生成しようかぁ？　とのご提案を頂戴した。

三人で話し合った結果、背景がライブハウスの店舗内であることから、今回はオーナーの意見を採用してマネキンを利用することになった。マネキン自体は彼がレンタル業者から借りてくることに。

その間、ブサメンと精霊王様は手元のスマホでゲームのムービーを確認。模して欲しいと指示を受けた映像は、既に公開されているトレーラーだった。主人公は可愛らしい女の子。それが剣を手にして多数のモンスターを相手に大立ち回り。

舞台は剣と魔法のファンタジーな世界。

奇遇ですね、醤油顔もつい最近までそういう場所におりました。

「このキャラクター、君の知り合いのニンゲンにちょっと似てなーい？」

「言われてみるとたしかに、エステルさんに似ているような気がします」

「君のこと、なにかにつけて凄く気にしてたよね。番《つがい》だったりするのかな？」

「いいえ、それは違います。彼女はとても人格に秀でている方ですので」

「ふぅん」

ゲームは異世界を舞台にしたアクションゲームだ。バク宙したり、空中で二段ジャンプしたりと、かなり動きが激しい。とはいえ、飛行魔法を駆使すれば模倣は可能。精霊王様からもマネキンの挙動について、問題なしとの判断が。

同日の夜にも撮影は開始。

それから数日ほどで、リアルに動き回るマネキン軍団を、コスプレ女児が大剣でしばいて回る映像が完成した。自身のアクションや精霊王様の魔法の他に、オーナーも持ち前の映像編集の技術を駆使して、それっぽい視覚効果を追加していた。

これがまた、存外のことウケた。

ライブ配信の流出動画と大差ない再生数。

動画投稿サイトではこちらの動画を投稿したタイミングで、チャンネルの登録者数が急増して十万を突破した。これにはオーナーも狂喜乱舞。我々の活動に期待している方々が、結構な数で存在していることが判明した。

クライアントであるゲーム会社も大喜び。

わざわざライブハウスまで菓子折りを持ってご挨拶にやって来た。

「本当にありがとうございました。映像が公開されたタイミングから、店頭でのパッケージ販売、ネット上での配信共に、売上が大きく跳ね上がりました。これで次回作も十分に余裕を持って開発が行えそうです」

「いえ、こちらこそ貴重な機会にお声掛けを下さり、とても感謝しております」

ホールの中央に設けられたテーブルを囲んで、スーツ姿の男性二人と私服姿のオーナーがやり取りをしている。女児二名は精霊王様の魔法により姿を隠しつつ、その傍らから堂々と彼らの会話を盗み聞き。

しばらく眺めていると、話題はナンシー隊長に及んだ。

「ところで、アクションを担当されていた女の子なのですが、どこかの養成所の生徒さんだったりするのでしょうか？　映像編集の技術もさることながら、細々とした動きまで本格的に見受けられまして」

「彼女は遠縁の親戚となります。映像関係については完全な素人ですよ。ただ、日本を訪れてからは空手を学んでいるそうでして、身体を動かすのが得意なのかもしれません。私も初めて確認したときは驚きました」

「なるほど、そうだったのですね」

自身や精霊王様の対外的な扱いは、オーナーの親戚として押し通す腹積もりらしい。

当面はそれで問題ないような気はする。最悪の場合、精霊王様の魔法で誤魔化すことも可能。もし仮にオーナーが第三者から誘拐犯として通報されても、そのような事実はなかったと、警察の担当者の意識を誤魔化せばいいい。

女児誘拐の容疑者としてマークされているブサメンと比べたら、対応は遥かに容易だ。表には出ていないが、指名手配されている可能もある。オーナーから借りたスマホで調べたところ、手配は軽犯罪や身元不明でも行われることがあるらしい。

「ところで、今回とは別件で、改めてご相談をさせて頂きたいことが……」

「なんでしょうか？　是非ともお伺いさせて下さい」

そして、ゲーム会社の案件を大々的に成功させたことで、我々のそれからの活動方針は自然と決定付けられた。というのも、同案件を皮切りにして、オーナーの下には様々なお仕事が舞い込んできたから。

ポジション的には完全にユーチューバー的な。

次のお仕事はライブハウスのマスコットである立体モデルを利用した配信。

デビューから間もないバンドのミュージックビデオを、独自の映像付きでカバーして欲しいとのこと。ライブハウスのオーナーとしては、これ以上ないお仕事だろう。例によって精霊王様の美声が大活躍と相成った。

ハードルは模倣対象が複数名であること。

こちらは立体モデルの他に、精霊王様が生成したゴーレムを利用しての演出となった。自身がステージ裏でボーカルのモーションを務めつつ、ステージ上ではゴーレムたちがギターやドラムなどを担当。

ただ、ゴーレムに楽器を演奏させるには、それなりに練習を要した。

流石の精霊王様も苦戦しておられた。

特に大変だったのはギターやベース。毎晩、夜遅くまで頑張っているメスガキ王様の姿を眺めては、童貞も性欲と父性のせめぎ合いに、興奮したらいいのか、慈しめばいいのか、お夜食作りなどでフォローさせて頂いた。

そうした彼女の努力が実ったのだろう。

一風変わった演奏風景は世間的にかなりウケた。

カバー映像はこれまた大量の再生数を獲得。

チャンネルの登録者数も鰻登《うなぎのぼ》り。

なんなら我々にもデビューを、とかバンドの所属先から提案があったくらい。

カバー元となったバンドグループの楽曲は、映像の公開と合わせて売上が急増。地上波にお招きされるほどの盛況っぷり。事前に伝えられていたバラエティー番組の枠内、スタジオではインタビューを受けるメンバーの姿が見られる。

その様子を我々は自宅のリビングで、座布団に腰を落ち着けて眺めている。

テレビはオーナーがどこからともなく持ってきてくれた。

テレビ台の用意がなく、床に直置きなのが生活感の無さに拍車をかける。

「精霊王様、アイドルデビューされますか？」

「えぇー？　私は君だけのアイドルで十分だよぉ」

「またそういうことを仰る」

ニヤニヤと意地の悪そうな笑みを浮かべて、精霊王様は呟いた。

なんというメスガキっぷり。

童貞、勘違いしてしまいたくなる。

ライブハウスから去っていった人たちは、未だに戻ってくる気配がない。けれど、新規のお客さんからポツリポツリと問い合わせが入り始めた、とはオーナーの言葉である。この調子であれば、遠からず営業を再開できるかもと。

そうした彼の言葉を信じて、我々は矢継ぎ早に与えられるお仕事をこなしていく。

家庭用ゲームのプロモだったり。

Vチューバーとのコラボだったり。

ウェブサービスのプロモだったり。

外食チェーンのプロモだったり。

チャリティー配信だったり。

新作デザートのプロモだったり。

ライトノベルのプロモだったり。

商品やサービスのプロモがやたらと多いのはどうかと思う。ただ、今も昔も売れ筋の商品はコマーシャルと店先の棚面積によって決まるもの。モノ作りを行っている方々も生き残るのに必死なのだ。

自身も以前はそういう仕事をしていたから分かる。

「この前のお仕事でもらったゲーム、面白いね！　何回でも遊べちゃうよぉ」

「そうですね、同感です」

「だけど、わざと手を抜いて勝負をするのは、君ってば私のこと侮辱してなぁい？」

「ですが精霊王様、負けるとめっちゃ悔しそうにするじゃないですか」

「悔しいものは悔しいんだから仕方がないと思うなぁ！」

それなりの日数を過ごしたことで、精霊王様もだいぶ現代日本に馴染んで思われる。本日は自宅のリビングでブサメンが淹れたお茶を楽しみながら、家庭用ゲームを楽しんでおられる。相変わらずテレビは床に直置き。

座布団に寝転がり、ポテチを摘《つま》みながら、オナラをぷぅとする姿も想像していた。けれど、そうはならなかった。未だに背筋を正していらっしゃる。おかげで自身もだらける訳にはいかなくて、同様に意識高く生活している。

もうちょっと気を抜いてくれないだろうか。

いいや、精霊的にはどっちでも大差ないのかもしれないけれど。

「アンタたち、今からいいか？　ちょいと頼みたいことがあるんだが」

「オーナー、どうしたんですか？　いきなり宅内まで入ってきたりして」

「悪いな、玄関のロックが開いていたものだからさ」


そして、仕事をこなせばこなすほど、我々の存在も世間に知られていった。

これはナンシー隊長のビジュアルも例外ではない。

自宅の近所を出歩くのにも、精霊王様の魔法で姿を誤魔化す必要が出てくるほど。肌の色や顔立ちといった身体的な特徴については、異世界の方々がベースとなっている手前、平たい黄色族の出身地ではとても目立つから。

結果、一部の視聴者がライブハウスを訪ねてくるようになった。彼らのお目当ては様々で、立体モデルのファンがいれば、精霊王様のファンもいるし、中身ブサメンのナンシー隊長に騙された可哀想な人たちもいる。

「精霊王様、以前のやつを頼めないか？　店先に人集《ひとだか》りができちまってる」

「どぉーしたの？　今日はお仕事もう終わってるよね？」

「以前と同じように、店先で人払いの魔法をお願いしたいのだそうです」

「しっかたないなぁー」

座布団から腰を上げた精霊王様が、リビングの窓から地上を見下ろす。

自身も彼女に倣《なら》って窓際に立った。

すると建物の正面には、多数の人々が見られる。

理由は定かでないけれど、ライブハウスの店舗前に集まって賑やかにしたり、建物や近隣の光景を撮影しているのだという。以前、自身もスーパーからの帰り道、急に声をかけられてめっちゃ写真とか撮られた。後日、ネットで晒されていた。

それが精霊王様の魔法を受けて、どこへともなく解散していく。

わざわざやって来たところ申し訳ないとは思いつつも、ご近所様に迷惑なのだから仕方がない。ライブハウスとしては本末転倒な行いを目の当たりにして、オーナーも切なそうな面持ちをされていた。これがライブのお客さんなら、と。

＊

そんな感じで仕事漬けの日々を過ごすことしばらく。

動画投稿サイトで配信した映像の本数が二桁を越えた辺りでのこと。珍しくも朝の早い時間から、オーナーが我々の下を訪れた。普段ならこちらに気遣い来訪を避けている時間帯である。

パジャマ姿のまま彼を迎え入れた女児二名は、リビングで事情を聞くことに。

例によって座布団に腰を落ち着けて、互いに向かい合う位置関係。

すると伝えられたのは、動画投稿サイトからの通知について。

曰く、広告収入の収益額が見えてきた、とのこと。

いつの間にか収益化していた我々のチャンネルだ。

これが馬鹿にならない。

オーナーからスマホ越しに見せられたサイトの管理画面に従えば、サラリーマンの年収ほどの報酬が月末頃には振り込まれるという。このまま動画投稿を一年も続けたのなら、ライブハウスの営業再開を待たずして、借金の返済が行えてしまう。

これにはオーナーも複雑な表情をしていた。

自ずと醤油顔からも本音がポロリする。

「もはやライブハウスの運営にこだわる必要はないのでは？」

「いやアンタ、それを言っちゃおしまいだろ？」

「土地や建物を担保にしていることを忘れてしまったのですか？　借金の返済を優先するべきかと」

「それはそうだけど、なんの為にリフォームしたと思ってるんだよ……」

「いずれにせよ、再開発の流れを止めることは不可能だと思いますが」

「もし仮に不可能だとしても、なるべく有利な立場で交渉に臨む為に、ライブハウスの成功は必要なんだ。アン夕なら分かるだろう？　今の流れがあれば、世論を味方につけて譲歩を引き出すことも不可能じゃない」

「ええ、そうですね」

話し合いの結果、収益は三人で等分となった。

当初、こちらからは精霊王様とブサメンで半分、オーナーで半分との提案を行った。けれど、先方としては後々で不平や不満を言われるのが嫌だとのことで、皆できっちりと分け合うことになった。

多分、立体モデルの中の人に逃げられた一件が、後を引いているのだろう。彼の言葉に従えば、契約までしっかりと交わしていたという。それでも逃げられてしまった辺り、半グレたちの追い込みは本格的であったのだろう。


おかげさまで我々の生活環境も日毎に改善されていく。

これまではオーナーの懐事情に遠慮して、トイレットペーパーやシャンプーなどの消耗品も、スーパーの特売日にまとめて購入していた。しかし、自由にできるお金がある程度懐に入ったとあらば、その限りではない。

なんなら不足していた家財道具の調達にも手が伸びる。脱、座布団の時が来た。

「精霊王様、こちらのスペースに大きめの冷蔵庫を設置しようと思うのですが、よろしいでしょうか？　ベッドやテレビと同じくらい高価でしたので、これまでは予算の都合から導入を見送っていたのですが」

「これからは食べたいときに買いに行かなくても、アイスを溜めておけるのかな？」

「ええ、その通りです」

「それは素晴らしいことだよぉ」

「あとはリビングの隅の方に、観葉植物を置いてみようかと考えておりまして」

「住まいに自然があると、精霊的にも嬉しいなぁ。この辺りは殺風景だから」

「どこもかしこもコンクリートやアスファルトで埋め尽くされておりますからね。そういうことでしたら、寝室や玄関ホールにも置くとしましょう。改めてカタログをお持ちしますので、お好きな植物を選んで頂けたらと」

精霊王様と一緒に宅内を見て回りながら、家財道具を発注していく。

買い物はスマホを利用したネット通販が大半。支払いにはオーナーから借りたファミリー用のクレジットカードを利用している。利用分を我々に対する報酬から天引きする形で、彼とは合意が取れている。

おかげで連日、運送会社が何かしら商品を持ってくる。

リビングにはソファーセット、ダイニングにはダイニングセットが設置された。アイランド型の広々としたキッチンには、フライパンやお鍋といった料理器具に加えて、グラスやお皿などの食器が一式搬入された。今後は自炊も可能。

がらんどうであった住居スペースも、数日でいっちょ前に家庭の装いである。

引っ越してきた当初からお世話になっていたエアーベッドも、高級メーカーの脚付きベッドに置き換えられた。コイル式のマットレスの寝心地は極上。掛け布団も羽毛百パーセント。夫婦の寝室よろしく、二台仲良く並んでいる。

これを精霊王様と一緒にギシギシさせることができたら言うことはないのだが。

そんなこんなで気づけばいつの間にやら、数日があっという間に経過している。

「ベッドがフカフカになったの、いい感じだよねぇ」

「目に見えて生活環境に変化があると、やる気も湧いてきますね」

「幅も前より広くなったから、寝ながらコロコロできるよぉ」

「シングルからセミダブルに変わると、寝返りをするにも具合がいいですね」

正午を少し過ぎた時分、ベッドルームで精霊王様と寝起きのトークタイム。

リプレイスされて間もない高級ベッドに腰を落ち着けて、同居人と他愛無い会話を交わすのがここ最近、起床から間もない時間の過ごし方。まどろみの中を美しきメスガキの寝癖を眺めて過ごすの最高に尊い。

「ねぇねぇ、今日はお仕事がなかったよね？」

「ええ、その予定です」

「だったらたまには外へ散歩に行きたいなぁ」

「言われてみれば、ここのところ碌に外出していませんでしたね」

これで異世界に戻るための手立てが得られれば言うことはない。

ただ、こちらについては未だに糸口さえ掴めていない。

ブサメンは段々と焦り始めている。

本当にあちらへ戻れるのかと。

一方で落ち着いていらっしゃるのが精霊王様。まるで気にした様子もなく、現代日本での生活を楽しんでおられる。過ごしてきた歳月が人間とは比較にならないので、数年程度の期間は大した経過ではないと考えているのかもしれない。

自身としては、ソフィアちゃんがご成婚する前には戻りたいところ。いざ帰還したところで、彼女の隣に旦那さんの姿とか目撃してしまったら、きっと数週間は落ち込む。全然そんな関係じゃないのに、寝取られたような気分になること間違いなし。


「どこか行きたい場所はありますか？」

「こっちの世界の海とか、見てみたいかなぁ？」

「恐らくあちらの世界と大差ないと思いますが」

「そーなの？」

江の島辺りまで出てみようか。

あそこなら水族館や神社などもあって退屈しないし。

そんな具合に本日の予定を巡って相談を交わしていた頃おいのこと。

ピンポンピンポンポンと連打されるインターホンの呼び出し。

その気配に並々ならぬものを感じた我々は、パジャマ姿のまま玄関に向かう。そこには想定したとおり、オーナーの姿が見られた。顔には満面の笑みが浮かぶ。なにか嬉しいことでもあったのかと尋ねると、相談したいことがある、とのこと。

含みのある物言いに、さっさと教えてくれよと思いつつ、彼を宅内に招き入れる。リビングのソファーセットに腰を落ちつけて、互いに顔を向き合わせる位置関係。卓上にはブサメンが淹れた紅茶が人数分並ぶ。

「せっかくの休みなのに、急にやってきて悪いな」

「ええ、そうですね。ここ最近は連日動画の撮影をしておりましたから」

「そう邪険にしないでくれよ。アンタたちにとっても悪い話じゃない」

「でしたらさっそくですが、相談事とやらを伺えませんでしょうか」

精霊王様とのイチャラブタイムを邪魔されたことで、醤油顔としては些か不服な心持ちにございます。せっかく彼女からお出かけの提案を頂いたのに、この調子だとそれさえも危ういような気がしている。

そんなブサメンの内心を多少なりとも察したようである。

オーナーは居住まいを正すと、改まった態度で問うてきた。

「アンタたち、ロックフェスに参加しないか？」

「どこからか招待状でも届きましたか？」

「ああ、その通りだ。なんと業界も最大手の……」

そうして告げられたフェスの名称は、たしかに自身も耳に覚えがあった。

毎年、某所で夏場に開催されている大規模な野外イベントである。国際的にも評判がよろしいそうで、参加者は国内のアーティストのみならず、海外からも著名人を招いて行われているのだとか。

ただ、自身が足を運んだ経験はないけれど。

何故ならば世の中では、陽キャの祭典のような扱いを受けているイベントだから。

「アンタも名前くらいなら、知ってるんじゃないか？」

「たしかに存じてはおりますが」

「是非とも招待したいって、スポンサーから直々のお声がけだ」

オーナー、めっちゃ興奮している。

バンドマンにとっては、きっと名誉なことなのだろう。

こちらから求めた訳でもないのに、お誘いを受けたフェスについて蘊蓄《うんちく》を語って下さる。自身もニュース番組やネットの記事などで耳目に触れた覚えのある情報が、彼の口からつらつらと早口で流れてくる。

それらを一頻《ひとしき》り耳にしたところで問うてみた。

「自身の記憶が正しければ、既に開催時期が迫っていると思うのですが」

「その辺りは確認済みだ。以前から飛び入りでサプライズをやってるバンドもちらほらあったし、先方としては問題ないそうだ。しかもメインとまではいかないが、それなりに収容人数のあるステージでやって欲しいときたもんだ」

「それはまた大盤振る舞いではありませんか」

土壇場でスケジュールを空けたということは、それなりに歓迎されていると考えて差し支えない気がする。けれど、これまでネット上でしか活動していなかった我々が、いきなり表舞台に足を運んでよろしいものなのか。

できれば人前に立つような真似は控えたいのだけれど。

「だとしても、我々のようなポッと出のユーチューバーもどきが、由緒あるフェスのステージに立って構わないのでしょうか？」

「向こうも若者を取り込もうと、色々と考えているんだろう。ライブハウスなんかと同じで、この手の界隈は高齢化に頭を悩ませているからな。どうにかして若い世代に伝えていかねばと、誰もが苦労しているのさ」

自らもまた同じような立場にあるからこそ、オーナーはしょっぱい表情だ。

そんな彼の顔を目の当たりにしたことで、精霊王様からも突っ込みが入った。

「もしかして悪いお知らせだったりするのかなぁ？」

「いえ、どちらかといえば喜ばしいお知らせです」

隣で大人しくされていた彼女にも事情を伝える。

もし仮に参加するとなれば、歌唱役を務める精霊王様こそ主役。現地の設備次第では、ダンス担当のブサメンは出番がないかもしれない。立体モデルを動かすのに必要な機材、現地まで持ち込むのは手間だろうから。

彼女からのお返事は簡潔なものだった。

「私は別にどっちでもいーよ？」

精霊王様としては問題ないみたい。

ただ、ブサメン的にはできれば遠慮したい。陽キャの祭典まで出張とか、陰キャ的にはハードルが高い。辞退したい。しかも、立体モデル越しとはいえ、大きなステージに立つとか足がすくんでしまいそう。異世界で王様たちと喧嘩するよりも辛い。

ただ、ここで断ったらオーナーの機嫌を損ねてしまうかも。

色々と悩んだところで、最終的には承諾することにした。

せっかく手にした衣食住を失うのは、やはり惜しいとの結論である。ゴッゴルちゃんの言葉ではないけれど、一度上げてしまった生活環境を下げるのは、並大抵のことではないと思う。世間様に迷惑もかけたくないし。

「承知しました。二人で参加させて頂けたらと」

「アンタたちなら、そう言ってくれると信じてたぜ！」

機嫌を良くしたオーナーは、すぐに先方と話を詰めてくるからと、駆け足でリビングから去っていった。パタパタという足音はあっという間に遠退いて、バタンと玄関ドアの閉まる音が聞こえてくる。

どうか何事もなく過ぎてくれると嬉しいのだけれど。

＊

【ソフィアちゃん視点】

第二回目の王様会議がなんの成果も得られないまま終えられてから、一ヶ月が経過いたしました。同会議で決定された通り、ドラゴンシティには改めて、王様たちが一堂に会することとなりました。


第三回、王様会議が開催であります。

当初は百年に一度と取り決めていた手前、こうもポンポンと軽快に議論を重ねている事実を不安に思わないでもありません。ただ、それでも王様たちは一人の欠席もなく、しっかりと再訪して下さいました。

会場は以前と同じく、武道大会で利用されたステージとなります。

皆さんの座されている円卓や配置も変わりはありません。

「ちゃんと約束どおり顔を見せるとは、殊勝じゃねぇか、龍王さんよ」

「余は王である。自ら決めたことに背反するような行いは決してせぬ」

「妾、ニンゲンが呼びに来なかったら、日にちを間違えるところだった」

「全員揃ッタ。サッサト開始スルベキダロウ」

「やはり……こちらに、戻って……いるような……ことは……なかった、か」

「なんだよ、性悪精霊のヤツ。みんなに迷惑ばっかりかけやがって」

円卓に座して、互いに他愛無い言葉を交わしておられますね。

ちなみに遅刻しそうになった虫王様をお住まいまで迎えに上がったのは、縦ロール様と彼女の下僕の方でございます。なんでも個人的に交友を持たれているそうで、会議外でも親しげに声を交わしておられました。

あと、我々も一ヶ月の間、決して遊んでいた訳ではありません。

各々でタナカさんを探しておりました。

メイドは主に、ドラゴンシティを訪れる商人の方々にお願いをして、彼の行方を探して頂いておりました。行方不明だなんだと素直にお伝えしては、きっと大きな騒ぎになってしまいますから、さり気なくではございますが。

これはペニー帝国の陛下や宰相様、エステル様のお父様も同様でございます。国内は元より、国外に対しても人を向けておられました。メルセデスさんやジャーナル教授も、大聖国や学園都市の伝手を利用して、彼のことを探して下さっております。

ただ、現時点ではなんの情報も得られておりません。


タナカさん、かなり遠くに行かれてしまったみたいです。

「では、これより第三回目の王様会議を開催したい」

今回も司会進行はエルフさんです。

他の参加者の配置も以前と変わりません。

関係者席にメルセデスさんや東西の勇者様、ファーレン様、ジャーナル教授といった方々が増えたくらいでしょうか。北の大国との戦争が停戦を迎えた為、現地で活動していた方々が町に戻ってきた感じです。

あと、お強いゴブリンの兄妹の姿も見られますね。タナカさんと仲がいいおふた方です。こちらは獣王様が同席を願ったものと思われます。そのようなやり取りを交わしているのを先程にも、メイドは耳に挟みました。

曰く、お前は将来的に獣王の名を継ぐ資格があるのだから、この場で事前に聴講しておくべきである云々、当代の獣王様からゴブリンのお兄さんに向けて、講釈が為されておりました。多分、お一人では寂しかったのだと思います。

「早速ではあるが、成果の見られた者はいるだろうか？」

円卓に着いた王様たちを一巡するように見つめて、エルフさんが問われました。

するると、これにはすぐさま反応が。

「妾、召喚魔法を試したい。あれから色々と調べていた」

「オイラも魔力の痕跡を探る方法を調べてきたぜ！」

「余は龍族に伝えられている魔法から、役に立ちそうなものを探ってきた」

「ア、アタシだって、ちゃんと色々と考えてきたんだからな!?」

矢継ぎ早に王様たちから声が上がりました。

それも我先にと、率先するようにでございます。

これにはメイドも驚きました。

まさか彼らがこれほど前向きに、タナカさんの捜索に取り組んで下さっているとは思いませんでした。つい先月には、互いに拳を交わし合い、魔法を撃ち合っていたと、エルフさんやドラゴンさんから聞きました。

それがこんなに友好的になさってくれるとは驚きです。

などと考えたところで、ふと過去の出来事を思い起こしました。

考えてみれば自身もまた、タナカさんとの出会いは酷いものでした。いいえ、これはメイドに限った話ではないと思います。エステル様やエルフさん、ドラゴンさん、縦ロール様と下僕の方、どなたも最初はタナカさんと敵対的でした。

と申しますか、最初から彼と仲が良かった方、いらっしゃるのでしょうか。

メイドは存じません。

だというのに、どうしたことでしょう。

今はこうして皆さんが一生懸命、彼の為に動いているのです。

それもこれもタナカさんの人柄のおかげなのだと思います。周りからどれだけ辛辣に当たられても、決して力に訴えることなく、物腰穏やかに解決してきた彼だからこそ、こうして皆さんも付いて来ているのでしょう。

正直に申し上げますと、見た目については未だに慣れないところではございます。しかし、それでも昨今は一緒にお仕事をしておりますと、安心感とでもいいますか、妙な落ち着きを覚えている次第であります。

「…………」

「どうした？　なにか気になることがあっただろうか？」

「あ、いえ、な、なんでもありません！」

思わずエルフさんのお顔をジロジロと見つめておりました。

指摘の声を受けて、咄嗟に意識を手元に移します。するとそこにはメイドを見上げて首を傾げる鳥さんの姿が。

『ふぁきゅ？』

「なんでもありません。ええ、なんでもないのです」

まんまるフカフカな彼をギュッと抱きしめて、メイドは意識を円卓に戻します。すると会議の場では早速、王様たちが持ち寄った提案を披露せんとしています。話し合いにより、その順番も決定したようです。

どうやら最初は鳥王様のようでございますね。

「んじゃ、オイラから挑ませてもらうぜ！」

声高らかに宣言しつつ、席を立たれました。

円卓から離れた彼はステージのある一点に向かいます。メイドの記憶が正しければ、そちらはタナカさんと精霊王様、それに海王様がパーティー会場から消えてしまう直前まで立っていた場所にございます。

その場に立ち止まった鳥王様は、足元に意識を向けて魔法を行使です。なにやらブツブツと呪文を唱え始めました。すると彼が見つめる先では、人が両手を広げたほどの大きさで、魔法陣が浮かび上がりました。

「こいつは魔法が使われた痕跡なんかを、かなり丁寧に探っちまう魔法なんだぜ」

「それは興味深い」

「アイツらが何かしら魔法を受けたってんなら、絶対に反応が見られると思うんだ」

丁寧に説明をして下さる鳥王様。

エルフさんからは相槌が。

皆さん興味津々といった面持ちで、彼の行いを眺めております。その中でも関係者席に座ったファーレン様とジャーナル教授の食いつきが凄いですね。食い入るように現場の光景を見つめております。

しかし、意気揚々と語って見せた鳥王様の振る舞いとは対照的に、魔法陣には一向に反応が見られません。我々が分からないだけで、そこでは某《なにがし》かの調査的な行いが進められているのでしょうか。はてさて、どうなのでしょう。

学のないメイドにはまったく見当がつきません。

やがて、ふっと音もなく魔法陣が消失しました。

鳥王様は足元を見つめたまま、難しい表情をされております。

しばらく待っても反応が見られない為、エルフさんから声が上がりました。

「して、どうだろうか？」

「それがなんつぅーか、悪いな。さっぱり駄目だったぜ！」

「そ、そうか……」

残念ながら、鳥王様の提案は不発に終わってしまったようです。

元気良く仰りながらも、申し訳なさそうなお顔をされています。

「ふふん、ならば次は余の番であるな」

自席に戻られる鳥王様と入れ替わりで、今度は龍王様が席を立たれました。

後者も前者が立っていらした地点に向かわれるようです。

威風堂々と足を進めるお姿は自信に満ち溢れて感じられますね。

そんな感じで次々と、王様たちによる試みが行われていきました。

途中からは関係者席からファーレン様やジャーナル教授、縦ロール様なども参加して、皆さんで賑やかに議論をされておりました。仲が悪いはずの虫王様と鳥王様も、真面目な表情で意見を交わされていた程です。

魔法について知見が及ばないメイドは、完全に空気でございますね。黙ってことの成り行きを見守らせて頂きました。というか、町長さんのお屋敷に戻りまして、皆さんにお出しする食事の支度などを頑張らせて頂きました。

そんなこんなで気づいてみれば、いつの間にやら一日が経過しておりました。

当初は穏やかな日差しが差し込んでいた会場も、今や西日に照らされています。地平の彼方から滲むように染み出した夕焼けが、とても綺麗でございますね。タナカさんも今、メイドと同じ光景を見ていたりするのでしょうか。

などと、現実逃避をしても仕方がありません。

結論から申し上げますと、駄目でございました。

残念ながらどなたの提案も、実を結ぶことはありませんでした。

「これだけの連中が雁首《がんくび》揃えて挑んでいるのに、痕跡一つ見つからないってのは、どういうことなんだぜ？」

「アタシたちには及びもつかない、めっちゃ凄いヤツが相手だってこと？」

「それは……否定、できない。しかし、可能性は……そこまで、高く……ないだろう」

「妾、改めて方法を考えてみる」

「鬼タチヲ動員シテ、虱潰《しらみ》シニ探スカ？」

「本当に性悪精霊が原因じゃないのか？　だとしたら、どうしてアイツらは……」

これには王様たちも気落ちして感じられます。

皆さん、多少なりとも自信があったのでしょう。

一通り試みが終えられたことで、当初は活発であった議論の場も、かなり落ち着いて感じられます。事前に用意されていた試みはすべて、出し尽くされたようであります。関係者席に着いた方々も、残念そうな面持ちを浮かべておりますね。

自ずと会話も減って、会場はだいぶ静かになりました。

あまり喜ばしい静けさではありません。


そうしたステージの上でのこと、龍王様がボソリと呟くように言いました。

「エルフよ、余はふと思った」

「なんだろうか？」

「その方は前に言っていた。あのニンゲンは、別のニンゲンの召喚魔法の妨げとなる魔道具を身に着けていると。故に以前の行いでは、あのニンゲンが呼ばれることはなく、余の配下にある者ばかりが呼ばれていたと」

「うむ、その通りだ」

龍王様のご指摘の通り、タナカさんはニップル殿下の召喚魔法から逃れる為、エルフさん謹製の魔道具を装着されております。自身も彼の手に指輪が輝いていたことは、常日頃から目にしておりましたので。

「ならば、余の配下にあるニンゲンに同一の魔道具を与えた場合、件の召喚魔法で呼ばれるのは何者となるのだろうか？　また別の誰かが呼ばれてくるのか？　それとも何も呼ばれないのか」

「そういった意味だと、まだ試していない、というのが回答だ」

「ふむ、ならばものの試しに確認してみてはどうなのだ？　両者が対等な状況下に置かれたことで、あのニンゲンが呼ばれてくる可能性も考えられるであろう。もしくは現時点で対象が、問題の魔道具を外している可能性もある」

「たしかに龍王殿の指摘は尤もなものだ」

龍王様のご指摘を受けて、エルフさんが頷かれました。

他の方々もいつの間にやら、彼らの会話に注目しておりますね。円卓や関係者席からは、お二人に視線が集まっております。一向に手立てが見つからない状況、興味を惹かれたようであります。

すると当然ながら、とある人物からは否定の声が。

「りゅ、龍王様、それはちょっとっ……！」

スペンサー伯爵でございます。

つい先月にも殿下の召喚魔法の餌食となり、全裸に剥かれてしまった彼女です。本日こそ平然を装い会議に参加されております。けれど、騒動に見舞われた当日は、それはもう心が死んでしまったかのようでありました。

ですが残念ながら、多勢に無勢でございます。

王様たちからは立て続けに、賛成の声が上がり始めました。


「オイラは賛成。打てる手があるってのなら、打たねぇ選択はないぜ」

「龍王の言うことは、妾も気になる」

「是非とも……ためして、みる……べきでは……ないか？」

「アタシも賛成！　今すぐに賛成だ！」

こうなってはスペンサー伯爵も黙る他にありません。

北の大国のお貴族様であっても、王様たちの意見には勝てません。もし仮に逃げ出したところで、遠慮なく呼び出されてしまうことでしょう。王様たちのこういう浮世離れしたところ、とても恐ろしゅうございます。

「ぅぅぅ……」

彼女は観念したように天を仰ぎました。すぐ隣に座したアッカーマン公爵からは哀れみの眼差しが向けられておりますね。そんな彼女の惨め極まりない立場に自らを重ねて、ゾクゾクとしたものを感じてしまうのは、メイドだけでしょうか。

いいえ、良くない感じがする感慨を抱くのはやめましょう。

癖になったら大変なことです。

「ならばすぐにでも試してみるべきであろう、エルフよ」

「うむ、できればそのようにしたい」

「何か問題があるのか？」

「申し訳ないが、必要とされている魔道具が手元にないのだ」

「ここはその方らの町であろう。用意できないのか？」

「用意できない訳ではない。ただ、数日ほど時間をもらえないだろうか？　すぐに材料を調達して、同じものを作製しようと思う。その間、貴殿らにはこちらの町に滞在してもらっても構わない。町長から部屋を案内しよう」

『えっ？　わ、私がするのか⁉』

急に話題を振られたことで、ドラゴンさんが慌て始めました。

本日も司会進行はエルフさんが頑張って下さっておりましたので。

「客人の案内は貴様の仕事だと、あの男に聞いた。嫌なら私が行っても構わないが」

『……わ、わかった。アイツから任された町長としての仕事だからな、うん』

自ら王様たちに町への滞在を提案されるとは、エルフさんからも王様たちに歩み寄りが見られますね。話し合いで成果が得られなかったことに対して、焦りを覚えているのかもしれません。

スペンサー伯爵に対する公開羞恥刑は、数日ほど延期の運びとなりました。

＊

本日、ブサメンと精霊王様はオーナーが運転するレンタカーに乗り込んで、関越《かんえつ》自動車道を北上、新潟《にいがた》県は湯《ゆ》沢《ざわ》町くんだりまで足を運んでいる。何故かといえば、翌日に控えたロックなお祭りに参加する為である。

現場は雪の欠片も見られない真夏のスキー場。

カンカン照りの日差しが真っ青な空から差し込んでいる。

なんでも今年の夏は例年に比べて雨が少ないのだとか。

当然ながら自動車の外は灼熱。

ここしばらくエアコンの効いた室内で食っちゃ寝生活を送っていた我々には、かなり厳しい環境である。それでも屋外を歩いていたのは僅かな間のこと。送り届けられた先は会場のすぐ近くにあるホテルだった。

駐車場から正面玄関を抜けてエントランスホールを過ぎる。

足を運んだ先は高層階の一室。

移動の途中、ホテルの窓から眺めた先には、既に設営の終えられた会場が見て取れた。本日の夕方からは、お客さんを迎え入れて前夜祭が行われるとのこと。近隣にはいくつもテントの立ち並ぶ様子が窺えた。

先導するオーナーの案内に従ってホテル内を移動する。

やがて辿り着いた一室で、我々はイベントの関係者とご挨拶。

なんでも主たるスポンサーを務めている大手企業の方だという。

そこで予期せぬ対応に見舞われた。

「立体モデルの映像ではなく、こ、この子たちがステージに立つんですか？」

「ええ、その通りです。いきなりの話で悪いけど、お願いできませんかね」

驚いたように問いかけるオーナーと、これに粛々と応じるご担当者様。


先方はブサメンと同じくらいの年齢の男性だった。

ただし、見た目は真逆。

かなりのイケメン。

パリッとしたお高そうなスーツ姿がとても良く似合っていらっしゃる。綺麗に分けられた七三ヘアーにスクエア型のメガネがキラリと光る。身なりから喋り方に至るまで、インテリって感じの雰囲気を発して止まない。

イベントを任されているということは、社内でもそれなりの立場にある人物だろう。

そんな彼から与えられたのは、事前の打ち合わせとは異なる現場の事情。

「機材の都合でどうしても無理って、今日になって現場から言われたんですよ。世間的にはそっちの子も人気がありますし？　お客さんとしては困らないと思うんですよね。申し訳ないけど、そんな感じで頼めませんか？」

「いえ、流石にそれはちょっと……」

「大丈夫、タイムテーブルを見ると出番は十時より前なんで、お国からも怒られませんって」

ベッドルームとは別に用意されたリビングスペース、互いにソファーに腰を落ち着けてのやり取りとなる。都内の高級ホテルと比較したらこぢんまりとしている。けれど、こちらの施設の立地的に考えて、部屋格はスイートを思わせる間取りだ。

　なんでもフェスに参加するアーティストは、大半がこちらのホテルに控え室を設けているのだとか。イベント期間中は会場とこちらのホテルの間を、送迎の自動車がひっきりなしに行き交うのだと、移動の間にオーナーから説明を受けた。

「仕方がないでしょう？　モーション用の機材が繋げられないっていうんですから」

「ええまあ、仰ることは理解できますが……」

「上手くいけば、貴方たちにも旨味のある話だと、電話口でも伝えましたよね？」

　先方からの物言いには、有無を言わせないものがあった。

　力関係的に、オーナーが断るのは至難の業だろう。

「で、ですが、こっちの子は歌声が壊滅的でありまして……」

「あぁ、歌はそちらの子が担当しているんでしたっけ？　だったらステージに上がってもらう子は口パクでも問題ありません。歌唱を担当してくれる子には、表から見えないところで歌ってもらいましょう」

　事あるごとにブサメンの歌声がディスられるの切ない。

　ただ、事実なので反論も行えず。

　自分や精霊王様の身分は、対外的にはオーナーの親戚の子。意思決定権を持たない女児を演じている都合上、黙って彼らのやり取りを耳にするばかり。ソファーに並び腰掛けて、大人しくしている。

「他になにか気になる点はありますか？」

　先方の中では既に、一連の提案は決定事項とされているご様子。

　ここまで来てしまっては、彼らとしても他に選択肢がないのだろう。フェスの開催に当たって、我々がステージに参加することは、ネット上でも広告が為されていた。やっぱり無理ッス、などと謳っては世間様から非難も免れない。

　この辺りはオーナーも把握していることだろう。

　彼はしきりに悩む素振りを見せつつも、最終的には頷いて応じた。

「承知しました。検討させて頂きます」

「ええ、よろしく頼みますね」

そんな感じで挨拶に訪れるも早々、我々はお偉いさんの部屋を後にした。

以降、フロントに戻ってから改めてホテルの居室にチェックイン。

フェス開催中、滞在することとなる客室に向かった。

通された先はごく一般的なツインルーム。こちらをブサメンと精霊王様の二人で利用するらしい。フェスの期間中、控え室として利用する為に、アーティストに対して運営側から割り当てられるのだとか。

ということで、お客の大半はイベントの関係者。廊下を移動する間にも、テレビで見た覚えのあるような人物が、廊下を歩いているのが目に入った。オーナーなど感極まった面持ちで話しかけて、しきりに握手をねだっていた。

ちなみに彼自身は別所のホテルに自腹で部屋を取っているとのこと。

そうして訪れた客室内。

我々は二つ並んだベッドの縁に腰を落ち着けて作戦会議である。


「本当に申し訳ない。どうか頼まれちゃくれないか？」

「この期に及んでは他に選択肢もないでしょう」

「そう言ってくれると助かる」

オーナーは深々と頭を下げて、拝むように両手を合わせる。

まさかゴネる訳にもいかず、ブサメンは素直に応じた。精霊王様の役割は変わりないので、自身が了承すれば話はそれまで。矢面に立つのが立体モデルからナンシー隊長に代わっただけであるから。

それよりも醤油顔は気になっていることがございます。

「先方の言っていた、旨味のある話というのが気になるのですが」

「それ、聞いちゃう？」

「当然だと思いませんか？」

「先方としては、アンタたちで一儲けしたいらしいんだが」

「どういうことですか？」

「アンタたち、アイドルとか興味あったりしないか？」

「それはまさか、ステージに立つ側のお話でしょうか？」

「ああ、その通り」

「…………」

これってほら、アレでしょう。

調子に乗った女児がメディアに露出、からの、いい感じで話が進んだところで、全裸の不細工な中年が地上波にお披露目されるタイプの流れ。これまでの経験から、なんとなく今後の展開が分かってしまうのだもの。

ソフィアちゃんが淹れてくれるお茶が恋しい。

ダークムチムチのような悲しい被害者を、これ以上生み出してはならない。

「すみませんが、そういった行いには興味がありませんので」

「年頃の女の子だったら、普通はこういうの憧れない？」

「残念ながら、その枠からは外れております」

「えっ……まさか、アンタ、お、男の子？」

「似たようなものだと考えてくださって結構です」

鋭いですね、オーナー。

中身は不細工な中年男性でございます。

改めて今の自分がとんでもなく気持ちが悪い言動をしている実感、湧いてきた。

「いやしかし、それはそれで需要があるような……」


「なにを言っているんですか？」

いずれにせよ、舞台にはブサメンが立つことになった。

そして、歌唱は精霊王様の担当。

先方の提案通り、本番では裏方で彼女に歌ってもらい、これに合わせて自身が口パクで対応する。それなりに大きなステージなので、上手いことやればバレないだろう、とはオーナーの言葉である。

本当に大丈夫なのかと思わないでもない。

ただ、我々の名前で広告を行ってしまっている手前、ここでお断りなどしたらライブハウスの評判は地に落ちたも同然。なんならスポンサーからも目の敵にされて、地上げ待ったなしではなかろうか。

そうして考えると、他に選択肢はなかった。

「俺はこれから現場を見てこようと思う。アンタたちも行くか？」

「いいえ、我々はホテルで待機しています」

「その方が無難かもしれないな。アンタたちの場合、下手なプロよりも顔が知られちまってるから、不用意にうろつくと面倒なことになりそうだ。まぁ、アンタなら上手いこと対処できそうな気もするが」

早々に結論が出たところで、オーナーは客室から去っていく。

女児二名は大人しく彼を見送った。

「色々とお話をしてたけど、結局どーなったのかなぁ？」

「いつもの平たいお人形ではなくて、私がステージに立って踊ることになりました。お人形を動かす為の機材が、こちらの会場の設備に対応していなかった、とのことです。精霊王様の役割には変わりがありません」

「ふぅん？」

「どうかされましたか？」

「最初からそのつもりだったんじゃないのかなぁ？　とかとか」

「ええまあ、そうした思惑はありそうですね」

他所の世界の出来事ながら、即座に先方の行いに突っ込みを入れてくれる精霊王様、とても鋭くあらせられる。自身もその可能性は考えていたので、答え合わせをしたような気分。この手の謀《たばか》り合いは現代でも異世界でも変わりない。

オーナー、もうちょっとしっかりして頂きたし。

ただ、誰かの生命が懸かっていたりしない分だけ、気持ちは穏やかでございます。

＊

翌日、フェスの当日を迎えた。

我々の出番はイベント初日となる本日に予定されている。

タイムテーブル的には、夕方を少し過ぎたくらい。話題性メインの色物枠なので、ポジション的には可もなく不可もなく。セオリー通りヘッドライナーがトリを務めるそうなので、ネットユーザー向けの広告役としては無難な配置と思われる。

我々の演目は動画投稿サイトで公開している楽曲を予定。こちらは精霊王様の負担を考えてのこと。なんたって歌詞を丸暗記で歌唱されている彼女だ。その関係から持ち時間は他所様と比べて短めとなる。

「ニンゲンって本当に音楽が好きだよねぇ。向こうの世界でもそうだったけど」

「弱々しい存在だからこそ、音を用いて心身を奮い立たせる必要があるのです」

「ふぅーん？」

既にホテルから送迎を受けて、現地のステージ裏を訪れている。

待機スペースは屋外に数多《あまた》建てられたテントの内一つ。フレームと屋根の他に横幕が張られており、運動会などで救護室として利用されていそうな外観だ。内側にはテーブルや椅子が配置されている。ブサメンと精霊王様、それにオーナーの三名はこれに腰を落ち着けて出演の順番待ち。

付近ではスタッフの方々が忙しなく行き来している。

そうした人たちに交じって、なんかちょっと他とは雰囲気が違うような、と思わせる人物が度々見られる。一般参加者とは仕切りが設置された先なので、そういった方々は大抵の場合でアーティストや芸能人。イケメンや美人も多い。

「なぁ、精霊王様はなんて言っているんだ？」

「我々人類が奏でる音楽の文化に甚《いた》く関心されています」

「お、おぉぅ。左様でございますか」

ちなみに会場には大小合わせて十以上のステージが用意されているそうな。


一番大きいステージでは四万人もの観客を収容できるとのこと。武道館が約一万五千人、さいたまスーパーアリーナが三万七千人なので、国内でも最大規模。それが満員になることも珍しくないというから恐ろしい。

会場全体では延べ十万人近い人々が、三日間の期間中に訪れるらしい。

大きなステージでは国際的にも名前の通った大御所の方々が、小さなステージではデビューから間もない新人の方々が、同じ会場内で演奏を共にするというのだから、なんと懐の広いイベントだろうか。

個人的には冬夏にやっている同人誌の即売会に通ずるものを感じる。

こんなクソ暑い中によく足を運んでいるなと。

それくらいの魅力がなければ、文化は育たないのかもしれない、とも。

そうこうしていると、イベントのスタッフから声をかけられた。

我々の出番とのこと。

「それじゃあ、どうか上手いこと頼んだぜ」

「ええ、承知しております」

オーナーに見送られて、女児二名はステージ袖に向かった。

舞台のセッティングは万全。

事前に打ち合わせを行った通り、精霊王様は袖幕より奥に用意されたマイクスタンドに向かう。こちらであれば観衆の目につくことはない。他方、彼女と分かれたブサメンは、見せかけのマイクと共にステージの中央へ。

背後では軽やかなＢＧＭに合わせて、出演者の紹介が為される。オーナーの営業しているライブハウスの名前と共に、我々が動画投稿サイトで利用しているチャンネルの名称などが流暢な英語で読み上げられていく。

ちなみに本日、ナンシー隊長はアイドルっぽい衣装を着用している。

やたらとフリルが沢山付いたチェック柄のスカートに襟付きのブラウス。金銀糸による刺繍や金属箔が随所に施されたきらびやかな装いのジャケット。襟元には真っ赤な蝶ネクタイまで付いている。

昨日の内にイベントの関係者が用意してきたお品だ。

オーナーの説明によれば、わざわざ新幹線を利用して、都内まで取りに向かって下さったとのこと。お使いに出された人、女児の中身が中年の不細工なオッサンだと知ったら、一体どんな表情をすることだろう。

スカートのフリルが太ももに擦《こす》れる感触にソワソワしつつ足を進める。

やがて至ったステージの中央。

いざ観衆の面前に足を運ぶと、そこには人、人、人が沢山。

想像した以上に観客が多い。

向かって正面、山々の連なる様子が窺える。それがある一帯から人に変わり、そのままステージの下まで続いている。少なくともステージの上からはそのように見える。向こう数十メートル、いいや、それ以上の空間が人で溢れているの凄い。

自然と思い起こされたのは、プッシー共和国との小競《こぜ》り合いで、縦ロールが率いた軍勢とやり合ったときのこと。この人たちが剣や杖を手にして襲いかかってきたら、などと考えたところで、完全に異世界脳となっている自身に気づいた。

ここ最近はだいぶ感覚が戻ったと思っていたのに。

「…………」

思わず息を呑んだところで、会場からブワッと声が上がってきた。

うぉぉぉおおお、って感じ。

普通に驚いてビクっとなってしまった。

動画投稿サイト上で頂戴するコメントならまだしも、こちらは完全なアウェイ。チケットの発売時期だって、我々が異世界からやって来るよりも以前。このステージを目当てに足を運んだ人は、事実上存在していないはず。

なのにどうして、と疑問に思ったのも束の間のこと。

背後で流れていたBGMに変化が見られた。こちらの世界に戻ってから、毎日のように聞いていた楽曲のイントロが流れ始める。オーナーが作詞作曲した自慢のナンバー。

他所様はギターやドラムといった楽器を生演奏されているところが大半。けれど、その手の人材に事欠く我々は、ボーカル以外のパートを録音した音源で凌《しの》ぐ。なのでステージの上には自身しか立っていない。

伴奏に急かされるようにして、ブサメンは大慌てでダンスをスタート。

しばらくすると精霊王様の歌声が会場に響き始めた。


ロリっぽいアニメ声、最高。

それに合わせて口パクしつつ、さも自分が歌っておりますよと訴えんばかり、ステージの上を右へ左へ、好き勝手に踊っていく。立体モデルを利用したダンスは移動できる範囲が狭い為、この場ではアドリブを入れつつのアクション。

するとお客さんに変化が見られた。

アップテンポな曲調も手伝い、音楽に合わせて身体をガシガシと揺らし始めたのだ。

「…………」

これがまた、なかなかどうして良い気分。

まるで自分が売れっ子のアイドルにでもなったかのような光景ではないか。ネット越しではまるで意識することのなかったチヤホヤ感が、いざ実際に観衆を面前に収めたことで、胸の内側に湧き上がってくる。

非モテの人生、こんなに多くの人たちから注目されたことはない。

それは異世界であっても同様。

どちらかと言えば舞台裏で動くことが多かったタナカ伯爵である。

気分が良くなった似非《えせ》ロリータは、自然とダンスにも力が入った。

えいやえいやと普段よりも激しめに動いてしまう。

そんな調子で踊り回ることしばらく。

いつもの調子でバク宙をしたところで、ふと気づいた。

女児はバク宙なんてしない。

「あっ……」

ミスったと思った瞬間、会場からは反応があった。

間髪を容れず、うぉぉぉおおお、が与えられた。

なんとなくだけれど、受け入れられた予感。

身体能力が抜群のスーパー女児として認知されたようである。そういうことならと、調子に乗ったブサメンは観客から煽《おだ》てられるがまま、以降もアクロバットな身動きに挑戦してしまう。

異世界でのレベルアップ、その恩恵を活かしてバク転とか連発。

せっかくだし、少しサービスしておこうかな、なんて気分になってしまう。

世の見目麗しい女性がアイドルを目指す理由、分かってしまったかもしれない。これに慣れたら普通のお仕事なんて、絶対に無理でしょう。普通に会社勤めとか、とても耐えられるとは思えない。

このチヤホヤは人を駄目にするチヤホヤだ。

現在進行形で駄目になりつつあるから、とても良く分かる。

「…………」

内幾らかの視線は、とりわけ男性からの眼差しは、まず間違いなくスカートの中をウォチっておりますね。同好の士だからこそ、一瞥した限りであっても把握できてしまう。けれど、その事実が気にならないくらい、良い気分ではなかろうか。

＊

【ソフィアちゃん視点】


本日、我々は四回目となる王様会議を開催するべく会場に集っております。

議題は前回の会議で龍王様から提案がありました、ニップル殿下の召喚魔法の再検証でございます。昨日にもエルフさんの手により、検証に必要な魔道具が完成したことで、皆さん集合した次第であります。

現場はこれまでと同様、武道大会で利用した会場です。そのステージ上、本日は円卓も撤去された舞台に皆さん立ち並んでおります。

「時間がかかってしまい申し訳ない。約束していた魔道具が完成した」

「この指輪がそうであるか？」

「うむ。どの指でも構わないので、外れないように装着して欲しい」

エルフさんの手には小さな指輪が見られます。

タナカさんが装着していたものと同じようなデザインですね。それなりに稀有《けう》な宝石を用いていたと思うのですが、そちらはペニー帝国の陛下にご協力を頂きまして、王家の宝物庫から具合の良さそうなお品を見繕ったそうであります。

指輪を受け取った龍王様はひとしきりこれを眺めておりました。

ややあって、すぐ隣に立っていたスペンサー伯爵に差し出して言います。

「その者の言葉通り、この指輪を装着せよ」

「龍王様、あの、本当に行わなければ、いけないのでしょうか？」

「余の判断が不服であるか？」

「……承知しました」

ステージ上には龍王様のみならず、多くの王様がおられます。彼女とは同郷の貴族であるアッカーマン公爵や、ペニー帝国の方々も立ち会っております。そうした方々からの注目を一身に浴びる彼女は、渋々といった面持ちで頷かれました。

彼女の立場的に考えて、この状況で断ることはとても困難な行いですから。

「指輪を嵌《は》めました、龍王様」

「エルフよ」

「うむ、では早速だが試すとしよう」

エルフさんの注目がスペンサー伯爵からニップル殿下に移りました。

本日は関係者席も撤去されており、殿下は我々のすぐ近くに立たれております。エルフさんやドラゴンさんの傍ら、身を寄せるようにしておられますね。その表情が皆さんからの注目を受けて、ピクリと強張りました。

「なぁ、ほ、本当に召喚魔法、使っても構わないのか？」

「龍王様がそう仰っているのですから、そのようにして下さい」

殿下の問いかけに対して、スペンサー伯爵は淡々と応じます。

それでも眉間に寄ったシワが、彼女の内面を如実に表して思えますよ。

「後で僕のこと、怒ったりしない？」

「怒りません」

「ニップル王国のこと逆恨みして、せ、攻めて来たりしない？」

「しませんから、さっさとひと思いにやってしまって下さい！」

「っ……わかったよ」

こうなるとニップル殿下も被害者でございますね。

スペンサー伯爵から吠えられると、彼女は大慌てで魔法を行使されました。

次の瞬間にも殿下の足元に魔法陣が浮かび上がります。

以前にも同じことを繰り返しておりましたから、他の方々も勝手知ったる様子でこれを眺めております。ただ、しばらくして皆さん、おやっという表情になりました。

「ニンゲン、さっさと術式を進めよ。余の配下の者たちがその方を害することはない」

「や、やってるよ！　やってるんだけど、なんかこう、ちょっと変なんだ」

「変？　どういうことだ？」

「それがなんというか、これ以上は先に進んでくれないっていうか……」

本来であれば、彼女の意識が向けられた先、ステージの上に魔法陣が描かれていたことと存じます。少なくとも先月、殿下のお部屋で挑戦した際には、そのようでございました。こちらに対象を召喚しますよ、と。

しかし、本日はそれがしばらく待っても現れません。

これには殿下も疑問を覚えたようで、首を傾げておられます。

スペンサー伯爵が全裸に剥かれることもありません。

そうこうしていると、ニップル殿下のすぐ正面で変化が見られました。

「えっ……」

何もない空間、空中のある一角がおぼろげに歪《ゆが》み始めたのです。

その先にある光景がぼやけて見えなくなり、代わりになにやら、別の光景が空間へ滲むように浮かび上がって参りました。それこそ覗き穴でも空いたかのようです。大きさは実家の飲食店のテーブルほどです。

これはどうしたことでしょうか。

本人の口からも疑問が漏れたことから、殿下も予期せぬ反応のようです。

居合わせた方々の間でも、ざわざわと喧騒が広がり始めました。魔法にお詳しいファーレン様やジャーナル教授までもが驚いていらっしゃいますね。かなり珍しい現象のようでございます。

「エルフよ、以前とは様子が違う。これはどうしたことだ？」

「いや、わ、我々も初めて目の当たりにする現象だ」

龍王様とエルフさんのやり取りに同じく、メイドも初めて目にする光景です。

空中に浮かび上がった枠のない窓のようなもの。

その先にどこか別の場所を覗き見ているような感じです。

「まさかとは思うが、別の場所に空間が通じたのだろうか」

「ニンゲン、余は以前と同じ魔法を望んだ」

「お、同じ魔法だよ！　こんなふうになったの僕も初めてだしっ……！」

やはりニップル殿下も想定外の出来事のようですね。

なんなら彼女が一番驚いておられます。

居合わせた誰もが、空中に浮かび上がった光景を凝視です。

背景に見られるのは、野外に設けられた劇場のステージを思わせる場所です。観客として大勢の人たちが集まっており、その注目を一身に受けながら、可愛らしい衣装を身につけた女の子がダンスを踊っております。

そうした光景を少し高いところから下に眺めるような形です。

女の子の見た目はエステル様や縦ロール様よりも幼いように思います。どうやら歌を歌われているようでして、光景が浮かび上がるのに応じて、リズミカルな伴奏や歌声がこちらまで聞こえて参りました。

その特徴的な声色は、精霊王様のお声を彷彿《ほうふつ》とさせるものであります。

「さ、宰相よ、あの姿はっ……！」

「ええ、まさに陛下の考えている通りかと」

得体の知れない光景を目の当たりにして、誰よりも顕著な反応を見せたのはペニー帝国の王様です。即座に宰相様からも反応が見られました。フィッツクラレンス公爵も驚いた表情を浮かべられておりますね。

どうやら宮中のお三方はご存知の方みたいですよ。

一方でエステル様は、そんなお父様に疑問の眼差しを向けておられます。

「ニンゲンたちの王よ、何か知っているのか？　知っているなら余らにも教えよ」

「う、うむ。あれは、その……」

「あの姿、もしやタナカ伯爵ではないか？」

陛下の呟きを遮るようにして、別所からも声が上がりました。

アッカーマン公爵でございます。

直後にはスペンサー伯爵からも突っ込みの声が。

「こうして眺めた限り、伯爵の指には召喚除けの指輪が見られませんが」

「肉体が変化したことで、サイズが合わなくなったのではないかね？」

「なるほど、それで再び魔法の矛先がタナカ伯爵に向けられたということですか。しかし、それにしてもこれはどうしたことでしょう。召喚するならまだしも、その姿を遠目に映すばかりとは、聞いたことがありません」

北の大国のお二人の間で、召喚魔法の効果を巡って議論が交わされます。

どうやら国境さえも越えて、一部のアッパー階級の方々の間では、既知のお姿のようでございます。エステル様でさえご存知ないということは、恐らくお国の機密的な何かなのではないでしょうか。

以前、タナカさんが同国へ足を運んでいたことと、無関係ではないような気がします。

「ニンゲンたちの王よ、それはどういうことだ？　余らにも説明を行うべきだ」

「龍王殿よ、少しばかり姿を変えているが、あれはタナカ伯爵で間違いない」

龍王様に問われて、陛下が改めて答えました。

周囲から一斉に注目を受けた彼は、大慌てで説明を続けます。

「以前、精霊王殿の魔法を受けたことで、タナカ伯爵は一時的に別の姿を装うことがあった。その際に確認した伯爵の姿と、今こうして目の当たりにしている姿は瓜二つ。アッカーマン公爵の言う通り、同一人物の可能性が高い」

陛下の言葉を耳にしたことで、居合わせた方々が一様にざわめき始めます。

そうした喧騒の傍ら、すぐさま動かれたのがエルフさんとドラゴンさんです。

「貴様よ、聞こえているか⁉　聞こえているようなら返事をして欲しい！」

『お、おい！　オマエ、そこに居るんだろ⁉　なんで踊りを踊ってるんだ⁉』

空中に浮かんだ光景の下へ駆け寄り、タナカさんに向けて声も大きく語りかけ始めました。即座に手が動いた後者は、その只中に向かい腕を伸ばします。しかし、彼女の指先は光景を突き抜けてしまいました。

お姿こそ拝見できます。


なにやらお声も響いて参ります。

ですが、触れたりはできないみたいです。

『なんだこれ！　さ、触れないぞ⁉』

「貴様よ、気持ちは分からないでもないが、不用意な行いは控えるべきだ。何が起こるか分からない。場合によっては、こうして得られた光景も失われてしまうかもしれない。慎重に行動するべきだ」

『で、でも、アイツがっ……！』

タナカさん、一体どうなっているのでしょう。

どこからどう見ても、可愛らしい女の子になってしまっているじゃないですか。

＊

初参加のロックフェス、予定していた演目は順調に消化されていった。

似非ロリータも気分良くダンシング。

当初はアウェイな環境から総スカンを受けて、居た堪れない雰囲気の中、一人孤独に踊る羽目になるかもと危惧していた。けれど、蓋を開けてみれば大変な賑わい。

やたらと腕とか頭とか振って下さり本当にありがとうございます。

これならオーナーも喜んでくれることだろう。

そうして迎えた最後の一曲を歌い始めた時分のことである。

ふと、妙なものが視界に入ってきた。

「…………」

位置はステージを上から見下ろす地点。

観客の並んだ最前列とステージの框《かまち》との間に用意された、カメラを設置したり、スタッフが移動する為の空間。その地上から数メートルほどの場所。せり出した舞台の屋根の軒下へかかる位置に、何かゆらゆらとしたものが浮かんでいる。

太陽に熱せられたアスファルトへ、陽炎《かげろう》が立ち上っているかのような感じ。

ダンスの合間にチラチラと目を向けて確認してみる。

すると揺れているのは空間そのものであることに気づいた。

背景がゆらめき滲んでいた。

「えっ……」


しばらく様子を見ていると、ゆらめきは段々と大きくなり、もはや陽炎などでは説明がつかないほどに背景が歪み始めた。やがて、ステージの屋根や空がぐにゃぐにゃと混ざり合い、その只中から別の光景が浮かび上がってくる。

ステージの演出にしては、あまりにも魔法的な代物。

その出処に不安を覚える。

だって映し出されたのは、自身も見覚えのある人たち。

まず目についたのはエディタ先生やロリゴン、ニップル殿下、龍王様といった面々である。他にもチーム乱交やタナカ伯爵と関わりのある王侯貴族たち。少し離れたところにはゴッゴルちゃんの佇《たたず》む様子まで窺える。

「あ……、て……るか!?　い……てい……なら……を……しい！」

『お、お……オマ……そ……だろ!?　なん……おど……って……だ!?』

ほんの僅かではあるけれど、声が聞こえたような気がした。

けれど、すぐ近くで鳴っているライブの音源にかき消されて、何を言っているのかはさっぱり分からない。業務用の大型スピーカーがガンガンに鳴っているから。まさか話し声など聞き取れようはずもない。我々も耳栓をしているくらい。

エディタ先生やロリゴンからは頻りに、こちらへ語りかけているかのような素振り。ブサメンを認識している可能性が高い。手を伸ばす仕草も見られた。ただ、突き出された腕は途中で何かに遮られたかのように見えなくなってしまう。

自身の立ち位置からすると、天窓から屋外の光景を見上げているような感じ。

すぐにでも精霊王様に状況の確認を願いたい。

けれど、袖幕に隠れている彼女からはステージ上の異変が見えていないようだ。当然ながらこちらから声は届かない。ダンスを担当している都合上、身振り手振りでこれを示すことも困難。ブサメンは仕方なく踊りを継続。現状を維持しつつ、横目で頭上の光景を確認するに努める。

すると、観客たちも異常に気づいたようだ。

一部で反応が見られ始める。

映画のスクリーンさながら、ステージの上の方に浮かんだ異世界の風景。これを指さして言葉を交わす人たちが出てきた。やり取りする声こそ聞こえてこない。けれど、得体の知れない光景に疑問を覚えているだろうことは容易に察せられた。

知らないフリをすれば、我関せずを押し通すことは可能と思われる。

けれど、それと同時にブサメンは思い至った。

「…………」

これってもしかして、上手くすれば異世界に戻れるのではなかろうか、と。

だとすれば、試してみる価値はある。

多少のリスクを取ったとしても。

「よし……」

覚悟を決めた醤油顔は、楽曲がギターソロに入ったタイミングで行動開始。

ダンスを踊りつつ、観客の面前からフェードアウトするように舞台袖へ。

お客さんからは疑問の声が。

スタッフの方々も困惑。

これに構わず、ブサメンは精霊王様の腕を引いて、取って返すようにステージ中央へ戻った。サバ氏のことどうしよう、などと思ったところで、まずはこちらの彼女だけでも、故郷に送り返すべきだと結論に至る。

頭上に異世界の光景を眺める位置関係。

精霊王様の目にも、エディタ先生たちの姿がすぐにお目見えした。

頭上に浮かんだ故郷の景色を見上げて、彼女はブサメンに問うてくる。

「そこのところに浮かんでいるやつって、もしかして君の魔法かなぁ？」

「いいえ、違います。だからこそ、この機会を逃したくはありません」

「この状況で私がステージに出てきちゃったりして、大丈夫なのぉ？」

「次の機会があるかどうかも定かではありません。帰還を優先しましょう」

互いにマイクを外した状態で、精霊王様に事情をご説明。

聡明な彼女はすぐに状況を把握して下さった。

「前々から感じてたけど、君ってこういう土壇場で随分と思い切りがいいよねぃ」

「精霊王様の今後を思えば、私の立場など誤差のようなものですよ」

「そんなこと言われても、私にはもう精霊王としての力はないんだよぉ？」

「重々承知しておりますとも。ただ、私は貴方の在り方を敬愛しておりますので」

「ふぅーん……」

正義のメスガキを異世界にお送りするのだ。

今の日本に残っていたら、ヤリチンに寝取られる未来しか見えてこないもの。妙なところで素直だったり、人類の文化文明に疎《うと》かったりするから、意外と普通にナンパとかに付いて行ってしまいそう。

ということで、醤油顔は魔法を行使。

失敗した場合も考えて、精霊王様の歌唱パートが再び始まるまで、ギターのソロパートがピロピロしている間でのチャレンジ。観客は予期せぬキャストの追加に驚いているけれど、今は我々の都合を優先させて頂きたい。

「では、いきます」

最初は空間魔法を行使した。

世界の垣根を超えて窺える異世界の風景。

その只中に向けて精霊王様の肉体を飛ばせないものかと。

けれど、こちらは不発。

彼女の足元に魔法陣が浮かび上がるも、それ以上は反応が見られない。こちらの世界を訪れた当初に試した際と同様である。スキルやステータス的に考えて、自身が無理とあらば、精霊王様が試しても恐らく無理だろう。

「精霊王様、お身体を失礼します」

「あぁん、エスコートしてくれるのぉ？」

次いで飛行魔法を行使して、精霊王様の肉体を空に向かい飛ばす。彼女の手を恭しく取り、ダンスの演出を装うようにワイヤーアクションさながら、空へ羽ばたいて頂くような感じで。けれど、そのまま異世界の光景を突き抜けてしまった。

先程、あちら側からアプローチがあった際と同様の反応だった。

互いに視認こそしていても、物理的に行き来することは不可能みたい。

すぐにステージ上へ戻る羽目となる。


そこで最後に、次元魔法を行使。

空間魔法のスキルレベルをカンストさせたところ、自然と生えた新作の魔法だ。正直、用途不明。それでも祈るようにして発動を試みる。感覚としては空間魔法と同様。空に浮かんだ異世界の光景の只中へ、どうか精霊王様の肉体を飛ばして下さいと。

前に挑戦したときは、こちらの魔法にも反応は見られなかった。

空間魔法と同じく、足元に魔法陣が浮かび上がった限りであった。

けれど、それが今回は――

「あっ……」

精霊王様の口から可愛らしい声が漏れた。

我々の見つめる先、異世界側に変化が見られたのである。

空中に浮かんだ世界間の境界。これを覗き込むように集まった皆々から少し離れたところ。エディタ先生やロリゴン、ニップル殿下、龍王様といった面々から距離を設けて、一人ぽつねんと佇んでいた人物。

ゴッゴルちゃん。

彼女のすぐ足元に、ピシリと裂け目のようなものが生まれた。

妙な話ではあるけれど、裂け目と呼ぶ他にない代物。まるで空間にヒビが入ったかのように、彼女が立っていた場所が割れた。

「っ!?」

ちょっとやそっとでは動じないクールな言動に定評がある褐色ロリータ氏。

そのジトッとした目が驚愕に見開かれた。

飛行魔法を行使する間もなく、小柄な肉体が裂け目に飲み込まれる。落とし穴に嵌《はま》ったかのように落下していく。咄嗟に腕を伸ばす様子が見られたけれど、虚空を掴むばかり。足先が触れるや否や吸い込まれるように消えていく。

かと思えば、こちらの世界でも反応が見られた。

「っ……!」

「なんか出たよぉ?」

ステージ上、我々のすぐ隣に数メートルの高さ。異世界で見られたのと同じ裂け目が発生。

精霊王様に言われるまでもなく、自身も気づいた。


そこから今まさに異世界側で姿を消した人物が落ちてきたのである。

唐突な出来事にもかかわらず、彼女は身体を転がすことなく、シタッと華麗に自らの足で着地を決めた。本来であればパンチラを狙う絶好の機会。それでもスカートの中に注目している暇すらない、ほんの一瞬の出来事であった。

ゴッゴルちゃんまで、こちらの世界にやって来てしまった。

「……ここは?」

「…………」

あぁ、なんと答えたものだろう。

それでもこういう時、彼女なら、いいや、彼女だからこそ、伝えられることは多い。

ブサメンは大慌てで思考を巡らせる。

こちらは自身が生まれ育った故郷となる世界です。これまでのお話でも度々話題に上げさせて頂いた場所です。理由については後ほど説明しますが、色々とあって我々はこちらの世界にやって来てしまいました。

そして、私の浅慮な行いにより、ゴッゴルさんを巻き込んでしまいました。

「なるほど」

裂け目は彼女を放り出すと、すぐさま閉じられてしまう。

手を伸ばす暇さえなかった。

しかも異世界側に生まれた裂け目は、ゴッゴルちゃんがこちらに現れるよりも一足先に消失していた。この様子だと我々の世界から精霊王様や海王様を送り出すような真似は、できないのではなかろうか。

一方通行の気配を感じて止まない次元魔法の効果効能である。

まさかとは思うけれど、別所から事物を引っ張ってくるような魔法なのだろうか。

「このような感じなのですが」

「別の世界であることは承知した」

「ありがとうございます」

これまで彼女と交わしてきたお話が、このような形で役立つとは思わなかった。

落ち着いた様子で受け答えして下さるゴッゴル氏、大変ありがたい。


むしろ賑やかにしているのは、こちらの世界の方々である。

観客からすれば、マジックショーさながらの光景だろう。急に現れた褐色ロリータさんを目の当たりにして喧騒が広がる。交わされている言葉こそ聞こえなくても、どこから出てきたのかと疑われていることは想像に難くない。

舞台袖に控えていたスタッフの方々も驚いていらっしゃる。彼らにしてみれば、台本を無視した子供が勝手に暴れ始めたように映るのではなかろうか。これ以上の無茶はステージから摘み出されてもおかしくない。

「あっ、向こうの光景が消えてくよぅ」

そうこうしている間にも、ステージ上に浮かんでいた光景に変化が見られた。

周囲の景観に滲むように、異世界の光景が薄らいでいくのだ。

こちらを覗き込んでいた面々が、それまで以上に必死の形相となり、何事かを語りかけてくる。けれど、そうした皆々の訴えはライブの音源にかき消されて届かない。

きっと向こう側でも、こちらと同じように視界が阻害されつつあるのだろう。

やがて数秒ほどで、異世界の光景は完全に消失してしまった。

「完全に消えちゃったねぇ」

「私が不甲斐ないばかりに申し訳ありません」

その事実に気落ちしている余裕が、今の我々には無い。

時を同じくしてギターソロが終了。

精霊王様の歌唱パートが戻ってきた。

機転を利かせた彼女は、マイクを手にすぐさま歌を歌い始めた。

ブサメンはゴッゴルちゃんを伴い、ステージ後方に身を引いた。

センターに立った精霊王様のオンステージ。

ライブハウスを訪れてから本日に至るまで、ダンスの練習をする醤油顔を見ていた為だろう。マイクを手にした彼女は歌唱と合わせて、自身が行っていたのと同様、華麗なダンスを披露してみせた。

おかげでブサメンとゴッゴルちゃんの存在は多少なりとも霞む。

歌唱が再開したことで、観客は音楽に合わせて身を揺らし始めた。なんだかよく分からない出来事があったけれど、演出の一環として認識して下さったのではなかろうか。少なくとも事故として扱われているような雰囲気はない。

これによりスタッフも演目の継続を判断したようだ。

そうなると我々も、ステージ上で突っ立っている訳にはいかない。

「……演出？」

このような状況で身勝手な提案を申し訳ありませんが、私と一緒に踊って下さい。

精霊王様の歌に合わせて、ゴッゴルちゃんも一緒に踊って頂けませんでしょうか。

「何故に？」

そうですよね、当然のご質問かと思います。でも、今は信じて欲しいのです。けっしてゴッゴルちゃんのパンチラを狙っている訳ではありません。いいえ、見たいものは見たいのです。けれど、今は他にも色々と事情がございまして。

「すみません、どうかお願いできませんか？」

「…………」

我々の面前では、ニコニコと笑みを浮かべた精霊王様が歌って踊っての大活躍。異世界での彼女を知っている方からすれば、これまた不思議な光景として映ることだろう。そうした現場の状況も手伝ってと思われる。

「わかった、ダンスを踊る」

「ありがとうございます」

情けないブサメンの提案に、それでもゴッゴル氏は頷いて下さった。

一方的に他所の世界に呼び出されながらも、こちらの声に耳を傾けて下さるとは、なんて心優しいのだろう。もしも呼び出されたのが龍王様とかだったら、とんでもないことになっていたと思われる。

ただし、我々の共演は予期せぬコラボ。

協調してのダンスなど当然不可能。

そこでゴッゴルちゃんに出させて頂いた注文は、体操選手さながらのアグレッシブな身動き。二人して精霊王様の周りをバク転で飛び回ったりと、とにかく身体能力で場を盛り上げつつ、今しがたの出来事を誤魔化そうという作戦。

幸いであったのは、こうして演じているのが最後の一曲であったこと。

数分ほどで歌唱は終えられて、演奏もフィナーレを迎えた。

最後、我々は何を語るでもなく三人で一列に並び、深々とお辞儀。

すべて演出でございますと訴えんばかり、そそくさとステージを後にした。

＊

【ソフィアちゃん視点】

大変です、ゴッゴルさんがタナカさんの下に飛ばされてしまいました。

それも我々の見ている前での出来事にございます。

ニップル殿下の召喚魔法に応じて出現した、空中に浮かぶ得体の知れない光景。これに注目しておりましたところ、急に彼女が現れたのです。大慌てで周囲の様子を確認しますと、たしかにゴッゴルさんの姿が見られません。

王様たちからは次々と疑問の声が上がります。

「オイラの目が正しいなら、あのニンゲンが何かしたような気がするぜ？」

「余も把握していた。ニンゲンがゴッゴル族を呼び出したのではないか？」

「召喚、魔法……とは……なにか……違う、ような……気配で、あったが」

「妾、海王が近くに見られなかったのが気になる」

ゴッゴルさんがあちら側に向かわれる直前、タナカさんの足元に魔法陣が浮かんでいたことはメイドも確認しております。なんなら精霊王様をこちらにむけて、飛行魔法で飛ばしたりもしておりました。

多分、彼もこちらに戻りたいのではないでしょうか。

それが何故に、ゴッゴルさんを呼び寄せることとなったのかは分かりませんが。

「あのニンゲンが性悪精霊と一緒になって、何か企んでるんじゃないのか？」

「そ、そんなことはないわ！　彼が彼女を悪く扱うようなことは、絶対にないのだから！　精霊王様のことはよく分からないけれど、でも、そういった行いに加担するようなこと、彼は絶対にしないわ！」

妖精王様の何気ない呟きにエステル様が反応されました。

声も大きくタナカさんを擁護されておりますね。

「だったら今のはなんなんだよ？」

「彼らもこちらの世界に戻ろうとして、試行錯誤しているのではないかしらぁ？　ゴッゴル族の子が現れるより前には、精霊王様をこちらに向かわせるような素振りをしていたでしょう？　つまり、そういうことだと思うのよねぇ」

「むぅ……」

すかさず縦ロール様からもフォローが入りました。

これには妖精王様も閉口です。

メイドの目から見ても、そのように感じられる光景ではございましたから。やはりタナカさんたちは、何かしら事故のようなものに巻き込まれて、我々の下から別の場所に飛ばされてしまったのではないでしょうか。

ところで、それはそれとしまして、ニップル殿下が大変です。

「皆々、色々と思うことはあるだろう。しかし、今はこの者の介抱を優先したい」

「…………」

魔法の使い過ぎによって、倒れてしまわれた殿下でございます。

今はエルフさんに膝枕をされて、ぐったりとされております。

意識を失っているようで、我々のやり取りにも反応が見られません。呼吸はしておりまして、小さく胸の上下する様子が窺えます。それでも平時と比べて浅く、回数がとても多いのが気になります。

今は皆さんで、そうした彼女を囲んで顔を合わせている次第にございます。

つい先程までは王様たちから矢継ぎ早、殿下に回復魔法が飛んでおりました。

『お、おい、なんか辛そうにしてるけど、このまま放っておいて大丈夫なのか？』

「召喚魔法が予期せぬ効果を見せたことで、想定していた以上の魔力を奪われてしまったのだろう。貴様の屋敷に保管されているマナポーションを飲ませたい。枯渇した魔力を補えば、容態も落ち着くだろう」

『よし、だったらすぐに連れて行くぞ！　あと、私の家じゃなくて、皆の家だ！』

タナカさんたちの姿が消えてしまったのも、それが理由と思われます。

ニップル殿下が倒れるのと同時に、空中に浮かんだ光景は霧散してしまいました。メイドの拙《つたな》い感覚からしますと、タナカさんを呼び出す代わりに、先程の光景が現れたような気がしてなりません。

「余は先程の光景が気になる。もう一度、同じことを試したい」

「すぐには無理だ。最低でも数日は安静にするべきだろう」

「ニンゲンとは、なんと脆弱《ぜいじゃく》な存在か」

「貴殿ら龍族が頑丈過ぎる、という考え方もできると思うのだが」

「妾、あのニンゲンの手に指輪がないのが気になった」

「魔道具が外されたことで、召喚魔法の矛先があの男に向かったのだと思う」

「だとしても……なぜ……あのような、反応が……見られた、のだ？」

「申し訳ないが、そこまでは私も分からない」

王様たちからの質問を的確に捌《さば》かれるエルフさん、とても格好いいですね。

虫王様の仰るとおり、タナカさんの手に指輪は見られませんでした。多分、それが影響して前回とは異なる結果が見られたのだと思います。こちら側では、スペンサー伯爵が召喚されることもありませんでした。

「ジャーナル教授よ、タナカの下に浮かんでいた魔法陣を記憶しているだろうか？」

「ある程度は記憶しておるぞ、ファーレン卿」

「互いに覚えている範囲で復元を試みたいのだが」

「記憶が鮮明な内に記録しておかねばなるまい。すぐにペンを取るべきじゃろう」

ファーレン様とジャーナル教授が、飛行魔法でどこかへ飛んで行かれました。

相変わらず魔法が大好きでございますね。町長さんのお屋敷に滞在されているようでしたら、今晩あたりはお夜食をお持ちするべきかもしれません。恐らく夜通しで議論を交わされることでしょうから。

おふた方の協力があれば、タナカさんの捜索にも弾みが付くことと存じます。

「召喚魔法ノ障害トナル何カガ、魔法ノ効果ヲ阻害シタ結果、トモ考エラレル」

「どこかに封印されている可能性があるのだよ！　この間までのアタシみたいに！」

「だとしたら、どうしてステージの上で大勢のニンゲン相手に踊っていたんだぜ？」

「妾、そんな愉快な封印は聞いたことがない」

いずれにせよ、調査に進捗が見られたのは朗報です。

改めて王様たちの様子を窺うと、彼らも昨日までと比較して、会話に明るさが感じられます。タナカさんや精霊王様のお姿を確認したことで、手応えのようなものを感じているのではないでしょうか。

メイドとしても人心地でございます。

なんたってお相手はタナカさんです。ご健在であらせられるなら、再びお会いすることができると信じております。これまでにも繰り返し、絶体絶命の状況に陥りながらも、飄々《ひょうひょう》とご帰還なさっていました。

きっとすぐに我々の下へ、お戻り頂けるのではないでしょうか。

帰るべき場所（一）

Place to Return to (1st)

ロックフェスの舞台上で発生した、異世界との断片的なコミュニケーション。

ゴッゴルちゃんからもたらされた情報に従えば、今回の出来事はニップル殿下の召喚魔法が関係しているらしい。彼女が魔法を行使したタイミングで、あちらの世界にもこちらの世界の光景が浮かび上がったのだとか。

更に言うなら、エディタ先生やロリゴンといったドラゴンシティの面々のみならず、王様たちまでもが我々の為に、色々と動いて下さっているらしい。今回の出来事もそうした行いの一環であったのだとか。

そこでブサメンと精霊王様は、あちら側からのアプローチを待つことにした。

既に打てる手を打ち尽くしてしまった我々であるからして。

それでも念の為、イベント会場に滞在している間は、異世界の光景が現れたステージを監視していた。こちらの世界を訪れた当初と同じように、精霊王様の魔法のお世話になって姿を消しながらの待ちぼうけ。

けれど、以降はイベントの最終日を迎えるまで待っても、再び異世界の光景が浮かび上がることはなかった。

理由は定かでないけれど、殿下が召喚魔法を使えない状態に陥っているのではなかろうか。

自身が知っている殿下の召喚魔法と、ゴッゴルちゃんから受けた現地の説明。両者を加味すれば、異世界の光景が浮かび上がる場所は、ブサメンの所在地に他ならない気がする。だとすれば、イベント会場を眺めていることに意味はない。

そこでフェス終了と合わせて監視を打ち切った我々は、都内に戻ることにした。

しばらく待っていれば、またきっとニップル殿下が魔法を使ってくれると信じて。

「んで、アンタたちに言われるがまま、顔を合わせている訳だけど……」

ということで今一番の問題は、異世界から追加でやって来た女児の存在。

褐色の肌に艶《つや》やかな銀髪、しかもお尻に尻尾まで生えているゴッゴル氏。自分や精霊王様と比較しても、殊更に異世界している風貌の彼女であるから、オーナーも及び腰で向き合っている。

「この子も、その、なんだ？　アンタの知り合い、っていうことなんだよな？」

「ロコロコさんと言います。どうか我々と一緒に面倒をみて頂けたらと」

「……どうも、よろしく」

自宅となるマンションのリビングスペース。醤油顔とゴッゴルちゃんはローテーブル越しにオーナーと顔を合わせている。もはや誤魔化しようもないので、真正面からご紹介をしてしまおう、という算段だ。

言葉少なに会釈をするゴッゴルさん、相変わらずクールでございますね。

「そっちの精霊王様と一緒で、やっぱりなんて言ってるのか分からねぇよ」

「どうぞよろしくと、お返事をしております」

「そ、そうかい」

フェスの期間中、我々の滞在先は手狭いホテルのツインルーム。ブサメンはさておいて、精霊王様との距離感もあったので、ゴッゴルちゃんには先んじてこちらの住まいに移って頂いた。移動は自身の空間魔法を用いてのこと。

なのでオーナーとは本日が初めての顔合わせとなる。

「私が翻訳を務めさせて頂きますので、何かありましたら仰って下さい」

ゴッゴルちゃんがお喋りする異世界の言葉をオーナーは理解することができない。しかし、オーナーのお喋りする日本語を理解しない褐色ロリータさんは、一方で彼の心中をそれなりに読んでいる。

フェス会場に滞在中、色々と確認したから間違いない。

言葉が通じない相手であっても、ゴッゴルちゃんは内面を読むことができる。言語化されていない思考は存在するようで、それは喜怒哀楽といった感情の起伏であったり、映像や音、匂いの断片的なイメージの想起であったり。

本人の言葉に従えば、言語を介さない動物もちゃんと思考を持っており、彼女はこれを読むことができるらしい。エサ食べたい、とか。だからだろう、異なる言語圏の相手であっても、多少は人心を把握することができるのだそうな。

ゴッゴル族は生まれながらの心理プロファイラーなのだろう。

ホテルに居合わせた方々をサンプルに読心してもらい、そういった辺りを事前に確認していた。ちなみに、一連の醤油顔の内面を読んだ彼女のお返事は、そんなに大したことはしていない、とのこと。またまたご謙遜を。

ただし、オーナーはその事実を理解していない。

少し悩んだのだけれど、ゴッゴル族が生まれながらに備え持った特性、無慈悲な読心パワーについては黙っておくことにした。素直にご説明をしたら、きっとマンションから追い出されてしまうから。

少なくとも今この瞬間、精霊王様はソファーセットを離れて窓際に立たれている。

「んじゃ、さっそくだけど一つ聞いていいか?」

「どうぞ」

「その尻尾、さっきからちょいちょい動いてるけど、どうなってるんだ?」

「私から答えさせて頂くと、こちらの尻尾は彼女の肉体の一部となります」

「マジで言ってる?」

「マジで言っています」

それでも疑いの眼差しを向けるオーナー。

自身も最初はアナルプラグを疑った。尻尾といったらアナル、アナルといったら尻尾。それがこの世の理《ことわり》である。最近ではバッテリーやモーター、更には無線センサーまでをも搭載し、遠隔操作で稼働するモデルまで存在するという。

精霊王様のお尻に突っ込みたくて仕方がない。

「ロコロコさん、すみませんが軽く尻尾を動かして頂けませんか?」

「わかった」

急なお願いにもかかわらず、すぐに立ち上がったゴッゴルちゃん。

先方の心を読んでいるからこその反応だろう。

ムチムチの太ももに沿って、ミニスカの下から持ち上がるように尻尾が伸びてくる。そして、お尻を我々に向けた彼女はシャドーボクシングさながら、何もない空間を先端部分でパシンパシンと突く。

なんてエッチな光景だろうか。

小気味好い動きを眺めていると、ついついその先に自らのオチンチンを配置したい欲求に駆られる。パシンパシンと突かれたい衝動を覚える。などと考えたところで、肝心の器官が今の自分には備わっていない。くそう。

「た、たしかに、こいつはオモチャの動きじゃないな……」

「ご理解して頂けたようでなによりです」

もう少しだけ見ていたいゴッゴルちゃんの貴重な尻尾突きシーン。

けれど、彼女は先方が頷いたのに応じて、ソファーに座ってしまった。

「前々から妙だとは思っていたけど、アンタたちの出自は自分が考えていた以上にぶっ飛んだものだったらしい。こうなったらもう、何があっても驚かねぇよ。そういうものだと納得するしかなさそうだ」

「そうして頂けると幸いです」


「しかし、精霊王様はどうしてさっきから立っているんだ？」

オーナーってば、速攻で痛いところを突いてくれる。

彼の見つめる先には、窓際に立って外の光景を眺める精霊王様の姿が。ソファーセットに腰を落ち着けた我々とは多少の距離がある。ゴッゴルちゃんに心を読まれまくっているブサメンならひと目見て分かる。読心の範囲外。

素直に説明したら、きっとオーナーも逃げ出してしまうことだろう。いいや、既にこうして接近している手前、下手をしたら我々との関係も危うくなってくるかも。だとすれば、この場は黙っているのが吉である。

「こちらの彼女とは相性が悪いのです。どうか気にしないで頂けたらと」

「えっ、なんだよそれ。いきなり喧嘩とか始めちゃったりしないよな？」

「もちろんです。そういった相性の悪さではないので、ご安心して頂けたらと」

「ならいいけど……」

そんな感じでなし崩し的に、オーナーにはゴッゴルちゃんを受け入れて頂いた。

幸いにして我々の住まいには十分な広さがある。空いていた客間が彼女の当面の住まいとなった。ベッドを筆頭とした家財道具についても、フェスの成功を受けて機嫌を良くしたオーナーが、同日中にも手配してくれた。

そう、フェスは大成功だった。

少なくとも我々は事後にそう聞かされた。

突如として浮かび上がった異世界の光景や、どこからともなく現れたゴッゴルちゃん。いずれもが演出の一環として受け入れられたようである。少なくとも警察を呼ばれるような騒ぎにはならなかった。

精霊王様を表舞台に引っ張り出してしまった点はオーナーから指摘を受けた。しかし、どうしても明かせない事情があると突っぱねたところ、存外のこと素直に引き下がってくれた。我々との関係を優先して下さったのではなかろうか。

結果として本日に至る。

「あと、こっちからもアンタたちに伝えておきたいことがある」

「なんでしょうか？」


「今週末からライブハウスの営業を再開したい」

「我々は構いませんが、できるんですか？」

「何件かまとまってライブの依頼が入ったんだよ」

「先日のフェスの影響でしょうか」

「あぁ、初日の公演を終えたところで、すぐに連絡が入り始めた。平日からやるような真似はできないが、週末にまとめて公演するなら、どうにか形になりそうな程度には連絡がきているんだ」

遠退いていたライブハウスの客足が戻ってきたようだ。

歴史のあるフェスに参加した、という箔付けが効いたのだろう。我々の立場もネット上の珍獣から、ちゃんと名前が付いたグループに格上げされたような感じ。当初の目的を思えば、かなり喜ばしいことである。

なんたってライブハウスの進退には、我々の衣食住がかかっている。

「常連の連中とは違うが、ネットで軽く検索したところ、それなりに活動歴のあるバンドが半分くらい。あとは立体モデルを利用したイベントをやりたいと、ネット系のクリエイターっていうのか？　そういうのから話があった」

「それは良かったですね」

「まったくだ。アンタたちには本当に感謝しているよ」

穏やかな笑みを浮かべてオーナーは語る。

決してお世辞で言っている訳ではないのだろう。

「そこで提案なんだが、アンタたちにも出演を頼めないか？　きっと先方も期待していると思うんだよ。それにアンタたちの名前が出せれば、バンドのファン以外に、観客の動員が見込めるからな」

「承知しました。そういうことでしたらお受けさせて頂きます」

断る理由もないので素直に応じる。

精霊王様も嫌とは言わないだろう。存外のことステージ上での歌唱を楽しんでおられたような。いいや、どこまでも聡い彼女のことだから、ブサメンに気を遣っているだけかもしれないけれど。

以降しばらく、週末の予定についてオーナーと相談。

やがて、ひとしきりやり取りを交わしたところで、彼は我々の住まいを後にした。向こう数日はライブハウスの営業再開に向けて忙しくなりそうだからと、動画投稿サイトでの活動も自粛だそうな。


我々は週末までの間、フェス明けの休暇ということになった。

＊

ライブハウスの営業再開にあたり、オーナーは地下に籠もってお仕事三昧。

こうなるとボディーガード担当のナンシー隊長はやることがない。護衛している対象からも、ずっと付いて回られると落ち着かない、とかなんとか言われてしまった。どうやらオーナーは同好の士ではないみたいだ。

そこで翌日より、我々は屋外へ散策に出ることにした。地球を初めて訪れたゴッゴルちゃんの為、三人揃ってのお出かけである。

こちらの世界をご説明しつつ、彼女の生活用品を調達しようという算段だ。ブサメンの心を読んだことで、その存在こそ理解していただろう褐色ロリータさん。けれど、実物を目の当たりにするのは今回が初めてのこと。

向こうしばらくはこちらの世界で生活することになるので、齟齬《そご》を正す意味でも、一度は外の世界を確認するべきだと考えた。フェスの期間中、自宅に軟禁状態としてしまったことへの罪滅ぼしも兼ねている。

そんなこんなで訪れた先は、未だ江戸情緒の残る浅草《あさくさ》界隈。

自宅を発った我々は、敢えて電車を乗り継いで都内を西から東へ横断。隙間なく立ち並んだ高層ビル群や、その間に伸びた線路網を確認して頂き、そこから伝法院《でんぼういん》通りや仲見世《なかみせ》通りを経て、浅草寺《せんそうじ》まで至る。

夏休み期間中ということもあって、界隈はかなりの賑わいだ。おかげで当初は精霊王様の魔法によって姿を隠していたものの、途中で幾度となく他人とぶつかった為、今はフードやマスクで顔を隠して行動している。

「たしかに貴方が語っていたのと相違ない光景が広がっている。とても驚いた」

本堂を真正面に眺めて、ゴッゴルちゃんが呟いた。

本日は彼女も現代っぽい格好をしている。精霊王様やナンシー隊長と大差ない背丈であったので、衣類を回し着することができた。見慣れた祖国の装いが艶やかな褐色肌と相まって、よりリアルなエロスをお伝えして下さる。


いつかスク水とか着用して頂けないだろうか。

「スク水とは？」

「私が向こうの世界でさせて頂いたお話は、やはり信じられませんでしたか？」

「……妄言の可能性も、多少は考えていた」

「まさかとは思いますが、過去にはそういった方々も？」

「自らの想像した出来事や事物を、現実として頑なに信じている人は、いる」

「なるほど」

ゴッゴルちゃんから危ない人として思われていたかもしれない事実に、少しだけ肝が冷えた。同時にそんな人物であっても、お話の為に近づいていたという彼女の心内に、なんとも切ない感覚を抱く。

「この辺りは建物の雰囲気が随分と違うんだねぇ。別の国だったりするのかなぁ？」

肩が接するほどの間隔で、横並びとなり歩いているブサメンとゴッゴルちゃん。

その後方から少しばかり離れて、精霊王様の声が届けられた。

ゴッゴル族の読心から逃れる為とはいえ、彼女には申し訳ない距離感である。傍から眺めたら、一人だけハブられているように見えそう。ただ、他に上手い方法も思い浮かばなくて、精霊王様にはご了承を頂いた。

「いいえ、この辺りは観光地となりまして、この国の古い家屋や寺院などが、観光客に向けて開放されているのです。こちらの国も百年ほど昔には、背の高い建物はほとんどなくて、こうした木造の建物が立ち並んでいました」

「それはまた随分と短い間に様変わりしたものだねぃ」

「あちらの世界と比較すると、たしかに文化の移り変わりが早いかもしれません」

境内を軽く見て回った後は東京スカイツリーに向かい、高さ六百三十四メートルから都内を一望して頂く予定だ。東京観光としては鉄板のルート。同時に異世界との文化的な違いを如実に確認してもらえるコースでもあると思う。

今後のスケジュールを考えつつ、境内を歩いて回る。

するとしばらくして、ゴッゴルちゃんから弱々しい声が上がった。

「……ところで、暑い」

「すみません、今ちょうど夏季でして」

出かける前に確認した天気予報によれば、本日の最高気温は三十六度。

ご指摘の通り、とても暑い。

自身など顔を隠す為にマスクを着用しており、これがまた暑い。吹き出した汗によって衣服も半分くらい色が変わってしまっている。割と穏やかであった異世界の気候を思えば、ゴッゴルちゃんからのご指摘は尤もなもの。

「かなり暑い。この国のニンゲンは、これが普通？」

「いえ、この国の人間もかなり参っております」

「それにしては人が多い」

「暑いには暑いのですが、それでも観光シーズンは頑張りたいお国柄でして」

「意味が分からない」

「ええまぁ、仰る通りかなと」

平然としている精霊王様とは違って、ゴッゴルちゃんは日本の夏にバテバテだ。

ところで、何故だろう。

日本の夏に凹んでいるゴッゴルちゃんが無性に可愛い。

普段からクールを装い、弱みらしい弱みも見せない彼女だから、尚のこと愛らしい。その肌に浮かんだ汗の粒をペロペロしたい衝動に駆られる。自らも発汗で失われた塩分を彼女の汗腺から補給したい。ゴッゴル塩。

異国の婚約者を地元に連れてきたような、何とも言えない感慨を覚えている。

「ゴッゴル族を虐《いじ》めるのはよくない」

「いえ、そんな滅相もない」

素直に申し上げると、自身も限界が近い。

エアコンの効いた屋内で休みたい。

「涼を取る為にも場所を移動しましょう。精霊王様、よろしいでしょうか？」

「別に構わないけど、次はどこに行くのかなぁ？」

「あちらに見える背の高い塔から、近隣の光景を眺めて頂こうかと思うのですが」

「それだったら空を飛んだ方が早くなぁーい？」

「まあ、それはそうなんですが」

精霊王様ってば、身も蓋もないことを仰る。

けれど、まったくもってご指摘の通り。

人混みの中をスカイツリーまで歩いて行くのは、なかなか大変なことだ。展望台からの光景にこだわる必要もないような気がしてきた。珍しくギブアップの声を上げたゴッゴルちゃんの為にも、ここは醤油顔が折れるべきでしょう。

「承知しました。空の高いところからこちらの世界を見て回るとしましょう」

というか、自身も飛行魔法での移動に興味がある。

だって地球のお空を飛んでみたい。

異世界の空はそれなりに堪能している。しかし、こちらの世界ではまだ、ほとんど空を飛んでいない。飛行魔法に一家言あるブサメンとしては、やはり生まれ故郷の空を飛び回ってみたいところ。

飛行機の小さな窓からしか見たことがなかった景色をパノラマで感じたい。

精霊王様が一緒なら、魔法で姿を隠すことができる。

他人の目を気にすることなく空を飛べる。

「ロコロコさん、よろしいでしょうか？」

「とてもよろしい。早く涼しくなりたい」

「でしたら、すぐにでも飛び立つとしましょうか」

お寺の境内から外に出て、監視カメラの目が届かない場所を確保。精霊王様の魔法により姿を隠蔽してもらう。

通行人の前に出て、他者の目が誤魔化せていることを確認したのなら、すぐさま空に飛び立った。

あっという間に地上が遠退いていく。

気づけばスカイツリーの先っちょを越えて、遥かに高いところまで移動している。

「風が気持ちいい」

「同感です」

汗に湿った衣類の隙間を風が吹き抜けていく。

頭上にはどこまでも延々と広がる青空。

カンカンと照りつける日差し。

遠くには大きな入道雲。

まさに夏って感じの空。

その只中を原付きの制限速度ほどで飛ぶ。

「うわぁー、これ全部ニンゲンが住んでる建物なのぉ？」

地上を見下ろした精霊王様が、驚いたように声を上げた。

眼下には所狭しと生えた高層ビル群。視線を正面に移しても、地平の彼方まで続く大小様々な建物の連なりが窺える。知識として把握しており、写真などで繰り返し目の当たりにしてきた現地人であっても、実物を眺めると思わず見惚れてしまう。

こちらの世界と比べて、異世界は都市部の規模が控えめである。北の大国やペニー帝国の首都などはかなりのものだけど、それでも関東平野を覆うように立ち並んだ建物を前にしたら、軍配は後者に上がりそうだ。

「こっちの世界ってば、どれだけのニンゲンが住んでいるのぉ？　こんなにびっしりと建物ばかり並んでて、息苦しくないのかなぁ？　それともニンゲンが増えすぎて、他に住む場所がなくなっちゃったのぉ？」

「この国は山地が国土の八割近くを占めており、平野に人口が密集しています。結果としてこのような光景が生まれました。また、ニンゲンが生態系の頂点に立っている為、あちらの世界と比べたら数が多いのは間違いないかと」

「あっちの世界でも、ニンゲンが増えたらこうなるのかなぁ？」

「可能性は否定できませんが」

「それは精霊的に考えて、ちょっと怖いかなぁー」

「できればあまり人類を苛《いじ》めないであげて欲しいのですけれど」

「そんなことしないよぉ？　ただ、ニンゲンの増え方はとても勉強になったよぉ」

なにがどう勉強になったのかは尋ねないでおくとしよう。

各々の位置関係は、自身が中央を先行する形でV字編隊。

左右にゴッゴルちゃんと精霊王様が並ぶ。

この配置なら自身はさておいて、前者の読心が後者に及ぶことはない。

個人的には逆V字編隊で飛行して、ご両名のスカートの中を狙いたいところ。過去に一度として拝んだ覚えのないゴッゴル氏の暗がり、その先を拝見する絶好の機会。しかし、それでは先導する役が不在となってしまう為、敢えなく断念である。

「ねぇーねぇー、どこに行くのぉ？」

「涼しいところがいい」

避暑を目的とするなら、北方に進路を取るべきだろう。ただ、あまりにも夏らしい空を目の当たりにしたことで、自ずと意識は南方に向かった。せっかくなら南の島でバカンスとか、いいのではなかろうか。っていうか、ゴッゴルちゃんや精霊王様の水着姿を拝見したい。

大丈夫、海に入ればとても涼しい。

そう考えたのなら、他に選択肢は選べなかった。

さらば、北海道。

こんにちは、沖縄。

些か距離があるけれど、このメンバーならバテることなく辿り着ける。それなりに急いだのなら、航空機で向かうのと大差ない時間で到着できるのではなかろうか。だとすれば、海水浴を楽しむ時間も十分に確保可能。

復路に空間魔法を利用したのなら、日が暮れるまで遊んでいられる。

「進路はこちらにお願いします」

「はぁーい！」

「分かった、付いてく」

ゴッゴルちゃんからも異論は上がらなかった。

海での行楽に興味を持ってくれたのなら嬉しい。

ということで、都心上空を脱した辺りから、我々は飛行魔法を加速させる。飛行機が行き交っている高度より低いところを、三人でV字隊列を維持したまま、目的地に向けて飛んでいく。

都内を脱するとすぐに見えてきたのが富士山。その雄大な姿を脇目に見送り、本州に沿ってしばらく進むと、紀伊《きい》半島が見えてくる。ネットの記事で垣間見た飛行機のフライトを思い起こし、ここで本州から離れて海上に出る。

以降は海の上をまっすぐに進むばかり。

位置情報はスマホのＧＰＳ機能で確認。

すると、どうしたことだろう。

小一時間ほど飛んだところで、脇から迫る機影があった。

「ねぇーねぇー、向こうの方から、なんか大きいのが近づいて来てなーい？」

「ええ、たしかに飛行機っぽいのが近づいて来てますね」

飛行魔法の速度を緩めた精霊王様が、空のある一点を指し示して言った。

彼女のご指摘の通り、本州側の空に黒い点がいくつか窺えた。隊列を組んで海上を飛行する民間機、というのは聞いたことがない。となると、自衛隊や海上保安庁の航空機である可能性が高いのではなかろうか。

などと他人事のように考えていると、先方は見る見るうちにこちらへ接近。

「もしかして私たちのこと、狙ってたりするのかなぁ？」

「いえ、そんな筈は……」

そうこうしている間にも、相手方との距離は縮まる。

脇目も振らずに一直線。このままでは衝突してしまうのではないかと、不安を覚えるような進路である。しばらくすると機影のシルエットまで把握できるほどの距離に至る。横一列になった四機編隊だ。

まさかとは思うけれど、これってもしかして自衛隊のスクランブル。

ブサメンは早口となり同行者に伝える。

「これは危ないかもです。すみません、どうか上手いこと距離を取って下さい」

「わかった」

「当たっちゃったらごめんだよぉ」

「極力当たらないようにお願いします」

危機感を覚えた自身が吠えるのと同時、我々は大慌てで進路を変更。自身がお願いするや否や、精霊王様やゴッゴルちゃんも飛行魔法には慣れたもので、航空機と進行方向を揃えて相対速度を下げる。

もし仮に直撃したところで、彼女たちが負傷するとは思わない。圧倒的な身体能力と魔法的な守りを備えているから。どちらかというと、撃墜されておじゃんとなった時価数百億円の機体の方が大変なこと。

然《しか》る後、空中で散り散りとなった女児三名。

航空機の進行方向を中心にして、左右を含めた三方向に散開。

その傍らをグレーの制空塗装に塗られた機体が次々と通り過ぎていく。

正真正銘、戦闘機。

ジェットエンジンが立てる轟音に思わず耳を押さえる。

事前に想定していた熱や風圧などは、飛行魔法の行使に伴って発生する障壁が大半を弾《はじ》いてくれたようで、肉体がダメージを受けることはない。

すれ違いざまに確認した機体には、やはり本国の国旗がマークされていた。

訓練中の自衛隊とニアミス。

そんな偶然を想像したのも束の間のこと。

ブサメンの隣に戻って来たゴッゴルちゃんから言われた。

「あれに乗っていたニンゲン、何かを探してた」

「すれ違いざまに、相手の心を読まれたのですか？」

「そう」

「ありがとうございます。ロコロコさんが怪我をせずに済んでなによりです」

左右に避けた精霊王様やブサメンとは異なり、戦闘機のコクピットを這うように、上方向に飛んでいったゴッゴル氏。いささか不安を覚えた対応は、どうやらパイロットの心を読むべくの行いであったようだ。

操縦席を読心圏内に納めたとなると、かなりの至近距離で回避行動をとって下さったみたい。北の大国への侵入捜査に際しても感じたけれど、相変わらずとんでもない胆力の持ち主である。

僅かな瞬間にそこまで読めているのも凄い。

「こんなに広いお空でぶつかるとか、まさか偶然ってことはないよねぇ？」

「可能性の上だとゼロではありませんが……」

精霊王様もすぐに我々の下までやって来た。

空中に浮かんだまま、静止した状態で互いに意見を交わす。

するとこれまたどうしたことか。

通り過ぎたばかりの戦闘機が、旋回してこちらに戻ってきたから驚いた。

「すみません、対象を避けつつ海面付近まで、場所を移動させて下さい」

「はぁーい、ちゃんと避けるよぉ」

「わかった」

二人から了承が得られたところで、相手方と相対速度を下げつつの散開。

今度はゴッゴルちゃんの挙動に意識を巡らせつつ回避行動を取る。

すると、これまた戦闘機にアプローチを決めた褐色ロリータさん。とんでもない速度で迫ってくる機体に追従するよう飛行魔法を操作して、ほんの数瞬ばかり並走。パイロットを的確に読心圏内に納めておりますね。

精霊王様やゴッゴルちゃんが一人いれば、面で攻めてきた航空部隊を単騎で制圧可能という恐るべき事実。今こそ回避に専念しているけれど、攻撃魔法が解放されたのなら、戦闘機の十や二十は敵ではない。げに恐ろしきは異世界の魔法だ。


そうした彼女の活躍により、相手方の目的はすぐにも把握された。

「訓練じゃないと思う。何も見つからなくて焦ってる」

「そうなると、我々を捕捉して調査に訪れた可能性が高そうですね」

「もしかして私のこと疑ってるのぉ？　魔法、ちゃーんと使ってるよぉ？」

急接近してきた機体から距離を取ると共に、散り散りとなって降下した女児三名は、海面スレスレの位置まで移動した。足先からほんの二、三メートル先に海面を臨むポイントで再び集合である。

「疑ってはおりません。だからこそ、彼らは焦っているのではないかと思います」

「あぁん、意地悪をしないで普通に教えてよぉ。どぉーいうことかなぁ？」

「込み入った事情となり申し訳ありませんが……」

おそらくは航空自衛隊のレーダーサイトに引っかかったのではなかろうか。

本国の防空網はそれなりに上等な装置が導入されているらしく、かなりの精度で飛行物体を捕捉可能とのこと。

空を飛んでいる鳥類なんかも普通に映るのだとか、前にテレビの特番で見たような覚えがある。

ただ、普通なら鳥さんはスルー推奨。

自動で判定してチェック対象から除外しているらしい。

当然ながらスクランブルがかかることもない。

けれど、それが急にジェット機さながらの速度で飛び始めたのなら、おいおい、ちょっと待ってくれよ、となるのは当然のこと。異世界のドラゴンならまだしも、地球の鳥類にそこまでアグレッシブな生き物は不在。

一方でステルス機などはレーダー上において、もし仮に捉えられた場合でも、鳥類と大差ない程度の大きさにしか映らないらしい。こうしてみると我々女児の肉体など、大きめの鳥さんと大差ないサイズ感ではなかろうか。

そんな得体の知れない飛行物体が隊列を組んで、本土にほど近い領空内を悠々と飛んでいたのなら、自衛隊の方々からすれば新聞の一面を飾りかねない一大事。万が一の際にはトップの首が箝《す》げ替わりそう。

ゴッゴルちゃんが読心した先方の焦りっぷりは、こうした背景が手伝ってのことではなかろうか。都内をゆっくりと飛行していた際に、まったく反応が見られなかったことからも、なんとなく裏付けが取れる。

そういった地球の制空権争いについて、掻い摘んで二人にお伝えさせて頂いた。

「こっちの世界のニンゲンは、自分たちが住まっている世界のこと、とても良く把握しているんだねぇ。あっちの世界のニンゲンが同じようなことを始めたら、他の種族はどんなふうに思うかなぁ？」

精霊王様からは感心したような、それでいて困ったような寸感を頂いた。

多分、あまり好ましい行いではないのだろうな。

ついこの間まで同じようなことをしていたのが、精霊たちの王様であるからして。

「あちらの世界は魔法が発達していますから、この手の技術が進歩するにはそれなりに時間を要すると思います。また、モンスターの存在を思えば、そう易々と世の中へ手を回すような真似も不可能かと」

上空では戦闘機が近隣を忙しなく飛び回っている。

どうやら我々を見失ったようだ。

精霊王様の魔法で姿を隠していたのは幸い。レーダーにこそ反応する物体が、現地ではまるで確認できずに困惑していることだろう。何もない海上で旋回を繰り返して、我々と立て続けにニアミスしている辺り、まず間違いない。

「こんな何もない場所なのにぃ、どうやって調べたのかとっても気になるよぉ」

「仕組みのご説明は、またの機会にさせて頂けたらと」

「そぉーやって煙《けむ》に巻くつもりかなぁ？　かなかなぁ？」

「いえ、決してそんなことはありませんが」

「本当のことを教えてくれたら、君の言うことなんでも一つ聞いてあげる！」

「…………」

なるほど、そういうことでしたらご説明を差し上げない訳にはいきませんね。

少々足場が悪うございますが、懇切丁寧に申し述べるとしましょうか。

「任せる。私が説明する」

あっ、ちょっと待って、ゴッゴルちゃん。

それは困る。

メスガキ王様から逆レイプして頂ける千載一遇の好機なのに。

しかも今なら公園の多目的トイレで真夏の汗だくセックスにさえ手が届く。

「止まってると暑い、さっさと出発する」

「ええ、そうですね」

「あぁーんもぉ、またそうやって煙に巻くんだからぁ」

「このまま高度を落として進みたいのですが、よろしいでしょうか？」

「一向に構わない」

「ありがとうございます」

以降は海面スレスレを飛行して移動することになった。

道中では精霊王様から、いっそのこと海中を進んだらどうかなぁ？　とのご指摘があった。ただ、それはそれでまた別の索敵に引っかかりそうだったので却下。だけど、個人的には近いうちに試してみたい海中散歩である。

＊

そんなこんなで訪れたるは、国内屈指の観光地。

燦々と陽光が降り注ぐ真夏の沖縄。

最初に降り立ったのは、那覇市内でも取り分け栄えている国際通り。ホテルや飲食店、土産物屋といった観光客向けの施設が、一キロ以上におよび並んでいる界隈。こちらで水着やらなにやらバカンスに必要な物資を調達した。

資金はオーナーからもらっていたお小遣いで十分に賄えた。

それから通ってきた道を取って返すように北上。名護《なご》市方面に向かう。

ネット上の記事を確認したところ、沖縄美《ちゅ》ら海《うみ》水族館なる国営の水族館のすぐ近くに、エメラルドビーチという沖縄本島では最大級の規模を誇る海水浴場があるとのこと。その名の通り、エメラルドグリーンの海が売りなのだとか。

こちらも水族館と同様に国営となり、なんと入場料が無料。更にシャワーも無料。おまけとばかり、ビーチバレーの道具レンタルさえも無料。至れり尽くせりとは、まさにこのことではなかろうか。

ならばと水着やパラソルを携えて、颯爽と乗り込んだのが我々である。

出迎えてくれたのは売り文句に違わない澄み切った海。そして、ゴミ一つ落ちていない真っ白な砂浜。空を飛びながらも確認していたけれど、とても綺麗。近くから眺めると、水質の良さが如実に窺える。

控えめに申し上げて最高です。

自身も訪れるのは初めてなので、かなり感動。

まさかこんな形で沖縄を訪問することになるとは思わなかった。

「空から眺めていても思ったけど、この島は所々で砂浜が綺麗になってるよねぇ？　色もやたらと白かったりするし、他はそうでもないのにどうなってるのかなぁ？　精霊的に考えて、なんだか不安を覚える光景だよぅ」

「それが売りの観光地となりますので」

「まぁさかこの光景も、ニンゲンが自分たちで作ったなんて言っちゃうの？」

精霊王様、相変わらず鋭いですね。

なんでもこちらの海水浴場は人工ビーチとのこと。完全にメイドイン人類。なんなら砂自体は海外から持ってきている可能性がある。国内では多くの砂浜でオーストラリアなどから輸入した珪砂《けいしゃ》を撒いていると、前にネットで読んだ覚えがある。

素晴らしきはグローバル経済。

「なにかしら手を加えているのは間違いないかなと」

「あっちの世界でも思ったけど、ニンゲンって本当に変なことばっかりするよぉ。その努力をもうちょっと、他のことに使えないのかなぁ？　もっと他所で頑張るべきこととか、私は沢山あると思うなぁ」

「いずれにせよ、暑い」

「ええ、そうですね。すぐにでも海に入りましょう」

「あぁん、私のこと無視するのぉ!?」

「そんなことはありませんが、少々お話が長くなりそうでしたので」

ゴッゴルちゃんから責《せ》っ付《つ》くように言われたので、すぐさま支度を整える。

ブサメンがパラソルを立てたり何をしたりしている間に、彼女たちには水着に着替えて頂いた。魔法で姿を隠しているから問題ないだろうと、大っぴらに服を脱ぎ始めたの、心の底からありがとうございます。

ただ、逆にこうまでも堂々と着替えられると、チラ見することを憚られる。

見るべきか、いいや、控えるべきか。


その葛藤すらゴッゴルちゃんに読まれていると思うと、直視している訳でもないのに、得体の知れない快感が全身を刺激する。いよいよ退っ引きならないところまで、ゴッゴル沼に引き込まれてしまったような感じ。

そして、醤油顔が悩んでいる間にも、彼女たちの着替えは終わってしまった。

パラソルはしっかりと立った。

天幕の下にレジャーシートを敷いて、その上に荷物を移したのなら、一端《いっぱし》の海水浴客って感じ。その上にどっこいしょと腰を落ち着ける。パーティー最年少なのに、保護者としてひと仕事を終えたような気分。

気になる彼女たちの装いは、とても対照的。

まず目を引くのがゴッゴル氏。なんとマニアックな白スク水。褐色肌の彼女とは相性も抜群である。恐らく本人は、単純に布面積の多さから選んだのだろう。しかし、むしろエロい。これをチョイスした彼女の感性には喝采を送りたい。

他方、精霊王様はパレオ付きのビキニ姿。彼女のメスガキっぷりをこれでもかと盛り上げてくれる素晴らしいチョイス。V字に食い込んだ見せ紐仕様のパンツがパレオから垣間見えている点もポイント高ぃ。

「私は荷物を見ていますので、お二人は涼んできて頂けたらと思ぃます」

「荷物の周りも魔法で人払いしたから、見張りは必要ないと思うけどなぁ」

「やたらと便利ですよね、その魔法」

「君の言うレーダーっていうのには、ぜーんぜん効果がなかったけどね！」

相変わらずネチッこい性格をされておりますね、精霊王様。

レーダーサイトにまで絡まなくてもいいと思うんだけど。

ただ、原因は自身も気になる。

人の目を騙すことに特化した魔法なのかも。機械が相手では騙せないとか。もしくは可視光は誤魔化せるけれど、それ以外は無理とか。理由は色々と考えられる。彼女とは後ほど議論させて頂こう。

なんでも一つ言うことを聞いてくれる権、とても楽しみである。

「それに私は精霊なんだよぉ？　これくらい暑くもなんともないんだよぉ？」

「でしたら、ロコロコさんと一緒にビーチボールでも……」

されてはいかがでしょうか、などと条件反射で続けようとして思い直す。

浜辺でボール遊びをする精霊王様とか、ちょっと怖い。全然そういうキャラじゃないから。

あと、ふと気づく。

いつの間にやらゴッゴル氏がブサメンの傍らから消えております。

どこに行ったのかと思えば、すぐ近くの浅瀬に発見。

まるで温泉に浸かったご老人さながら、とても気持ち良さそうな表情を浮かべて、その場に座り込んでいらっしゃる。いつも彼女の住まいで拝見するときと同じ体育座り。それって海の楽しみ方じゃない気がする。

「すごく気持ち良さそうにしてるねぇ」

「ええ、そうですね」

長々と連れ回してしまって申し訳ない。

どうか存分に涼を取って頂きたし。

幸いにしてビーチの混雑はそこまででもない。湘南辺《しょうなん》りの方が遥かに賑わっているのではなかろうか。夏休みも真っ只中、書き入れ時であるにもかかわらず、ゴッゴルちゃんは落ち着いて浸かっていられる。

その姿を眺めていると、自身も海に入ってみたい欲求に駆られた。

本来の平たい黄色族仕様では、人前に水着姿を晒すにも躊躇したことだろう。挫折を繰り返したジム通いと、何故かいくらでも続けられる毎日の晩酌によって培われた中年ボディーは、沖縄の美しい景観に対して害悪以外の何物でもない。

けれど、今は女児。

更に魔法を利用して姿を消している。

なんの負い目もなく水着姿となり、海に入ることが可能。

「すみませんが、私も海に入ってこようかなと」

「それなら私も一緒に行こうかな！」

上から羽織っていたパーカーを脱いで、パラソルの下から出る。

向かった先はゴッゴル氏の下。

彼女の隣に腰を落ち着けて、自身も涼を取らせて頂く。


焼けた肌がひんやりとした海水に浸かると、サウナ後に入った水風呂のような、なんとも言えない心地良さを感じる。たしかにこれは気持ちぃぃ。

思わずんはぁと、年寄りじみた声が漏れる。

するとと、どうしたことか。

精霊王様も我々のすぐ近くまで歩み寄ってきた。

「あの、精霊王様、よろしいのですか？」

こちらは既にゴッゴルちゃんの読心圏内。

間隔を見誤ったとしたら一大事。

むしろゴッゴルちゃんが自発的に距離を取ったくらい。

けれど、返ってきたのはどこまで軽快なお返事である。

「だって私ばっかり仲間外れなんだもーん」

「そうは言いましても……」

少しくらい離れていても、お話はできると思うのだけれど。

もしやゴッゴルちゃんのことを疎ましく思っているのかと、ブサメンは内心ピリリとしてしまう。ただ、そうしたこちらの胸中など露知らず、精霊王様はつらつらと軽い口調で言葉を続けた。

「それにもう君のおかげで、私はやりたいことが成就しちゃったしぃ？　あとは次代の精霊王に任せておけば問題はないんじゃないかなぁ？　ニンゲン風に言うなら、今後はゆっくりと余生を過ごすんだよぉ」

「精霊に寿命ってあるんですか？」

「あると言えばあるような、ないと言えばないような？」

「大精霊殿、とても困惑されていましたよ」

「だいじょーぶだよぉ。代替わりにはちょっと早かったかもだけど、将来的にはその予定だったし、それを見越して色々と教えていたんだもん。君の仲間とも仲良くやれてるみたいだから、心配する必要はないなぁ」

「左様ですか」

精霊王様ってば、どうやら隠居モードに入ってしまわれたようだ。大精霊殿に対する無茶振りの数々も、将来の昇進を前提にしたものであったらしい。幹部教育的な意味で。それにしては本人こそ、精霊王なる肩書きに怯えていらしたけれど。

個人的には王様としてブイブイいわせている彼女に犯されたかった。

「どうして犯されることが前提？」

「いいえ、そんな滅相もないぃ」


「あぁん、それってどーいうこと？」

「なんでもありません。どうかお気になさらずに」

ゴッゴル氏の突っ込みがこれまでになく鋭い。精霊王様とばかりお話をしているから、機嫌を損ねてしまわれたか。普段から賑やかな後者であるから、口数が少ない前者が一緒だと、どうしてもコミュニケーションの割合が偏ってしまう。

「ここ一ヶ月分、お話を要求したい。正当な報酬」

「長いこと異世界を留守にしていましたからね」

「なぁーに？　お話がしたいのなら、私が付き合ってあげるよぉ？」

「……何故に？」

女児三名、浅瀬に並んで座り、海に浸かりながらのお話しタイム。

傍から眺めたのなら、とてもシュールな光景となっていそう。

「こっちには精霊がいないから、私は一人ぼっちなんだよねぇ。それにもう先日、ステージの上では一度、軽く読まれているんじゃないかなぁ？　だとしたら今更のような気もしているんだよねぃ」

ドラゴンやオークが不在なのだから、精霊が不在というのも納得がいく。おかげで尚のこと、精霊王様を異世界にお送りしなければ、という気持ちになった。自身が異世界へ送り込まれた以上に、彼女にとってこちらの世界はアウェイなのだ。

もしも呼び出された世界に、自分と同じ形をした生き物がいなかったら、などと考えると、精霊王様の置かれた立場がとても寂しいものに感じられた。こちらの世界では、むしろゴッゴルちゃんよりも孤独な立場かも。

そうした感慨を褐色ロリータ氏も覚えたのか、続けられたのは歩み寄りのお言葉。

「……私でよかったら、是非とも話をする」

「だけど君ってば、私の心を読んでから、急に嫌いになったりしないかなぁ？」

「そっちの彼と比べたら、ぜんぜん普通。他のニンゲンよりも、遥かに普通」

「そぉーなの？　ニンゲンってどれだけ凄いのか、すっごく気になるよぉ」

「精霊王様、この状況で私を見つめられると、流石に困ってしまうんですが……」

だって今もエッチなことを考えている。

考えてはいけないと思うほど、エッチなことを考えてしまうの、もう病気なんじゃないかと自分でも自分のことが分からなくなる。ただ、男って皆こんな感じなんじゃないかとも思わないでもない。

好みの相手が目の前で水着姿を披露していたら、誰だって考えちゃうでしょう。

「それじゃー私と君は、これから仲良しだね！」

「そうしてくれると、嬉しい」

不安に感じていた精霊王様とゴッゴルちゃんの関係に改善が見られたのは幸い。わざわざ遠くまで足を運んだ甲斐があったと内心独り言《ひとご》ちる。自身も当初の予定通り、二人の水着姿を堪能。麗しきロリータたちの姿を心のCGギャラリーに刻み込む。

以降、同日は日が暮れるまで、彼女たちと南国でのバカンスを楽しんだ。

個人的には、こんがりと焼けた黒ギャルモードの精霊王様にも期待を寄せていた。水着の跡とか最高ではなかろうか。ただ、残念ながらこちらは叶わなかった。日焼けは軽いやけど判定を受けて勝手に治癒されておりました。

＊

週末にはスケジュール通り、ライブハウスの営業日がやって来た。

これまで延々と下げられていたクローズドの看板が返されて、オープンとなる。すると、店先に並んでいた大量のお客さんが、次から次へと店内にやって来るから、さて、これにはオーナーも驚いていた。

初日から大盛況である。

事前の待機列だけで、ライブ開始前に入場規制を行ったほど。

ライブハウスの観客といえば、参加バンドグループの関係者が大半である。けれど、本日はほとんどが一見《いちげん》さん。バックの都合からどちらのバンドに付いたお客さんかと尋ねると、え？　それって言わないと駄目なんですか？　とか言われてしまう感じ。

そこで事情を説明して繰り返し尋ねると、お店のマスコットである立体モデルや、中の人を務めていた精霊王

様やナンシー隊長の存在が挙げられた。お客さんの多くは、動画投稿サイトで我々の作品を熱心に楽しんでくれている方々だった。

「初日でこんなに入るとは思わなかった。それもこれもアンタたちのおかげだよ」

「オーナーが望んでいたとおり、比較的若いお客さんが多いですね。場馴れしていない女性の姿もチラホラと見られます。これなら店内をリフォームしたことにも、意義が見出せるのではありませんか？」

「二十代の客を若いと断言するあたり、アンタ、実年齢は結構高かったりするのか？」

「ご想像にお任せします」

「いや、軽い冗談のつもりだったんだが……」

「ちなみに精霊王様の方が、私よりもずっと年上ですよ」

「……最近、段々と恐ろしくなってきたよ。狐にでも化かされている気分だ」

ネット上ではソーシャルメディアを利用した告知などを行った為、半グレによる妨害工作が想定された。こちらに備えるべく、精霊王様とブサメンもまた、営業開始前から地下フロアに足を運んで警護を務める。

というか、なんなら出番までホールでお手伝い。急な営業再開に目処がつかなかったアルバイトの募集。これに代わって精霊王様と共にバーカウンターに立ち、お客さんに向けてドリンクの提供などを行っている。

これがやたらと盛況。

絶え間なく注文が飛び交っている。

「ちょっとぉ、お喋りしてないで働いてよぉ！　私にばかり任せないでよぉ！」

「申し訳ありません。オーナーが話しかけてきたもので」

「んじゃ、俺はバンド連中のサポートに回ってるから、こっちはよろしくな」

バーカウンターの脇には、アルコールの提供杯数を提示するカウンターが設置されている。ひと組目のバンドの演奏が終わったタイミングで、これが既に三桁に及ぼうとしているから恐ろしい。

今も精霊王様が必死になってバーカウンター内で動き回っておりますね。

彼女との会話を楽しむ為、必死こいてドリンクを飲み干しているような方もいる。

「店のオーナーに聞いてきた。あの子たち親戚の子なんだってさ」「子供を働かせていいのかよ？」「バイトが集まらなくて、仕方なく手伝ってもらってるらしい」「家業の手伝いっていうと、普通な気もするけど」「え？　ここでバイト募集してるってマジ？」「どこで募集してるの？　そんなの絶対に応募するし」

耳を澄ませば、お客さんのやり取りが我々の下にまで届く。

アルバイトを採用するようなら、女子大生のロリコン百合お姉さん、とかどうでしょう。オーナーにはそれとなくお伝えするべきか。などと考えたところで、ふとダークムチムチの顔が脳裏をよぎった。

「あぁん、忙しいよぉ。上で暇にしている子にも手伝ってもらいたいなぁ」

「無理はさせられませんよ。彼女にとってはかなり劣悪な環境ですから」

ちなみに当初は、ゴッゴルちゃんも我々と一緒に地下フロアに下りていた。しかし、お客さんが入り始めたのを受けて、すぐに最上階の住居フロアに戻ってしまった。早々にも人でごった返したホール内、人口密度に耐えかねたようだ。

なんとなくそんな気はしておりましたとも。四方八方から絶え間なく与えられる他者の心の声は、彼女にとって苦痛以外の何物でもないと思われる。手狭いフロア内では、他人と距離を取るのも至難の業だから。

「ライブハウスとか初めてなんだけど、意外と楽しくない？」「もっと汚くてゴミゴミしたイメージあったけど、思ったよりも綺麗だよね」「さっき演奏してたバンドのギター、めっちゃイケメンじゃなかった？」「ギターも良かったけど、ドラムもかなり格好良かったと思わない？」「バンドや客層が他所と比べてカオスな感じする」

ライブハウスに対する評価もチラホラと聞こえてくる。概《おおむ》ね好意的なご意見。

業界の高齢化に一石を投じるべく私財を投げ打ったオーナー。彼の決断と尽力が段々と報われつつあるように感じる。この調子なら平日の営業が戻ってくる日も、そう遠くないのではなかろうか。

それでも不安があるとすれば、半グレの存在。

近隣の再開発が撤回されるとは思えない。土地が余っている地方ならいざしらず、地価の高い都心部ではちょっとしたマンションの建設でも、とんでもない金額が動く。近隣住民の意思でこれを止めることは不可能に近い。

「ここのライブ、ネット配信されてるってマジ？」「今確認したんだけど、同接がかなりエグいことになってる」「本当だ、十万越えてるじゃん」「ランキングで上位にきてるな」「ぶっちゃけ、そんな大したバンドは出てないよね？」「目当てはトリでしょ。現在進行形でカウント増えてるし」

そうして訪れた本日最後の演奏。

当初の予定通り、ライブハウスのマスコットである立体モデルを利用した演目。バーカウンターを離れた精霊王様とブサメンは、ステージ上に設置された大きなディスプレイの裏側に移動。パーティション越しに姿を隠しつつ、歌唱とダンスを担当する。

また、本日はディスプレイに映し出された立体モデル以外にも、ステージの上に人の姿が見られる。バンドという体裁にこだわったオーナーが、他所の参加者にお願いしてギターやベース、ドラムを調達したのだ。

おかげでサウンドはすべて生演奏。

音響スペースに立った彼は、とても嬉しそうな表情を浮かべていた。

バンドという文化が本当に好きなのだと思う。

「それでは皆さん、最後まで盛り上げて参りますので、よろしくお願いします！」

本日もＭＣは精霊王様にお願い申し上げた。事前に台詞を丸暗記した彼女から、観客に向けてアナウンスが為される。ブサメンは彼女の発言に合わせて、それっぽいポージングを取って立体モデルを動かす。

すると、まるで売れっ子アイドルのライブさながら、観客からワッと声が返った。

いつか精霊王様が意味を理解できない日本語で、大盛りの淫語をお喋りさせたい。

直後には楽器部隊により演奏が開始される。

精霊王様の歌唱が始まった。

醤油顔もダンスを開始。

ホールの光景を直に確認することはできない。それでも大型ディスプレイの背面に設置されたパーティション越し、その表面に投影された映像から、お客さんの盛り上がり具合は十分に確認できた。声もしっかりと届けられている。

ペンライトやケミカルライトを手にしている人たちまで見られるから凄い。

「…………」

こうしてステージの上でダンスを踊るのにも、だいぶ慣れてきた。

なんならナンシー隊長として過ごす日々にも、愛着のようなものを覚えつつある。だって、この姿でいると周りの人たちが優しい。面識のない誰も彼もが、初対面であっても圧倒的に良くしてくれるの恐ろしい。

北の大国の潜入捜査時にも同じことを思った。

けれど、現代日本ではその程度が段違い。

もし仮に適当なタイミングで、変身魔法のスキルレベルを上げたらどうだろう。自身が願った通りのイケメンになってしまったりして。そして、今のナンシー隊長と同じようなことを行ったりしたら。

「…………」

それこそ自身が願って止まなかった人生。

チャラ神様に繰り返しお頼み申し上げて、それでも得られなかったルート。

素晴らしきイケメン生活。

人生イージーモード。

それが手の届くところまで来ている。

自身が望んだのなら、明日からでも始められる。

けれど、その為には変身魔法のレベルを上げるのに、十分なスキルポイントが必要だ。果たしてどの程度が求められるのかは分からない。そして、異世界への帰還を前提にするなら、余剰なポイントは存在しない。

つまるところ、二者択一。

どっちか一つしか選べない。

「…………」

だとすれば考えるまでもない。

精霊王様とゴッゴルちゃん、それにサバ氏を元の世界にお送りするのが最優先だ。これ以上に大切なことなんて、今のブサメンには存在しない。本日に至る諸悪の根源として、何をおいても実現するべき責務ではなかろうか。

ただ、ふと思った。

そうして彼らを異世界に送り届けることができたら、自分はどうするのだろう。

とかなんとか。

異世界に戻らない、という選択肢もあるのだと、今更ながらに気づいた感じ。

生まれ故郷で初志貫徹。

イケメン人生を追い求めるという判断も、状況によっては取れるのかもしれない。

「…………」

地球上で高レベルなモンスターと遭遇する機会はない。レベルアップのチャンスは絶望的だ。けれど、それでもどうにかレベルを上げてスキルポイントを得られたのなら、これまで延々願っていた世界が現実のものとなる。

場合によっては、精霊王様たちを異世界にお送りして、それでもポイントが余るかも。

だとしたら、一連の前提さえ崩れてくる。

なにかと危うい異世界ではなく、現代日本でぬるま湯に浸かりながら、イージー極まりないイケメン人生を謳歌する。なんて魅力的な人生設計だろう。思い起こせば当初、自身はそういうのを求めていたような気がする。

自らの生まれ故郷で、幼い頃から渇望していた役柄を得られるのだ。

そのような機会が目の前にふっと湧いて出たのなら、自分はどうするべきなのか。

「…………」

分からない。

分からないから、困ってしまう。

再び異世界に戻ったら、二度と日本には戻れないかもしれない。日本に残留を決めたのなら、二度と異世界には向かえないかもしれない。かもしれない、などと考えているけれど、その可能性は決して小さくない。

やっぱり二つに一つ。

運命の分かれ道。

考えれば考えるほど、結論が遠退いていく。

むしろ芋づる式に色々と問題が浮かび上がってくる始末。

そうして止め処なく頭を悩ませていると、いつの間にやら一曲目が終えられていた。

繰り返し練習したダンスは身体に染み込んで、音楽や歌声を耳にしたのなら、身体が勝手に動いてくれた。案外こういうの向いているのかも、などと考えてしまったら、今まさに妄想したイケメン人生アイドル路線が現実味を帯びてくる。

いやしかし、そうして得た人生は果たして本物と言えるのだろうか。

などと、柄にもなく真面目なことを自問自答。

そうこうしている内に、本日の演奏は予定したすべてが終えられていた。

最後の楽曲を終えたタイミングでライブハウスの営業は終了である。お客さんが店内から捌《は》けたのなら、本日は半グレが来訪する恐れもなしと判断。ブサメンと精霊王様も地下フロアから撤収して、自宅となるマンションの最上階に戻った。

二十平米以上あるリビングスペースは、防音も行き届いておりとても静かなもの。

それでも屋外から人の声がいくつか、重なり合うように聞こえてきた。

喧騒の出処が気になり、窓から外を覗く。

路上にはライブハウスのお客さんたちと思しき方々が見られた。

「俺、ギターとか始めてみようかな」「それ本気で言ってる？」「あっ、そうだよ。ここでライブやれば、精霊王様とお話しできるじゃん」「上手くいけば友達になれるかも」「流石にそれは無理でしょ」「精霊王様ってなんだよ？」「バーカウンターにいた二人組の、歌を歌ってる方の子」「え？　そんな変な名前なの？」

興奮冷めやらぬように語っていらっしゃる。

夜遅くに近所迷惑ではなかろうか、などと思いつつ、それでも自分たちの演目を楽しんで下さった証だと思うと、少しだけ気分が盛り上がるのを感じた。思えばこちらの世界で他人を楽しませた経験なんて、一度もなかったから。

「ねぇねぇ、どぉーしたの？　機嫌が悪そうな顔しちゃってさぁ」

「いえ、決してそのようなことはありませんが」

「本当かなぁ？　ちょっと怖い顔をしてたよぅ」

「すみません、少々考えごとをしておりました」

遮光カーテンをシャッと引いて、すぐ隣まで来ていた精霊王様に向き直る。

すると彼女の肩越し、リビングを訪れるゴッゴルちゃんの姿が目に入った。普段は自室となる客間に籠もっていることが多い。ただ、夜になるとこうして、我々の下を訪れるのが彼女の日課となっていた。

「本日の分のお話を求める」

「あっ、それなら私も付き合ってあげよーかなぁ！」

「大丈夫、彼にしてもらう」

「えぇー!?　三人でした方が楽しいよぉ？」

これはこれで大変幸福な日々。

だからこそ、焦る。

段々と迫ってきているだろう選択の瞬間に。

＊

ライブハウスの営業再開は大成功に終えられた。

その様子を配信した映像もＰＶ数は三桁万。

オーナーは終始ホクホク顔。

そうして迎えた週初め。労働の対価に休日をもらった我々は、マンションの最上階にある住居スペースで惰眠を貪っていた。本日は丸々一日お休みである。朝早くから目覚まし時計が鳴り響くこともない。

目が覚めたときには既に太陽が高いところまで昇っていた。

各々勝手に起き出して、皆々がリビングに揃ったタイミングで朝食を兼ねた昼食。調理担当はブサメン。ただ

し、テーブルに着いているのは精霊王様と自身のみ。ゴッゴルちゃんは現代日本においても頑なに床上でのお食事をキープ。

ブサメンが座った椅子のすぐ隣、正座をして食事に臨まれている。

極めて近代的な背景も手伝い、とても背徳的なランチタイムと相成った。

本日の献立、メインディッシュは鱈《たら》のムニエル、ホワイトソース和《あ》え。

決して狙った訳ではない。

「やっぱり私もお料理とか、できるよぉーになった方がいいのかなぁ？」

「食事の支度はこちらで行いますので、精霊王様は気にされなくても構いませんよ。魔法的な面では常日頃からお世話になっておりますので、互いに持ちつ持たれつとさせて頂けたら嬉しいです」

「だけど君ってば、ここでの生活を不満に思ってたりしなぁい？」

「まさか昨晩のことを気にされているのですか？」

「もしかしたら、そうなのかなぁーっと思ったり」

「一人暮らしが長いので、この程度の家事はものの数に入りませんよ」

「ふぅーん」

どうしよう、ここのところ精霊王様の王様っぽさが段々と欠如してきている。やたらと気さくだし、色々と気を遣ってくれる。なんかちょっといい感じにデレたメスガキ感が、嬉しいような悲しいような不思議な感覚である。

また何か良くないことを考えているのだろうか。

だとしたら、それでもやっぱり嬉しいような悲しいような。

彼女のような天然モノのメスガキには、常にドヤ顔でイキられたい複雑な童貞心。

「ところで、いい加減向こうから連絡が入ってもいいと思わなぁい？」

「その点は自身も考えておりました」

「この子の話だと、そんなに時間がかかることでもないみたいだしぃ」

床に座った褐色ロリータさんを視線で示して精霊王様が言った。

向こうからの連絡とは、フェスの会場で突如として虚空に浮かび上がった、得体の知れない世界間コミュニケーション。ゴッゴルちゃんの言葉に従えば、ニップル殿下の召喚魔法が原因なのだという。

「たしかに先方の対応には疑問が残る」

精霊王様の呟きに答えたのは、話題に挙げられた張本人である。

ダイニングテーブルに着いた我々を見上げてのご意見。口元にホワイトソースが付着しているのエロい。床に正座しているから尚のことエロい。

ブサメンの心を読んで、慌てて口元をゴシゴシする姿など最高です。

普段から読心されている手前、彼女の裏をかけるシーンはとても貴重である。

「なにかしら問題が発生しているのではないでしょうか？」

「術者に問題が発生した可能性は考えられる」

「予期せぬ魔法の効果に、術者が負荷を受けて倒れちゃった、とかかなぁ？」

「その可能性はあり得そうですね」

過去に確認したステータス値を思えば、ニップル殿下は魔法の素養こそ持ち合わせていたものの、チーム乱交の面々と同じく人類枠。無茶をしたらすぐに魔力切れを起こしてしまうことだろう。

今回のように慣れない魔法を行使したとあらば尚の事。

「改めて考えてみると、召喚魔法も空間魔法と同じく対象をワープさせる作用を伴った魔法だと思います。それにしては術者に必要とされる魔力が大きく異なっていることに疑問を覚えるのですが」

「君たちが使う召喚魔法の場合、空間を移動する際に必要とされる魔力は、世界そのものから引っ張ってくるのが定石でしょ？　だから、魔力に乏しいニンゲンでも行使できるの！　ある種の暴走？　みたいなものだよねぇ」

「なるほど、そうだったんですね」

「だからこそ、対象を指定するような真似はなかなか大変だったりして、大半のニンゲンは適当に運任せで呼びつけているんじゃないかなぁ？　術者と何かしら縁があれば、話は変わってくると思うんだけど」

食卓を囲みつつ、三人でああだこうだとお喋りを交わす。

そうした只中、ダイニングで変化が見られた。

料理の並んだテーブルの脇で、一部視界のぼやけるような感覚。ふと気になって意識を向けると、そこだけ空間を切り抜いたかの如く、別の光景が滲むように浮かび上がる。ロックフェスの会場で目撃したのと同様の現象だ。

ポジション的にはお茶の間に設けられたテレビ的な位置関係。

精霊王様とゴッゴル氏も口を閉じて注目。

数秒程を待つと、ぼやけていた光景がハッキリと像を結んだ。

どこからともなく異世界の光景がお目見えする。

ニップル殿下が召喚魔法を行使されたみたいだ。

枠のない窓に映し出されているのは、ドラゴンシティで武道大会を行った際に利用した会場。そのステージ上に立ち並んでいるのは、以前と変わりがない面々だ。彼らはすぐさま世界間の境界とでも称するべき現象の前に集合した。

直後には先方からこちらに向けて声が届けられる。

『よ、よし！　またアイツらが見えてきた！』

「連絡が遅くなってしまい、すまなかった」

いの一番、口を開いたのはロリゴンとエディタ先生だ。

誰よりも空間の境目から近いところに立って、我々のことを見つめている。

＊

【ソフィアちゃん視点】


本日、ニップル殿下により改めて、召喚魔法が行使されることになりました。

現場は以前と同様、武道大会で利用した会場でございます。ステージ上には彼女を中心として、王様会議に臨んでいる王様の方々や、各国の関係者一同が立ち並んでおられます。顔ぶれは前回の会議と変わりがありませんね。

違いがあるとすれば、円卓や椅子の有無でしょうか。

本日はニップル殿下による召喚魔法の行使が主となりまして、邪魔になりそうな会議卓や調度品は撤去させて頂きました。なんたってペニー王家からの借り物ですから、壊れたりしたら大変なことでございます。

「今回は倒れる前に止めても、い、いいんだよな？」

「うむ、決して無理はしないで欲しい。今のところ貴様だけが唯一の望みなのだ」

「そんなふうに言われると、とんでもなくプレッシャーなんだけど」

「負担を強いてしまいすまない。だが、事実であることには変わりがなくてだな」

「わ、分かってるよ。それに僕だって、タナカ伯爵には戻ってきて欲しいし」

前回の挑戦から数日ほど休まれたことで、体調は戻られたように思います。エルフさんと受け答えされるお姿もしっかりとしておりますね。それでも万全を期すべく、日が昇ってしばらく、身体が十分に暖まってからの挑戦となりました。

「よ、よし。それじゃあいくぞ！」

殿下が意気込むのに応じて、足元に魔法陣が浮かび上がります。

できればそのまま、タナカさんが呼ばれて下されば話は早いのですが、やはりそう簡単にはいきません。代わりにすぐ近くの風景がぼやけたかと思えば、空中にタナカさんたちの姿が浮かび上がって参りました。

以前と同様、空に浮かんだ枠のない窓のような空間が出現しましたね。

先日はステージの上で観衆に向けてダンスを踊られていましたが、本日はダイニングでお食事を取っていらっしゃるようです。テーブルに着いて食卓を前にした彼らの姿がこちらからも窺えますね。

あと、ゴッゴルさんも一緒です。

いつものように一人だけ床で食事をされています。

『よ、よし！　またアイツらが見えてきた！』

「連絡が遅くなってしまい、すまなかった」

そちらへ飛びつくようにして、エルフさんとドラゴンさんが声を上げました。

他の方々も彼女たちの後ろに詰めかけるよう移動されます。

一方、タナカさんたちからも反応が見られました。

「そんな滅相もない。我々の為に手を尽くして下さりありがとうございます」

「割と楽しくやってるから、あんまり気負わなくてもだいじょーぶだよぉ？」

余裕の感じられる先方の物言いに、まずはホッと一息でしょうか。

とはいえ、時間的な猶予はありません。

ニップル殿下の魔力が尽きるまでに、必要なやり取りを終える必要があります。タナカさんもその辺りはなんとなく察しているようでして、エルフさんからの問いかけに対して、すぐに反応が見られました。

「さっそくで悪いが、前回の事象について確認をできないだろうか？」

「それなのですが、私から一つ提案がございます」

「うむ、是非とも頼みたい」

「恐らくなのですが、私が行使可能な魔法の内一つに、そちらへの帰還につながる可能性のある魔法がございます。こちらの魔法について、この場で試させて頂くことはできませんでしょうか？」

「先日の出来事も、それが影響してのことだろうか？」

「ええ、仰るとおりです」

「しかしながら、前回はその、予期せぬ出来事に見舞われたと思われるが……」


エルフさんの視線がチラリチラリと、ゴッゴルさんに向けられておりますね。

タナカさんたちに続いて、他所に飛ばされてしまった彼女でございます。その原因が彼の行使した何かしらの魔法にあることは、メイドも当時の状況から、なんとなく察している次第にございます。

「より練度を上げた、上位にある魔法を行使させて頂きたいと考えています」

「うむ、分かった。そういうことであれば、我々は貴様の判断に従おうと思う」

タナカさんとのやり取りは一貫してエルフさんが担当されております。

ただ、その間へ割って入るように龍王様が仰りました。

「ニンゲン、その方の言い分を信じるのであれば、そちらを訪れたのはその方による行い、ということになるのではないか？　何が目的でこのようなまどろっこしい行いに至ったのか、早急に説明するべきであろう」

「龍王様が抱えられた疑念は尤もだと思います。しかしながら、往路については私が関知しないところでの出来事となります。信じて頂けないかもしれませんが、第三者の手による行いが原因です」

　彼の主張は、メイドも気になっておりました。タナカさんが原因でなくとも、どこの誰がこのようなことを行ったのか。きっと声に上げないだけで、この場に居合わせた皆さん、誰もが疑問に思っていることでしょう。

「龍王殿、今は議論をしている時間も惜しい」

「……分かった。しかし、その方らがこちらに戻り次第、余は説明を求める」

「ありがとうございます。では、さっそくですが魔法を試させて頂きます」

　龍王様が引き下がったのを確認して、タナカさんが椅子から立ち上がりました。同じテーブルに着いていた精霊王様と、彼らのすぐ近くで床に座っていたゴッゴルさんも、これに倣って起立でございます。

＊

　前回、フェス会場ではゴッゴルちゃんを呼び出して終えられた次元魔法。

　これを今回はスキルレベルを上げて行使する。

恐らく、これで異世界に戻れるのではなかろうか。

　現時点では一方的に呼び出すばかりである魔法も、レベルを上げたのなら送り返すような真似ができるようになるのではないかと考えている。他の魔法もスキルレベルの上昇と共に、行えることの幅が広がっていったから。

「龍王殿、今は議論をしている時間も惜しい」

「……分かった。しかし、その方らがこちらに戻り次第、余は説明を求める」

「ありがとうございます。では、さっそくですが魔法を試させて頂きます」

　こちらを訪れてから本日を迎えるまでには、ブサメンも色々と考えた。

　あまりいい思い出はないけれど、それでもこちらの世界は自身の生まれ故郷である。予期せず死別したならまだしも、自らの判断で未来永劫バイバイするのは、改めて考えると抵抗が大きいのも事実だ。

　変身魔法という、イケメン待ったなしの魔法が手元にある点も大きい。

　正直、憧れる。

　素直に申し上げて、イケメンになって祖国でハーレムを築きたい。

婚後、不倫がバレてネット上のみならず地上波でさえ話題になるも、何故かファンからも世間からも許されて、順風満帆な生活を営んでいるイケメン芸能人たちのように、老若男女から愛され続ける人生を送りたい。

いいや、そんな小さいことは言わない。

端的に申し上げて、美少女のヒモになりたい。

年下の美少女に養われたい。

そんな世の男児たちが求めて止まない理想郷。

そちらへ至る術が、ブサメンの手中にはある。

けれど、我々の為に頑張って下さっている先生たちの姿を目の当たりにしたのなら、そうした願望も霧散した。

彼女たちの後ろには王様たちの他に、ドラゴンシティの面々の姿も見受けられる。誰もが我々に注目している。

出し惜しみはなしだ。

なにより優先すべきはゴッゴルちゃんと精霊王様の帰還。

サバ氏も忘れずに。

だから、スキルポイントをケチるような真似は止めよう。


こうしたエディタ先生たちとのやり取りも、いつまで続けられるか分からない。ニップル殿下にかかっている負担だって、かなりのものではなかろうか。今も大変そうな面持ちで魔法を行使している。

辛そうな表情がちょっとエロいの最高。

ということで、スキルウィンドウさん、お願いします。

パッシブ：
魔力回復：ＬｖＭａｘ
魔力効率：ＬｖＭａｘ
言語知識：Ｌｖ１
アクティブ：
回復魔法：ＬｖＭａｘ
火炎魔法：ＬｖＭａｘ
浄化魔法：Ｌｖ５
飛行魔法：Ｌｖ55
土木魔法：Ｌｖ10
召喚魔法：Ｌｖ１
空間魔法：ＬｖＭａｘ
次元魔法：Ｌｖ１

変身魔法：Ｌｖ１
残りスキルポイント：２５３
　値は日本に戻った直後と変わりはない。
　これを――

パッシブ：
魔力回復：ＬｖＭａｘ
魔力効率：ＬｖＭａｘ
言語知識：Ｌｖ１
アクティブ：
回復魔法：ＬｖＭａｘ
火炎魔法：ＬｖＭａｘ
浄化魔法：Ｌｖ５
飛行魔法：Ｌｖ55
土木魔法：Ｌｖ10
召喚魔法：Ｌｖ１
空間魔法：ＬｖＭａｘ
次元魔法：Ｌｖ２５４
変身魔法：Ｌｖ１
残りスキルポイント：０
　えいやっと全振り。
　値的にはカンスト間際。
　これならきっと大丈夫でしょう。
　変身魔法を取得していなかったらカンストしていたけど。
「それでは早速ですが、いきます」
　皆々に宣言したところで、いざ次元魔法を行使する。
　ニップル殿下の魔法により浮かび上がった異世界の光景。その只中に通じるワープ的な代物を全力で思い浮かべる。過去にはフェス会場で一度、効果効能を目撃していたこともあってイメージには困らない。
　あそこに、あそこに行きたいです。
　皆々が立っている場所から少し離れたステージの隅の方。
　すると異世界側に変化が見られた。
　誰にも先んじて気づいたのはロリゴンである。
『お、おい、アッチになんか出てきたぞ!?』
　以前と同様、空間の裂け目のようなものが生まれた。

しかも前回と比べて、今回はかなり大きい。

そして、安定している。

変化が生じた場所も、自身が意識した通り。

「なにやら得体の知れないモノが生まれたが、そちらはどうだろうか？」

エディタ先生の発言を受けて、ブサメンは自身の周囲を見渡す。

けれど、室内にそれらしいモノは見られなかった。

ならばと意識をリビングスペースに移して、こちら側にも疎通用の裂け目よ出てこいと祈るように念じる。ただ、異世界側には出現したそれが、こちらの世界ではどれだけ念じたところで一向に現れない。

「た、ためしに私が入ってみるわね！」

「ちょっとリズ、待ちなさい！　貴方まで向こうに行ってどうするのよぉ！」

一歩を踏み出したエステルちゃんを縦ロールが大慌てで羽交い締め。

それでも勢いを止めることができなくて、ズルズルと引きずられていく後者諸共、キモロンゲが手を伸ばす様子が垣間見えた。相変わらずイイ女過ぎて、こちらとしては反応に困るエステルちゃんの暴走具合。

彼女たちに代わって前に出たのが鳥王様である。

「んじゃまぁ、軽く魔法を突っ込んでみるぜ？」

「ええ、ぜひともお願いするわぁ」

鳥王様の手元に一抱えほどの氷柱《つらら》が生まれた。

彼はそれを空間の裂け目に向けてゆっくりと撃ち出した。宇宙空間に浮かんでいる宇宙船が、ワープホール的な何かに突入する、そんなＳＦっぽい出来事を思わせる光景が、異世界側では確認できた。

氷柱はすんなりと空間の裂け目に飲み込まれる。

端から端までがどこかに消えた。

直後に裂け目は消失。

それから数秒ほどで、我々の側に反応が見られた。

異世界側に現れたのと同程度の規模で、空間の裂け目が発生。

位置的にはダイニングに設けたテーブルと、リビングに配置したソファーセットの間。裂け目は一部分が後者に触れており、当該箇所が削り取られている事実に、ブサメンは人知れず背筋を寒くする。

その只中から鳥王様が送り込んだ氷柱が現れた。

ゴッゴルちゃんがやって来た際と同様、ペッと吐き出される。

支えを失ったそれは、ゴトリと音を立ててダイニングの床に落ちた。床がちょっと凹んでしまったのごめんなさい。退去時に敷金を差っ引かれそうだと、即座に考えてしまった賃貸生活者あるある。

そして、空間の裂け目は氷柱を排出すると、すぐに消えてしまう。

とてもではないけれど、我々が突入する余裕はない。というか、この様子では上手いこと突入できたところで、異世界側に到達できるかどうかも怪しい。氷柱が排出されるのと合わせて、裂け目から垣間見えた真っ暗な空間。そちらに取り残されてしまいそうな雰囲気をひしひしと感じる。

「ど、どうだろうか？」

「…………」

エディタ先生、ブサメンの魔法、駄目でした。いけると思ったけど、そんなことはなかった。

「うぅーん、これは無理そうだねぇ」

言葉を失った醤油顔に代わり、精霊王様から感想が漏れた。

困った顔となり、腕を組んで首を傾げていらっしゃる。

雲行きが怪しい。

過去になく胸がドクドクと脈打っている。

けれど、すぐに諦めるような真似はできない。

「すみません、もう少しだけ確認をさせて下さい」

「う、うむ、何度か挑戦してみるべきだろう」

以降、何度か繰り返したものの、結果は変わらず。

ブサメンの魔法は一方的に異世界の事物を呼び出すばかりだった。なんなら排出時の裂け目にこちらから魔法を撃ち込んだところ、異世界側にはなんの反応も見られなかった。やはりというか、世界間の行き来は一方通行のようである。

そして、撃ち込んだ魔法はどれだけ待っても、再び現れることはなかった。

「妾、そちらから飛ばされた魔法の行き先が気になる」

「ここでも……あちらでも……ない、場所に……飛ばされた……のだろうか？」

「いやいや樹王さんよ、それって一体どういう場所なんだぜ？」

「性悪精霊の悪巧み、じゃないんだよな？　これ、どうなってるんだよ……」

「その方らが我々を謀っているのでなければ、余もこの現象には理解が及ばぬ」

魔法的な知見に優れた王様たちであっても、完全にお手上げ状態。

もしかしたらコレは、そういう魔法なのかもしれない。

スキルレベルを上げたことに対する変化は、空間の裂け目の規模拡大と安定化。取り分け持続時間についてはは顕著な差が見られる。少なくとも意図した場所に、術者が望むだけ空間の裂け目を配置することができた。

だとすれば、自身の判断は完全にミス。

貴重なスキルポイントを無駄にしてしまった。

「申し訳ありません、私の見込み違いでした」

いやでも、これ絶対にイケると思うの仕方がないでしょう。

スキルレベルは少しずつ上げるべきだったろうか。

しかし、最終的にすべてのポイントを費やしただろうことは変わりない。

「貴重な時間を無駄にしてしまい、本当に申し訳ありません」

「な、なぁ、そろそろ厳しいんだけどっ……！」

ブサメンが頭を下げたタイミングで、ニップル殿下から辛そうな声が上がった。杖を手にした彼女は、必死の形相でこちらを見つめている。額にはびっしりと汗。まるで延々とマラソンでも走ってきたかのよう。

魔法の維持が限界を迎えつつあるのだろう。

その姿を確認して、エディタ先生にも反応が見られた。

「すまない、またしばらくしたら連絡を入れる！」

「ありがとうございます。そうして頂けると幸いです」

殿下の具合はかなりギリギリであったみたい。

僅かなやり取りの後、異世界の光景は我々の面前から消失した。

会話が失われたことでリビングは静かになった。

つい先程まで心穏やかに過ごしていたランチタイム。それが異世界とのやり取りを終えたことで、居た堪れない雰囲気に包まれて思える。食欲もいつの間にやら引っ込んでいる。料理も冷めてしまった。

ブサメンは精霊王様とゴッゴルちゃんに向き直って頭を下げる。

「申し訳ありません、多少なりとも自信はあったのですが……」

「まーまー、そう深刻に考えることは無いんじゃないかなぁ？」

「問題ない。気にする必要はない」

「ですが素直に申し上げますと、私には他に手立てが思い浮かびませんでして」

「私たちがどうにかしなくても、案外、海王が上手いこと対応してくれたりするかもしれないよぅ？　ああ見えてなかなか、魔法の扱いに長《た》けた王様だからねぇ。君と比較したら下かもしれないけど、魔力だってかなりのものだと思うよぉ？」

「お気遣い下さり恐縮です」

メスガキ王様が優しい。

コロッといってしまいそう。

ここ最近、やたらと気風が穏やかなのどうして。

以前まではこんなじゃなかったでしょうに。

もしや異世界への帰還、諦めていたりするのだろうか。

本格的に隠居モードに入られてしまった予感。

「食事が冷めてしまいました。温め直してきますね」

「えー？　別にこのままでもいーけど」

「私も構わない。冷えても美味」

そうこうしていると、インターホンの呼び出し音が鳴り響いた。

やって来たのはオーナーである。

本日は終日お休みだと聞いていたのにどうしたのだろう。まさか無視する訳にもいかなくて、宅内に招き入れて話を伺うことになった。ダイニングテーブルに食事を放置したまま、我々はリビングスペースに移る。

ソファーに掛けた彼はニコニコと満面の笑み。

ローテーブル越し、身を乗り出すようにして女児三名に語りかける。

「今週末の営業について、アンタたちに相談したいことがあるんだ」

「なんでしょうか？」

「なんとテレビ局から、当日に取材の申込みが来てるんだ」

「…………」

「うちのライブが生中継で、日本中に配信されるっていうんだよ！」

　異世界への帰還に目処が立たない一方、現代日本での活動はやたらと順風満帆である。嬉々として語るオーナーを眺めては、彼には何の非もないのに、ちょっとだけイラッとしてしまった。

帰るべき場所（二）

Place to Return to (2nd)

次元魔法の不発を受けて、異世界に帰還する目処は潰《つい》えた。

少なくとも自身が予期していた範囲では。

近いうちにエディタ先生たちの下へ戻れるかも、などと考えていた時分には、生まれ故郷に恋しさを覚えていた。しかし、これが遠退いた途端に、今度は異世界に戻りたくて仕方がなく思えてくるから、自己嫌悪に陥ってしまいそう。

精霊王様やゴッゴルちゃんとは、連日にわたって作戦会議。

けれど、どれだけ議論を重ねたところで、いい案は出てこなかった。

可能性があるとすれば、まだ見ぬ新作スキル。

次元魔法がどこかから何かを呼び寄せる魔法だとすれば、どこかへ何かを送り届けるような魔法も存在しているのではなかろうか。これを自身が引き当てることができたのなら、異世界への帰還も見えてくる。

ただし、現時点で利用可能なスキルポイントはゼロ。

すぐに試すような真似は不可能。

レベルを上げてポイントをゲットするにしても、こちらの世界では喧嘩をする相手が不在。まさか精霊王様やゴッゴルちゃんを相手にファイアボールする訳にはいかない。当初はポンポンと上がっていたレベルも、最近は上がり具合が芳しくないし。

異世界側からも連絡はない。

ニップル殿下の体調を気遣ってのことだろう。

とても辛そうにしていた。

そんなこんなで糸口を掴めないまま数日が経過。

今日も今日とて昼過ぎに起き出して、ダイニングで遅めの昼食を摂っている。

「あぁん、今日のお昼ごはんってば、見た目が動物の排泄物みたいだよぉー」

「見た目は残念ですが、味は決して悪くないので、どうかご容赦を頂けたらと」

「この香り、嫌いじゃない」

本日のランチはカレーライス。

こちらの世界に戻ってからずっと食べたかったカレー。けれど、見た目的にアウトなので本日まで控えていたカレー。同居人もこちらの世界に慣れ始めたので、いざ挑戦してみることにしたカレー。

「……たしかに、味は排泄物と全然違うねぇ」

「すみません、その言い方はどうか控えて頂きたいのですが」

「精霊は動物の排泄物、食べたことがある？」

「えぇぇ、元精霊王にそういうこと聞いちゃうのぉ？」

「いやいや、精霊王様の自業自得じゃないですか」

日本での生活は穏やか極まりない。

ゴッゴルちゃんと精霊王様、美しい女児二名に囲まれてのスローライフは、ブサメンにとって理想郷と称しても過言ではないもの。目覚まし時計に追い立てられていた社畜時代と比べたら天国である。

ただ時間だけが過ぎていく食っちゃ寝の日々。


季節柄も手伝い、夏休みって感じ。

圧倒的に暇である。

オーナーは週末に控えたライブハウスの営業に首ったけ。テレビ局から取材を受けることが決まった為、本日も朝早くから地下フロアに籠もって仕事に邁進《まいしん》している。例によってボディーガードも断られてしまった。

当然ながら動画の撮影もなし。

「精霊王様、どうにかして海王様と連絡を取れないでしょうか？」

「異世界と連絡が取れたことを伝えるのかなぁ？」

「ええ、その方がよろしいかなと。彼にも知恵を借りたく考えております」

あと、サバ氏って割と神経質な性格をされている。後からどうして教えなかったのかと、追及されたりしたら面倒である。教えて損をするようなことでもないので、早めに事情を説明しておきたい。

しかしながら、自身には連絡を取る術がない。

空に向けて大きめのファイアボールを連発すれば、気づいてもらえる可能性はある。ただ、それだと海王様以外にも色々と集まってきそうなので、できればもっとスマートな方法で連絡を取りたいところ。

召喚魔法を行使する、という手もある。けれど、スキルレベルが最低の魔法に任せるというのも不安が残る。別のものが呼ばれてきてしまったら、それはそれで困ってしまうから。というか、そうなる可能性は非常に高い。

次元魔法で失敗したばかりなので、なるべく確実な手を取りたいところ。

「それだったらこの家に越したときから、屋根で狼煙を上げてるよぉ？」

「えっ？　それって火事になりませんか？」

思わずギョッとして天井を見上げてしまう。

ただ、自宅から煙が上がっている様子は見た覚えがない。

「違うよぅ、一定の間隔で魔力を放出して呼びかけてるんだよぅ。こっちの世界は魔法を使っている生き物が私たち以外にいないでしょ？　だから、ある程度この島国に近づいたら、気づいてもらえると思うんだよねぇ」

「既に手を打って下さっているとは思いませんでした。ありがとうございます」

サバ氏と別行動を取るようになってから、我々は地理的にそれほど移動していない。彼にこちらと合流する意思があるのなら、地球観光を終えたタイミングで都内に戻り、精霊王様の狼煙に反応を見せることだろう。

示し合わせた訳でもないのに、上手いこと動いているの流石は精霊王様。

すると直後にはゴッゴルちゃんからも提案の声が。

「急ぐようなら、私が探してくる」

「いえ、そこまでする必要はないかなと」

それに氏は暑いのが苦手でしょう。

汗だくのゴッゴルちゃんに抱きつかれて、全身をお汁まみれにされたい気持ちがムクムクと膨れ上がる。日々をナンシー隊長として生活している為か、女児ボディーで実現可能な範囲で楽しむべく妄想が環境適応しつつあるぞ。

人類の感性のなんとフレキシブルなこと。

「高いところを飛べば汗はかかない」

「たしかに気温が大きく下がりますからね」

飛行魔法で冷えたゴッゴルちゃんの身体を抱きついて温めるのも断然アリ。

彼女ってばこちらの世界でも、床に毛布を敷いて眠っているのです。我が国のミニマリストも真っ青の生活スタイル。同じ毛布に包《くる》まって、その身体が段々と温かくなっていく感覚を、自身の肌越しに感じたい欲求に駆られる。

「それなら構わない」

「えっ……」

　変身魔法のおかげだろうか、ゴッゴル氏の許容度が上昇を見せているような。

　というか、自身の妄想が割とソフトになっているような気も。

　まさかとは思うが、精神が肉体のそれに引っ張られているとか、そういう感じだろうか。元の肉体に戻ったらホルモンバランスが崩れていました、みたいな展開は困る。まるで勃起不全になってしまったかのような感覚が、とても危機感を煽られる。

　ゴッゴルちゃんとセックスしたい。

　カレーの味変に食ザー体験をプレゼントしたい。

「…………」

　無事にノーコメント、頂戴しました。

　得体の知れない安心感を覚える。

「覚えなくていい」

「申し訳ございません」

「あぁーん、また私のこと無視して二人だけで話をするぅ！」

　醤油顔がセクハラを楽しんでいると、精霊王様から非難の声が上がった。

　彼女には心を読まれている訳ではないけれど、ちょっとビクッとなる。同時に事実関係はどうあれ、傍から眺めたのならラブコメっぽい雰囲気がとても得難い感覚。こういう日常、ずっと求めていたから。

「つきましては、本日の予定なのですが……」

「ここ数日、ずっとお部屋に籠もってるよねぇ？」

「気分転換にどこかへ出かけましょうか？」

「暑いのは嫌」

　しかし、どこに行こう。

　遊園地や動物園などはめちゃくちゃ暑いと思う。かといってプールなんかは、つい先日にも沖縄の海を訪れたばかり。そして、夏休みも真っ盛りとなる昨今、どこも非常に混雑していることだろう。

　それ以外の観光地となると、山だとか川だとか、自然味溢れた景観が思い浮かぶ。けれど、その手の光景がありふれた異世界での生活を思えば、ゴッゴルちゃんや精霊王様が喜ぶとは到底思えない。

あと、できれば遠出は控えたい。戸籍的な問題から飛行機が利用不可能な為、遠方への移動は飛行魔法一択。またレーダーサイトに引っかかって、戦闘機に追いかけられる羽目となりそう。本国ならまだしも、他国だと問答無用で攻撃されそうだし。

などと考えたところで、ふと思いついた。

「もしよければ、こちらの世界のお土産を買いに行きませんか？」

異世界に帰還する為の糸口が失われてしまった現在、決して口には出さないけれど、彼女たちも不安を感じていることだろう。なんなら諸悪の根源であるブサメンに対して、不満を抱いている可能性も然り。

だからこそ、今この瞬間を前向きに過ごしたい。

せめて彼女たちの前では前向きに振る舞っておきたい。

頼りなくて申し訳ないけれど。

「なんら不満はない」

「お気遣いありがとうございます、ロコロコさん」


「だけど私たち、お買い物なら沢山してるよぉ？」

リビングダイニングを見渡して精霊王様が言った。

彼女のご指摘の通り、当初と比べたら我々の住まいも充実したもの。ソファーセットやダイニングセットのみならず、テレビや観葉植物、収納家具や照明に至るまで、モデルルームさながらの光景が広がっている。

衣料品なども、こちらを訪れた当初に調達した品々の他に、追加して色々と購入している。ゴッゴルちゃんが合流したこともあり、彼女の分も含めて上から下まで、あれこれと通販させて頂いております。

その関係で褐色ロリータさんも異世界とは装いを変えている。

これがまた新鮮で毎日見ていて飽きない。

「ですが、土産物はまだだったなと」

いつ戻れるか分からない身の上、今のうちに支度しておいてもいいのではなかろうか。お土産を買いに行きたいから、戻るのちょっと待ってもらえませんか？　などとエディタ先生たちに伝えるのも申し訳ないし。

「あちらの世界では手に入らないようなものもあるかと思います。幸いにしてお財布には余裕がありますから、少しくらいは散財してもよろしいのではないでしょうか。もちろん、あまり高価なものは難しいかもですが」

「私は構わない」

「お土産かぁ。それは考えてなかったなぁ」

二人から了承が得られたことで、本日の予定は決定だ。

＊

お土産を買いに行く、とは決めたものの、具体的に何をお買い求めするのかは、すぐに思い浮かんでこない。そこで店先を歩きながら検討しようということで、何でも揃いそうな場所までやってきた。

銀座《ぎんざ》である。

新宿や池袋《いけぶくろ》辺りと比べて街並みが綺麗だし、高級なお店も軒を連ねているので、ウィンドウショッピングも楽しめるのではなかろうかと考えてのこと。ただ、夏休みとあって流石に混んでいる。

電車を乗り継いだ先、駅から屋外に出ると通りを行き交う沢山の人々が目に入る。

「この辺り、前にも来たことあるよねぇ？」


「ええ、仰る通りです」

精霊王様とは、こちらの世界へやってきた直後に足を運んでいる。

その時は衣服の替えを調達してすぐに離脱してしまった。

けれど、本日は時間にも余裕があるので、ゆっくり見て回れたらと考えている。動画投稿サイトがジャブジャブと広告収入を稼いで下さるので、高級ブランドの旗艦店であっても、憂いなく足を運べるのではなかろうか。

「ところで、精霊王様の魔法について確認したいことがあるのですが……」

「なぁーに？」

「普段と比べて心なしか、他所様から注目されているような気がします」

お出かけに際しては、精霊王様にお願いして姿を魔法で誤魔化している。

ただし、今回は存在を消すのではなく、別人として周囲に訴える幻惑の魔法、とのこと。具体的には一般的な成人男性、女性として周囲からは見えているらしい。おかげで雑踏の中を歩いていても、誰かと肩をぶつけるようなことはない。

精霊王様もこちらの世界を訪れてから、地球の文化文明について色々と学ばれているようで、その成果とも言える。ただ、それにしては周囲からチラチラと、注目されているような気がしてならないのだけれど。

「もしかしてレーダーなんとかと同じように、誤魔化せてないってことぉ？」

「私の気の所為《せい》かもしれません。ですが、他者と妙に視線が合うなと思いまして」

「私の魔法って、そんなにダメダメかなぁ？」

「いえ、決してそんなことは……」

異世界とこちらの世界では、魔法を行使するにも勝手が違うのだろうか。

魔法の仕組みを説明して頂く、といったことも考えたけれど、スキルポイントなる卑怯な手立てで魔法を運用している身の上、原理を講釈されても理解できるかどうか分からない。絶対に解決しなければならない問題ではないので、気にしないでおこう。

「……とても暑い。早く移動したい」

「すみません、ロコロコさん」


周囲を見回すと、すぐ近くにある立派な佇まいの店舗が視界に入った。

ニュースやネット上の記事などでも、何度か目にした覚えのある有名店。

前に精霊王様と訪れたのとはまた別のお店。

「近くにある百貨店に入るとしましょう。空調の効いた店内で涼を取りつつ、お土産の品を検討するのがよろしいのではないかと。そちらで興味を惹かれる品があったら、改めて専門店を回ってみるとかどうでしょうか」

「是非そうする」

本日も天候は快晴。

カンカン照りの陽光に熱せられたアスファルトの上、ゆらゆらと陽炎が立ち上っている。通りを流れる自動車は絶え間なく、その傍らを大勢の通行人が、誰もが汗だくとなりながら行き交っている。

熱気上がる雑踏から逃れるべく、我々は駅前の百貨店に入った。

同店舗は国内でも指折りの老舗。

エントランスを過ぎると、強めに効いた空調がすぐに身体を冷やしてくれる。

一階フロアに設けられているのは婦人雑貨やアクセサリー、バッグなどの商品。きらびやかな店内の装飾も手伝い、自然と背筋が伸びる感じ。それとなく値札を窺うと、ちょっとしたシュシュ一つとっても数万円とか。

「お土産とはいっても、なにを選べばいいのかなぁ」

「定番といえば、衣類や装飾品などでしょうか」

自ら提案しておいてなんだけれど、高品質な衣服やアクセサリーを求めるのであれば、異世界で調達したほうがより良いモノが得られそうな気もする。如何に高級店とはいえ、店先で手に入るのは大量生産されたファクトリーメイド。

王侯貴族にコネがある昨今の我々であれば、熟練の職人をダース単位で雇用して、最高の素材から生産された究極の一品を得ることも不可能ではない。リチャードさんにお願いすれば、きっとすぐに用立てて下さることだろう。

そうして考えると、ファッションカタログや型紙などを持ち帰った方が、お土産としての価値は高いかもしれない。より具体的には、エッチなコスプレ衣装。異世界で現地生産して、何食わぬ顔でドラゴンシティの方々に提案したい。

「君は何を持ち帰るつもりなのかなぁ？」

「私は書物を考えています」

ブサメンは百科事典を検討している。エディタ先生にプレゼントしたら喜ばれそうだ。ロリゴンの町作りにも貢献できる。あぁ、ついでに日本語の学習教材も一緒に用意するべきかもしれない。

先生や魔道貴族なら、異世界の言葉もサクッと習得してしまいそうな気がする。

「購入先の目星も付いておりますので、お二人の買い物を優先できたらなと」

「ふぅん？　相変わらず真面目だねぇ」

「精霊王様ほどではありませんよ」

「あぁん、そんなふうに言われたら、お土産のハードルが上がっちゃうよぉ」

他愛無い会話を交わしつつ、百貨店を見て回る。

一巡したのなら、エスカレーターで二階へ。

下から上に向かい、順番に各フロアの店舗を冷やかしていく。

店内で商品を眺めていると、お店の人に声をかけられること度々。その都度、愛想笑いを浮かべながら撤退。異世界を訪れるより以前、一人で買い物をしていた際と比べて、声をかけられる率が半端なく高いのは何故だろう。

一階フロアで三回。

二階フロアでも、最初に入った衣料品の専門店で、即座に声をかけられた。

精霊王様のお話だと、幻惑の魔法は肉体そのものを変化させる訳ではないらしい。なので身体に触れられたりするとバレる可能性があるそうな。当然ながら、衣料品店での接客など言語道断。すぐさま通路へ逃げ出すこととなる。

「お土産、貴方のオススメを知りたい」

「オススメ、ですか……」

そう言われると、ちょっと困ってしまう。

無線で操作可能なバイブとかプレゼントしたい。

「バイブとは?」

「あちらのファッショングラスなど、いかがでしょうか?」

通路脇に飾られていたマネキンを示してお伝えする。

メガネっ娘、いいよね。

普段とのギャップが新鮮な雰囲気を演出。

「…………」

「しばらく見て回れば、何かしら興味を惹かれるものが出てくるかなと」

「せっかくなんだし、向こうの世界じゃ手に入らないものが欲しいなぁ!」

向こうの世界で手に入らないお品となると、まず最初に思い浮かぶのは、一定の科学技術が必要となる工業製品。けれど、あちらには電気がない。電源が不必要な商品で、尚且つ工業的な技術の込められた日用品。

そうなると選択肢は限られてくる。

「時計などいかがでしょうか? こちらの世界では太陽光を動力源として、手巻きが必要ない時計が商品化されています。時間の計測には水晶の圧電効果を利用しており、機械式のものと比べて非常に高精度なのが特徴です」

いやしかし、アレは内蔵されたバッテリーが十年くらいで駄目になるんだっけか。だとすると精霊王様のような寿命の長い方々には、むしろ手巻き式の方が便利かもしれない。ただ、それだと異世界にも似たようなモノがあるけれど。

「太陽の光だけで頑張るなんて、まるで精霊みたいだねぇ」

「精霊ってそういう生き物なんですか？」

「十分な魔力さえあれば、大抵の精霊は存在していけるからね！」

「なるほど」

生き物というよりは、植物やバクテリアなどに近い存在なのかもしれない。

そうしてゴッゴルちゃんと精霊王様のお土産を検討しつつ店内を移動。

四階までは主に婦人服や婦人向けの商品を扱ったフロア。五階より上からは、紳士向けの商品や日用品、子供用品が見られ始める。また、この手の百貨店のお約束のように、上層階にはレストラン街が広がっていた。

小一時間ほどかけて最上階のフロアまで到着したのなら、レストランで休憩。

案内されたのは四人がけの席。テーブルを挟んで対面にゴッゴルちゃん。隣に精霊王様といった位置関係。本日ばかりは前者にも着座を願った。後者が読心を厭《いと》わなくなった為、互いの距離はかなり近い。

ところで、こうしてレストランの席に着いていても、チラホラと他所のお客さんから視線を向けられているような気がする。まるで動物園のパンダにでもなったような気分。正直、あまり心地が良いものじゃない。

「精霊王様、一つご相談したいことが」

「なぁーに？」

「我々の姿を客観的に拝見することはできませんか？」

「んー、それじゃあ君にも同じように、幻惑の魔法をかけてみる？」

「是非ともお願いします」

素直に頷いて応じると、彼女の意識が他所の席に向かう。

釣られて自身も視線を向けると、そこには子供を一人連れた夫婦の姿が。仲睦まじくパフェやらパンケーキやらを食している。幸せを絵に描いたような光景ではなかろうか。正直、ブサメンには目の毒である。

「あそこの席に座ってる三人組が、私たちが他から見えているのと同じように、君には見えるようになると思うから。ただ、君が私の魔法を受け入れてくれないと効果

はないから、そこのところちゃんとして欲しいなぁ」

「承知しました。精霊王様のすべてを受け入れる心意気で臨みますので」

精霊王様が相手なら、聖水ゴクゴクも余裕。

なんでも放ってやって下さいの心意気で頷いた。

すると、次の瞬間にも子連れ夫婦に変化が見られた。

お子さんがイケメン男性化。

夫婦が共に妙齢の美女化。

傍から眺めたのなら、イケメン男性が美女二人を侍らせているかのよう。断片的に聞こえてくる会話は、子供の世話を焼いている夫婦に他ならない。けれど、それを無視して眺めると、美女二人がイケメンにすり寄っているようにしか見えない。

「どーかなぁ？　ちゃんと見えたかなぁ？」

「まさかとは思いますが、お子さんが私の担当、ということなのでしょうか？」

「うん、そうだよぉ？」

「なるほど」

一瞥して、他者から向けられていた視線の意味を理解した。


待望のイケメン体験、予期せず経験してしまったよ。

あぁ、そうなのか。世のイケメンたちはこんなにも、他者から注目を受けながら日々を暮らしていたのか。いや、本日は美人が二人同行していた点も大きいように思う。女性のみならず男性からも注目を受けていたから。

こうなると一変して、パンダ扱いにも好感を抱き始めてしまうチョロい童貞。

「ねぇねぇ、どーしたの？　急に黙ったりしちゃって」

「いえ、感無量とでも申しますか……」

「あぁん、意味が分からないよぅ」

「ちなみに対象の元となったモデルなどありましたら伺いたいのですが」

「テレビに映ってたゲーノージン？　っていうのを参考にしたよ？　ただ、人によって見え方には多少の違いがあるかもだよね。対象が思い描く、君たちの国のニンゲンで他者に忌諱《きい》されない姿、そんなふうに見えていると思うよぉ」

「なるほど、あくまでも対象の都合が影響してくるのですね」

「対象に一定の認識を行うよう、強制するような魔法だからねぃ」

術者のデザインというよりは、姿を誤魔化したい人物を視界に納めた、幻惑の対象となる人たちの自意識にこそ、大きく影響を受ける魔法みたい。そうして言われると、なんとなく分からないでもないこれまでの反応だ。

昨今、他者の外観に対する評価のハードルは、極めて高い位置にある我が国である。忌諱されないという条件は、それだけで集合の上位に食い込むほど。だからこそ自身にとって理想的な相手が現れたとき、ついつい目で追ってしまうのが人の性《さが》。

そんな世知辛い事実から逃れるように、醤油顔の意識は対面のゴッゴルちゃんへ。

「ロコロコさん、こちらのお店の料理はいかがでしょうか？」

「このふわふわしたの、美味しい」

「お代わりを注文しますか？」

「いいの？」

「ええ、いくらでも食べて頂けたらと」

「是非、注文する」

ゴッゴル氏はパンケーキがお気に召したようだ。

異世界でも調理できるようにレシピを用意しておこう。

「とても嬉しい」

「こっちの世界は向こうと比べて、甘いものが沢山あるよねぇ？」

「モンスターが跋扈《ばっこ》していないので、国を隔てての交流が盛んなのです。特定の地域でしか栽培できないような植物も、海を経由して世界中を流れております。ドラゴンやワイバーンが繁殖を始めたら、簡単に瓦解してしまうことでしょう」

レストランでの休憩を終える頃には、お土産にも目処が付いた。

ゴッゴルちゃんは帽子とメガネ。

精霊王様はクオーツ式の時計。

近隣に専門店があるようなので、百貨店を後にした我々は、それぞれ別所でお土産を調達した。せっかくの機会なので、いずれとも高級ブランド品をゲット。結構な出費となったけれど、個人的には幸福度の高いお買い物タイムだった。

また、ブサメンも途中で書店に寄り道をして百科事典を注文。

こちらについては日を改めて、現在の住まいに届けてもらうことになった。全三十うん冊という規模感であるからして、店頭には用意がないのだそうな。本来であれば学校や図書館などに置かれているような品である。

そうこうすると日も傾いてきた。

自宅を出たのが昼過ぎだったので、日中の活動時間は限られてくる。

帰路はゴッゴルちゃんの提案により、飛行魔法で移動することになった。

往路に利用した電車の混雑っぷりが、軽くトラウマになっていたみたい。

それならタクシーはどうかと提案をさせて頂いたところ、身体で風を感じたいとのこと。エアコンも悪くはないけれど、ナチュラル志向な彼女には、やはり自然な涼しさのほうが具合がよろしいみたいである。

空に飛び立ち、高層ビルの屋上と大差ないポジションをゆっくりと流す。

これなら自衛隊がスクランブルすることもないだろう。

姿も精霊王様の魔法で誤魔化している。

「陽の光が建物に反射してキラキラしてるの凄いねぇ」

「このあたりは背の高いビルが多いですからね」

夕日がとても綺麗だ。

真っ赤に染め上げられた空の下では、精霊王様の言う通り、都心のビル群が眩いまでに輝いている。地上を歩いていたのでは、きっと目にすることができなかった光景。そうして考えると、感慨深いものがある。

自然と空を飛ぶ速度がゆっくりとなる。

ゴッゴルちゃんと精霊王様もそんなブサメンに付き合ってくれた。

「こっちの世界も夕日の色は同じ」

「ええ、そうですね」

何気ないゴッゴルちゃんのご感想。

異世界での彼女は、ロリゴンがドラゴンシティに建てた塔の中層階に住まっている。こちらの世界では高層ビルの屋上と比較しても遥かに高所。普段からこうした夕焼け空を目の当たりにしていることだろう。

郷愁とか感じさせてしまっただろうか。

だとしたら申し訳ない。

「…………」

こうしてお出かけをして過ごすのもいい。けれどやはり、どうにかして異世界へ帰還する為の糸口を見つけたい。そろそろエディタ先生たちからも連絡が入るだろう。何もできないまま、その機会を無駄にする訳にはいかない。

彼女たちだって時間が経過すれば、我々を負担に思うはず。

ニップル殿下にしても、延々と付き合ってはいられないだろう。

とても綺麗だけれど、少し物悲しく感じられる夕焼けの空。眺めているとどうしても寂寥《せきりょう》感が湧いてくる。日没を目前に控えて、得体の知れない焦りがふつふつと浮かんでくるような感じ。

すると、こちらの心を読んだのだろう。

ゴッゴル氏から気遣いの言葉が与えられた。

「この状況は、貴方の責任じゃない」

「いいえ、確実に私の責任ですよ」

「違う。神様の責任」

ブサメンが異世界から地球へ戻ることになった経緯は、既にゴッゴルちゃんにも説明を行っている。以前より読心によって、チャラ神様の存在を把握していた彼女だから、理解を得るのは簡単だった。

「だとしても、巻き込んだ私にも責任の一端はあります」

神様、どうか彼女たちだけでも元の世界に戻してくれないだろうか。

というか、絶対に戻すべきでしょう。

世界の平和を願うなら。

などと仮定すると、神様たちも現状に手をこまねいているのかもしれない。なんでもかんでも好き勝手にできる訳ではないとは、本人の談である。多様性が失われてしまう云々。しかも世界を挟んで、こちらでは担当者が異なっているらしい。

担当部署が見当たらず、宙ぶらりんになってしまった行政のお仕事を彷彿とさせる。

そうしてチャラ神様や、まだ見ぬこちらの世界の神様に思いを馳せていたところ。

「…………」

不意にゴッゴルちゃんに動きが見られた。

空を飛んでいた身体がふわりと静止。

自ずとブサメンや精霊王様も飛行を止めて彼女に向き直る。

「ロコロコさん、急にどうされました？」

するると、続けられたのはとても刺激的な提案。

「私は貴方と共に、この世界で朽ちても構わない」

普段からクールっぷりに定評のあるゴッゴル氏。

こちらを見つめる彼女の面持ちは、いつにも増して真剣なもの。場合によっては眠そうにも思えるジトッとした目元が、今この瞬間はパチッと開かれて、傍らに浮かんだ醤油顔を見つめている。

西日を背にして佇む姿は、その輪郭が神々しく輝いてキラキラとしている。物語も終盤を向かえたエロゲで、エッチシーンばかりだったイベントＣＧの内一枚へ、急に入り込んできたヒロインのバストアップさながら。

「いえ、それは……」

ブサメンが躊躇していると、今度は精霊王様に動きが見られた。

空中でふわりと身を翻した彼女は、間に浮かんでいた醤油顔の頭上を越えて、ゴッゴルちゃんのすぐ隣へ。そして、いつも醤油顔に対して行っているように、彼女にギュッと抱きついた。

「はぁーいはいっ！　それなら私も付き合ってあげる！」


その眼差しはブサメンに向けられている。

顔にはニコニコと満面の笑みが浮かぶ。

らしくない精霊王様の振る舞いには、ゴッゴルちゃんも驚いている。

「精霊が存在しない世界に、貴方を住まわせる訳にはいきませんよ」

「何度も言ってるよねぇ？　君と私は一蓮托生、ずーっといっしょなんだからぁ」

「………」

あぁ、いけない。

ゴッゴルちゃんと精霊王様がイケメン過ぎて尊い。

そんなこと言われたら、コロッといってしまう。

リップサービスだとしても、とても嬉しい。

このまま地球で彼女たちと一緒に生きていきたくなる。

「精霊たちの王、私の真似はよくない」

「えぇー？　真似なんてしてないよぅ。前からずっと言ってたことだもぉん」

「タイミングの問題。今は私が彼とお話をしている」

「私だけ仲間外れなんて酷いよぅ」

「それは違う。仲間外れにはしていない」

「だったら三人とも仲良しだねっ！　私が考えていること、分かるでしょ？」

「…………」

若干引き気味のゴッゴルちゃんに対して、グイグイと行く精霊王様。

彼女たちに気晴らししてもらう為のお出かけなのに、逆にブサメンが癒やされてしまった。空中に浮かんだまままキャッキャしている女児二名を眺めて、少しだけ心に張り詰めていたものが緩んだような感じ。

「ありがとうございます。そのように言ってもらえてとても嬉しいです」

「リップサービスじゃない、本当のこと。精霊たちの王も本心から……」

「私も一層精進して参りますので、どうかお二人にもご協力を願えたらと」

「…………」

なんて魅力的なご提案。

それ以上を耳にしたら、きっとブサメンは心が陥落してしまう。

二人とこちらの世界で暮らしていきたくなってしまう。

だから、明日からまた、頑張っていこうじゃないの。

龍王様から受けた儀式とやらのおかげで、幸いにして時間だけは猶予があるのだし。

＊

平日はあっという間に過ぎて、週末がやってきた。

異世界での慌ただしい日々が、まるで嘘のように感じられる穏やかな日々。我々の置かれた状況は極めて深刻である一方、行えることの少ないもどかしさ。なんの成果も得られないまま、ライブハウスの営業日を迎えてしまった。

エディタ先生たちからも連絡は入っていない。

普段より少しばかり早めに起きて、昼食と身支度を終える。

ゴッゴルちゃんに留守番をお願いして、精霊王様と共に地下フロアに下りる。

すると、我々を出迎えたのは、昨日までホールに見られなかった撮影用の機材と、これを運用すべく集められたスタッフの方々。本日はオーナーが言っていた通り、ライブ会場にテレビ中継が入ることになった。

その支度が今まさに行われている。ニュースの合間に流れる短時間の中継とは異なり、本日の撮影はドキュメンタリー番組の一環として、一時間の放送枠をすべて利用して行われるらしい。なので事前の準備も相応のもの。

ホール内には既にいくつも、撮影用のカメラやマイクが設置されていた。行き交っているスタッフも片手では数え切れないほど。店舗前の路上にも、人や機材を載せた自動車がいくつも連なっていた。

「どうだ、凄いだろ？　やっぱりテレビって言ったら生中継だよな」

ブサメンと精霊王様が現場に足を運ぶと、すぐにオーナーから声がかかった。

これまた嬉しそうに笑顔を振りまいていらっしゃる。

「どうしてオーナーが誇らしげなんですか」

「そりゃアンタ、こんな機会は人生に一度あるかどうかの出来事じゃないか」

「言わんとすることは理解できますが……」

調子のいい性格の彼だけれど、本日は普段以上に気分がノッて思われる。


我々に語りかける態度も随分と浮ついたものだ。

「っていうか、これってお客さんはどうするんですか？」

「流石にいつも通り入れる訳にはいかないから、出演の関係者に限る方向で手を打つことになりそうだ。ただ、先方からは臨場感を出したいと言われているんで、最後の方でワッと入れることになるかもな」

「左様ですか」

地下フロアに移動する際、既に建物の周りにはちらほらと人の集まる様子が見て取れた。それが放送局のロゴが入った自動車を珍しがってのことなのか、夕方から始まるライブハウスの営業に備えてのことなのかは不明だけれど。

そうこうしていると、我々のもとに人が一人やって来た。

「ディレクターの山崎《やまざき》です。本日はどうぞよろしくお願いします」

スーツ姿の中年男性だ。年齢は自身と大差ないように思う。他のスタッフがTシャツにジーンズなど、軽快な出で立ちをしている分だけ、ちょっと偉く感じられる。色黒く焼けた肌と、日本人にしては彫りの深い顔立ちが印象的だ。

端的に称すると、ぶっちゃけヤクザみたい。

「山崎さん、こちらがうちのナンシーちゃんに精霊王様です」

すぐさまオーナーから紹介を受けた。

うちの、などと語ってみせる辺りに、彼の気合いの入りようが窺える。こちらのライブハウスに所属している訳ではないけれど、わざわざ人前で否定することも憚られたので、我々は素直にご挨拶をする。

「ナンシーです。どうぞよろしくお願いします」

「よろしくお願いしまぁす！」

淡々と受け答えするナンシー隊長に対して、精霊王様は元気一杯のご挨拶。

対照的な反応を目の当たりにして、ディレクターの注目は後者に向かった。

「あら？　そっちの子、お喋りできないって聞きましたけど？」

既に我々のことは多少なりとも聞き及んでいるみたい。

精霊王様を見つめて、ディレクターが首を傾げた。

これに答えるのは彼女の通訳担当であるブサメンの役割。

「こういった状況に備えて、簡単な挨拶だけは覚えて頂きました」

「なるほど、お利口さんなんだね」

相手が見た目女児っている為か、ディレクターの態度はとても柔らかい。人の良さそうな笑みを浮かべつつ、わざわざ両手を膝について、ブサメンや精霊王様と目線の高さを合わせつつの受け答え。

つい先程はスタッフ相手に、怒鳴り声を張り上げていたような気もするけれど。

「それじゃあ、アンタたちは楽屋で支度を頼んだぜ」

「台本は昨日届けられたものと変わりありませんか？」

「ああ、予定通りだ」

「承知しました」

オーナーとディレクターに見送られて、ブサメンと精霊王様は楽屋入り。

閉じたドアや壁越しに、テレビ局のスタッフの動き回る気配が届けられる。これを耳にしながら、マイクの調整をしたり、モーションキャプチャーの具合を確認したりと、機材のチェックを行っていく。

　しばらくするとリハーサルのお時間。

　ドラマか何かで見た覚えのある男性のアイドル俳優がやってきて、マイクを片手にリポーターの体で動き始めた。対応するのは主にオーナーのお仕事。自身や精霊王様は、事前に台本で指示されたとおり動いて受け答え。

　そうこうしている間に日が暮れて、ライブハウスの営業時間がやってきた。

　オーナーの案内に従って、一部のお客さんがホールに招き入れられる。

　ステージの上ではバンドマンが演奏を始めた。

　演者の一部に見覚えがあるのは、先週もこちらを訪れていた方々。恐らくは本日の為に、オーナーが改めて声をかけたのだろう。面識のないバンドを出して、カメラの前で失敗したら目も当てられない。

　ところで、番組の放送時刻は午後八時から九時まで。いわゆるゴールデンタイム。店舗の営業開始から番組の放送までには多少の猶予がある。その時間を利用して、生放送の間に挟む映像の先撮りなどを済ませる。

　エキストラ担当となるお客さんたちは、リポーター役のアイドル俳優を目の当たりにして大変賑やかにしていた。とりわけ女性客の反応が顕著である。キャーキャーという声が楽屋にまで響いていた。

　そうして訪れた番組の開始時刻。

　出番が来るまでブサメンと精霊王様は楽屋で待機。暇な時間は手元の端末で、今まさにオンエアされている番組を眺めて過ごす。

　リポーター役のアイドル俳優がライブハウスを目指して、近隣の路上を歩いているところからスタート。店舗周囲の路上には、ホール内に入り切らなかったお客さんが大量に見られる。これをかき分けるようにしてのご来店。

　受付スペースを過ぎると、まず見えてきたのはバーカウンターやテーブルが設置された飲食のためのスペース。こちらで事前に用意されたエキストラから台詞をもらいつつ、リポーターは防音扉を越えてホール内へ。

　店内では既にバンドの演奏が行われており、その光景をカメラが捉える。

「こんなに賑やかな場所なのに、前に立ったニンゲンの声がしっかりと聞こえてくるの凄いねぇ。私たちは耳にイヤホン？　っていうの入れてるくらいなのに、テレビだと普通に会話が聞こえちゃってるよぉ」

「音量の管理はリハーサルでもかなり入念に行っていたようです」

ネット上でも本日の放送はアナウンスが為されており、ソーシャルメディアのアカウントには関係各所からコメントが連なっていた。我々が訪れた当初と比較すると、フォロワーの数は三桁ほど上昇を見せている。大変な賑わいだ。

ふと気になって番組名を検索してみると、メディア上でトレンド入りしていた。

当然ながら、延々とバンドの演奏を映している訳にもいかない。しばらくステージを映していたかと思えば、画面が現地から切り替わり、事前に撮影されたオーナーのインタビュー映像や、番組のスタジオでのトークなどが映される。

その間にホール内では、バンドの入れ替えやカメラの移動などが実施。

あっという間に時間は過ぎて、放送枠もコマーシャルを三回挟んだ辺りで、ブサメンと精霊王様の出番がやって来た。最後は音楽番組よろしく、視聴率が取れそうな

我々のステージで盛り上げるとの指示を受けている。

演目は先週と同様。

メインはディスプレイに映し出された立体モデル。その周りを囲むように、本物のバンドマンによるギターやベース、ドラムが配置されている。見覚えのある面々は、前回もこの場でセッションして下さった方々で間違いない。

女児二名はディスプレイとパーティションを挟んだ先で歌唱とダンスを担当。

直前には店舗前に待機していたお客さんにも出入りが開放されて、沢山の観客が詰めかけた。疎《まば》らであったホール内は撮影の為に、あっという間に人で満たされて、乗車率百五十パーセントほどの過密空間へ。

これを確認したところで、いざ演奏が開始。

しかし、伴奏が始まった直後の出来事である。

「おいおい、こいつはどうなってるんだ？　オーナーさんよぉ！」

会場内へ打ち合わせにない声が響いた。

拡声器越しの少し音割れした大声だ。

出処は人で満たされたホールの中程。

皆々の注目が声の出元に向けられる。

「よくまあ平然と、テレビにまで顔を出していられるもんだ！」

そこには帽子で目元を隠した男性が立っていた。

音響スペースに着いたオーナーを睨むように見つめている。

周囲からの注目が自らに集まったことを確認して、男性は帽子を手に取った。その下からお目見えしたのは、我々も覚えのある強面とスキンヘッド。以前にも、仲間を率いてライブハウスに突撃してきた半グレだ。

わざわざ拡声器を持ち込んでまでの登場。

「えっ、なんか変な人来てない？」「撮影の演出とかじゃなくて？」「それにしては見た目が本格的過ぎるような気がするんだけど」「見るからにヤバいでしょ」「こんな刺青だらけの芸人、絶対にいないって」「シールとかじゃなくて？」

見るからに反社会的な風貌を受けて、周囲に居合わせた観客が距離を取る。

予期せぬ出来事を受けて、バンドマンたちの演奏もストップ。


観客も声を潜めてフロア内が静かになった。

これ幸いと、半グレは唸るように声を上げる。

「本来なら声を当てるべきキャストがいるのに、どうして勝手にライブなんかしちゃってるのか、説明をしてもらえませんかね？　一方的に契約を破るような真似、まさか許されると思っているんですかい？」

オーナーに向けられていた眼差しが、男の隣に立っている人物に移った。

二十歳ほどと思しき女性だ。声を上げている彼が、身体の随所に刺青を入れたスキンヘッドの粗暴者であるのに対して、あまりにも普通な出で立ちの人物。周りからの注目に気圧された様子からも、半グレの彼とは縁遠い背景を想像させる。

そして、オーナーはそんな彼女と面識があるみたい。

「き、君は……」

相手をひと目見て、顕著な反応を示した。

元カノとかだろうか。

いや、年齢が離れ過ぎている。

そもそもこの状況で何故に。

「ほら、なんとか言ってやったらどうなんだ？」

周囲から与えられる疑念の眼差し。

これに応えるかのように、半グレから女性に催促がかかる。

手にした拡声器のマイクホン部分がその口元に向けられる。

すると促された彼女は、オーナーに向けて声も大きく訴えた。

「教えてください！　どうして私からこの子を取り上げたんですか⁉」

同時に女性の腕がスッと伸ばされる。ピンと伸びた右手の人差し指がステージ上、大型のディスプレイに映し出された立体モデルを指し示す。彼女が言うこの子とは、ライブハウスのマスコットのことみたい。

当然ながらオーナーからは反論が。

「ちょっと待って欲しい。君は何を言っているんだい？」

「はぐらかさないで下さい！」

女性は手にした鞄から紙を取り出した。

製本テープで整えられた数枚からなる書類だ。

これをオーナーへ示すように掲げて口上を続ける。

「こうして契約書まで交わしたのに、私を追い出すなんて酷いと思います！　本当なら私が演じるはずだったのに、どうして他の子がやっているんですか⁉　それもまだ小さな子供なんかが！」

「オーナーさん、もしかしてロリコンかい？　子供が好きな危ない人？」

囃《はや》し立てるように半グレからも声が上がる。

いいえ、むしろそれは私です。

オーナーが熟女好きであることは、仕事場でパソコンをチラ見したとき、ブラウザの予測変換にそっち系の女優がやたらと出てきたことで把握している。道理でナンシー隊長や精霊王様に興味を示さない訳である。

不本意な誹《そし》りを受けたことで、本人からもすぐさま反論があった。

「待って欲しい。むしろ君の方こそ一方的に、弊社との契約から逃げていたじゃないか」

「逃げる？　どうして私が逃げたりしなきゃいけないんですか！　私はオーナーさんから言われて、その立体モデルに声を当てる為、色々と勉強をしていました。それなのに理由も伝えられないまま、いきなり捨てられてっ……」

半グレの彼と一緒にやってきた女性、その素性が判明した。

我々が訪れるより以前、立体モデルの中の人として、オーナーから内定を得ていた人物のようだ。一連の経緯は自身も彼から説明を受けた。地上げ騒動が表面化したのと時を同じくして、音信不通となってしまった方である。

オーナーの立場を崩すべく、半グレに利用されているのだろう。

ディレクターの山崎さんは顔色を真っ青にして、カメラマンに指示を出す。

即座に番組はシーンが切り替わって、映像が現地からスタジオに移った。

完全に放送事故。

テレビで放送されている番組は、ステージ裏に控えた女児二名からも確認ができる。いつもは動画投稿サイトの映像やコメントを映している天井付近のモニターに、本日はテレビ中継が映し出されているから。

「これもテレビの演出っていうやつなのかなぁ？」

「事前に連絡がありませんでしたし、間違いなく事故でしょう。恐らくは本日の撮影を利用して、追い打ちを掛けにきたものと思います。ライブハウスも人気商売ですから、オーナーの立場を崩しに訪れたのではないかなと」

ディレクターの山崎さんは今にも卒倒しそうな面持ちでどこかと電話。

リポーターを務めていたアイドル俳優も困惑を隠し得ない。

生中継は完全に停滞。

ホールに詰めかけたお客さんたちの間でも喧騒が広がり始める。

「ナンシーちゃんや精霊王様以外にも、候補の子がいたってこと？」「契約を無視とかやばくない？」「ロリコンってマジ？」「たしか今やってる子たち、オーナーの親戚だって聞いたけど」「隣のスキンヘッドの人、明らかに普通じゃない気がするんだけど」「生放送中なのに、これって大丈夫なの？」

他方、放送が移ったスタジオでは、痛いファンが現場に詰めかけてきた、といった体で番組参加者が会話を交わし始める。現地の騒動をどうにか誤魔化そうと、一生懸命に対応して下さっている。けれど、視聴者にはどのように映ったことだろうか。

　手元の端末でソーシャルメディアをチラリと確認。

　すると既に炎上しているから大変だ。

　取り分けオーナーのロリコン疑惑が凄まじい勢いで拡散されている。

「事前に注目されていた分だけ、話題が広がるのも早いですね」

「どーするの？　放っておいていいのかなぁ？」

「できれば、どうにかしたいところですが……」

　相手が暴力に訴えてきたのなら、こちらも暴力で解決するという作戦が取れる。

　舞台演出の一環ですと宣いつつ、以前のようにナンシー隊長が場外乱闘の体で頑張ればいい。けれど、今回は先方も弁の上で仕掛けてきた。こうなると腕を振るうしか取り柄のない女児には辛い。

　好転の兆しが見られたライブハウスの行く末に、早くも豪雨の予感。せっかく付いたお店のファンも、こうなってはどうなるか分からない。来週の営業も危ぶまれる事態。オーナーに寄生している女児三名の生活もピンチである。


　精霊王様の魔法にお頼み申し上げたら、上手いこと解決できるだろうか。この場からおかえり願うだけであれば、不可能ではないように思う。しかし、テレビで放映されたやり取りを取り繕う方法が浮かばない。

　そうしてブサメンが必死に考えを巡らせ始めた時分のこと。

　更なる騒動が現場を襲った。

　フロア内にズドンと、爆発音が届けられたのである。

　ファイアボールでも炸裂したかのような気配だ。

「えっ、今度はなに？」「なんか凄い音が聞こえてこなかった？」「ちょっと距離があるような感じがするけど……」「店の外だよね？　中じゃないよね？」「もしかして、ガス爆発とか」「店内に入れなかった連中がキレたんじゃない？」「地面がビリビリって揺れたような感覚があったんだけど」

　ステージを前後に仕切っているパーティションの裏面には、ホール内の映像がプロジェクターにより映し出されている。なので我々からも、お客さんの様子はリアルタイムで確認ができる。そして、こちらに変化は見られない。

となると、防音扉を挟んで向こう側、バーカウンターやテーブルの設けられているスペースが狙われたのではなかろうか。音源から距離が感じられたのは確かだ。けれど、いくらなんでも爆発物を用いるような真似は、やり過ぎではなかろうか。

誰もが半グレに疑いの眼差しを向ける。

すると、これには本人も驚いたようで、オーナーに向かい怒鳴り散らす。

「おいテメェ！　い、いきなり何をしやがった!?」

「アンタが犯人じゃないのか？」

「どうして俺がそんなことをしなくちゃならないんだよ！」

「この状況でそんなこと言うなんて、そちらさん頭おかしいだろう」

「う、うるせぇ！」

どうやら犯人は半グレではないみたい。

受け答えするオーナーよりも尚のこと慌てている。

しかし、それでは一体何が。

疑問に思ったところで、答えはホールの外からやってきた。

バタンと大きな音を立てて、防音扉が勢いよく開かれる。

姿を現したのはテレビ局のスタッフの方。

その口から刺激的な報告が為された。

「た、大変だ！　喋る魚とアザラシが、空で戦闘機と喧嘩してるぞ！」

短い台詞なのに、情報量が多過ぎやしないか。

それでも一発でサバ氏の所業だと分かってしまうのが悲しい。

＊

店外の事情が伝えられたことで、テレビ中継は完全にストップ。

お客さんは元より、ライブの出演者やテレビ局のスタッフ一同、皆々で店外へ移動することになった。ただでさえ人が溢れて窮屈な空間、もしも万が一があっては大変なこと。早急に避難する必要がある、との判断だ。

ブサメンと精霊王様もこれに倣って屋外に移動。

すると路上に出るや否や、とてもセンセーショナルな光景が目に飛び込んできた。

「あぁん、海王が暴れてるよぅ」

「これはもはや言い逃れできませんね……」

サバ氏が戦闘機とバトっている。

空を縦横無尽に飛び回るお魚の姿が、地上に近づいてきたタイミングで我々の目にも入った。ほんの一瞬の出来事ではあったけれど、海王様で間違いない。しかも何故なのか、隣にはアザラシが随行。彼と一緒に空を飛び回っている。

彼の相手をしているのは戦闘機や戦闘ヘリだ。

市街地上空にもかかわらず、複数の機体が轟音を立てて飛び回っている。しかも遠慮なく火器を利用しているから驚いた。夜の暗がりに浮かび上がるように、ミサイルや機関銃より放たれる閃光が目を引く。

テレビ局のスタッフの方が言っていた通りである。

地上に目を向けると、ライブハウスが収まったビルのすぐ近くの路上で、戦闘機が墜落、炎上しているのが目に入った。近隣住民も騒ぎに気づいて、今まさに右へ左へ逃げ惑っていらっしゃるから大変な騒ぎだ。

先程聞こえてきた爆発音は、こちらの機体が地上に落下した際のものだろう。

「お、おい、アンタ！」

「どうされましたか？　オーナー」

路上に出るや否や、すぐにオーナーから声を掛けられた。

その面持ちは過去になく驚いていらっしゃる。

「どうしたもこうしたもあるかよ、こりゃどうなってんだ⁉」

「それを私に聞かれましても……」

全力ですっとぼける作戦。

しかし、駄目だった。

彼は空に浮かんだお魚を示して言う。

「アレもアンタたちのお仲間だったりするんじゃないのか？」

「そうですね。仲間でないと言えば、嘘になってしまいます」

「マジかよ……」

愕然とするオーナー。まさか冗談のつもりだったのだろうか。

周囲からは、コイツら何言っているんだ？　みたいな注目が。

一方でテレビ局の人たちは大興奮。

「おい、ぼけっとしてないでカメラを回せ！　こんな美味しい状況、まさか逃していられないでしょ。持ってきたカメラは全部回せ！　責任は俺がとるから、手が空いてるヤツは片っ端から撮影！　スタジオにも連絡を入れて！」

ディレクターの山崎さんの怒声が界隈に響く。

スタッフの方々は逃げることも忘れて、大慌てで撮影を始めた。

ライブハウスを訪れていたお客さんたちの反応は人によって様々だ。我先にと路上を逃げ出していく方々がいる。他方、地下こそ安全だと判断して、ライブハウスに戻っていく人たちも見られた。

歩道に立ったまま、スマホのカメラを構えているような強者も見られる。

そうこうしている間にも追加で一機、サバ氏の攻撃を受けた戦闘機が撃墜。我々の見ている前で、一つ先の通りに落ちていった。先程耳にしたのと同じ、ズドンという爆発音が近隣一体に響き渡る。


自身はどうするべきか。

まさか放ってはおけない。

「精霊王様、すみませんが目隠しをお願いします」

「仕方がないなぁ」

「あ、おいっ！　アンタたちどこへ行くつもりだ!?」

「オーナーは地下フロアに避難していて下さい」

精霊王様と連れ立って、我々は他者の目から逃れるように細路地へ移動。

周囲に人目や監視カメラがないことを確認の上、彼女の魔法のサポートを受けて姿を誤魔化す。

「これで海王以外からは姿が見えなくなったと思うよ！」

「ありがとうございます。それでは行って参ります」

この場はブサメンが頑張るしかない。

精霊王の座を辞職された昨今のメスガキ王様は、エディタ先生やロリゴンと同じくらいの力しか備えていない。

サバ氏のメンタルがどういった状況にあるのかは不明だけれど、荒ぶる彼の面前に立つような真似は自殺にも等しい。

ということで、醤油顔は飛行魔法を行使して空に飛び立った。

月明かりや街灯といった光源の他、ミサイルや機関銃の照準を頼りに、空を舞っているサバ氏を捕捉。何故か傍らに浮かんでいるアザラシのおかげで、夜空の下にありながらも、どうにか先方の姿を目で見て追いかけることができた。

「海王様、これはどうしたことでしょうか！」

「あぁ、やっと姿を見せましたか。ニンゲン」

「いきなりですが、事情の説明を願えませんか？　この世界の文化や社会常識については、多少なりともお伝えしていたことと存じます。貴方が相手にしているのは、こちらの世界の軍隊に他なりません」

サバ氏と並走するように空を飛びながらの問いかけ。

ところで、その間にチラリと目に入ったのが、空を飛び交っている戦闘機やヘリのボディーに入れられたマーク。見慣れた日の丸ではなく、お隣の友好国のモノと思しきマークが見られるから、背筋にブワッと汗が浮かび上がる感覚。

道理で遠慮なく火器を振るっている訳だ。

「それはこちらの台詞です、状況を説明して頂きたい」

「どういうことでしょうか？」

「貴方たちと合流する為、こちらの島国に向かい飛んでいたところ、いきなり攻撃を受けたのです。こちらは交戦の意思を示していないにもかかわらず、執拗に追いかけ回してくれるからたちが悪い。なんなのですか、この失礼な輩は」

眉間にシワを寄せて不機嫌そうに語るサバ氏。

おかげで即座に状況を把握できた。

先日、沖縄に進路を取った我々と同じだ。

飛行魔法で空を飛んでいたところ、本国のレーダーサイトに捕捉されたのではなかろうか。海王様にしてみれば、野良のドラゴンに喧嘩を売られたようなものだろう。それでも穏便に身を引いたところ、延々と追いかけられている、みたいな。

「空間魔法で場所を移しても、すぐに何処からともなくやって来るのです。互いの力関係が理解できないのでしょうか？　せっかく私が身を引いているというのに、意味が分かりません。苛立たしいにも程がありますよ」

「確認ですが、撃墜したのはあちらに見られる機体が最初となりますか？」

「先に手を出してきたのはこの者たちです。対処したところで何か問題でも？」

「…………」

この様子だと、軽く見積もっても事前に二、三機は撃墜していそう。当然ながら相手方も黙ってはいられず、こうして空中戦と相成ったのだろう。そのうちの最低一機が友好国の機体であったに違いない。

レーダーにこそ映れど目には見えない正体不明の飛行物体が、味方機を撃ち落としながら、都市部に向けて飛行している。だとすれば、航空戦力としては迎撃しない訳にはいかない。彼らにしてみれば宣戦布告されたようなものであるから。

友好国の軍部が下した判断としては、これ以上なく頼もしい。

各国の上層部は、今頃とんでもないことになっていそうだけれど。

そして、我々が会話をしている間にも、ミサイルやら何やらは休みなく飛んでくる。

「面倒ですね、まとめて吹き飛ばしてしまいましょう」

「待って下さい、どうか穏便にっ……」

「これは私とこの者たちとの問題です。貴方には関係がありませんよ、ニンゲン」

言うが早いか、海王様の頭上に魔法陣が浮かび上がった。

その中央から発せられた輝きが、空を飛び交っていた戦闘機に向かい伸びていく。仰向けのシャワーヘッドから放たれた水流のように、幾本もの光芒が夜空を背景にキラキラと尾を引きながら。それも結構な速度である。

まさか見て見ぬ振りはできなくて、ブサメンはファイアボールを大量発注。

発射速度に定評のあるモバイルFランを射出。

閃光の進路を妨害するように行く先を被せた。

両者が接するのに応じて、各所でズドンズドンと大きな炎が吹き上がる。無事に撃退を確認。サバ氏の下を出発した輝きはすべて、ファイアボールの炸裂により消滅した。戦闘機に被害は見られない。

自ずと彼からは非難の眼差しが向けられる。

「ニンゲン、私の邪魔をしないでもらえませんか？　たしかに先の話し合いでは、貴方と交渉の席を持ちました。しかし、それとこれとは話が別です。私の行いを阻害するというのであれば、貴方も敵とみなします」

次の瞬間にもサバ氏の姿が消失。

隣に浮いていたアザラシも同様。

どこへ消えたのかと、大慌てで近隣に視線を巡らせる。するとと少し離れた場所で、今しがたと同じような魔法陣が浮かび上がった。数百メートルほどを離れて、別所で攻撃の態勢に入ったようだ。

「待って下さい！」

拒絶されたからといって、素直に身を引く訳にはいかない。

大慌てで彼の下に飛んでいくブサメン。

鳥王様や虫王様が相手であったら、まだ交渉の余地があったかも。

けれど、相手はよりによって海王様。

以降、我々は追いかけっこだ。

「鬱陶しいニンゲンですね！」

「くっ……」

サバ氏の放つ攻撃の一端が、ブサメンに対しても向けられるようになった。ただ、それでも異世界で目の当たりにした魔法と比べたら、幾分か控えめである。多分、本気でこちらと事を構えるつもりはないのだろう。


自尊心と損益のバランスが、ギリギリのところで彼を躊躇させている。

ただし、その間にも戦闘機や戦闘ヘリからは攻撃が止まない。

なんなら遥か遠方、海上と思しき方角からもミサイルが飛んでくる。近海に待機した巡洋戦艦などから攻撃を受けているのではなかろうか。立て続けに戦闘機を落とされたことで、お隣の友好国がお冠《かんむり》の予感。

龍王様のブレスと比べて、どちらが強いだろう。

少なくとも機関銃による攻撃は、飛行魔法の行使に際して展開される障壁により阻まれている。けれど、ミサイルの直撃は分からない。一瞬にして蒸発、気づいたら回復の間もなく死んでいました、といった展開は避けたい。

現代兵器と事を構えるのは、自身も今回が初めての経験。

これまで回復魔法による治癒と、飛行魔法による回避に頼ってきたブサメンの守備事情を思うと、音速を越えて正確無比に迫る驚異に不安を覚える。こんなことならバリア的な魔法も覚えておけばよかった。

けれど、それをしていたら、先代の魔王様との戦いで敗北していたという事実。あまりにもかつかつなスキルポイント事情。戦闘機や戦闘ヘリが相手なら、むしろ精霊王様の方が健闘しそうな気がする。

ということで、ミサイルの類いについてはファイアボールをばらまいて対応。

夜空にブースターの煌《きら》めきが確認できた時点で、即座に追尾式のモバイルFランを向ける。幸いにして機動性能はこちらの方が上のようだ。雨あられと降りかかる大小様々なミサイルを、ことごとく上空で迎撃。

都心の空に矢継ぎ早、あちらこちらで炎が吹き荒れる。

「海王様、どうか私の言葉を聞いて下さい！」

「黙りなさい、ニンゲン。貴方はどうしてこうまでも、他者の行いに肩入れをするのです。この者たちと貴方、どのような関係があるというのですか。他人なのであれば、黙って見ていればいいでしょう」

「でしたらせめて、隣に浮かんでいるアザラシの説明だけでもっ……！」

「この者は私の大切な友人です。手を出したら貴方といえども容赦はしません」

時間稼ぎのつもりで尋ねてみたけれど、むしろ疑問が増えたアザラシの存在。一瞬、異世界から自前で呼び出した仲間なのかも、などと考えた。けれど、どこからどう見ても普通のアザラシである。めっちゃ可愛い。ナデナデしたい。

そして、こうなると危険なのは近隣に住まっている方々。

当然ながら地上の被害は甚大。

サバ氏を追いかけつつ、ブサメンは回復魔法を行使である。

「ヒールッ！」

近隣一体を対象として、エリア型を放つ。

自身が持ちうる最大パワーで繰り返しのヒール、ヒール、ヒール。

かなり適当に放っている手前、魔法の存在が露見してしまうかもしれない。近い将来、余命宣告を受けているような人たちが、なんの脈絡もなく完治をみせる展開が、そこかしこで頻発するような気がする。

ただ、それを気にしている余裕もない。

サバ氏の攻撃魔法はまだしも、人類の徹底抗戦による被害は深刻だ。

このまま放っておいては、死傷者の大量発生も免れない。

人類側の戦力は、未知なる飛行物体の撃墜と捕獲に躍起となっている。

どこからともなく現れて、多数の戦闘機やミサイルを掻い潜り、悠々と同盟国の領空を侵犯。そのような行いが可能な兵器の存在を、他国の手元に認める訳にはいかない、という意思が如実に窺える。

なんなら空間魔法によるワープも、把握している可能性がある。そうなると先方としては喉から手が出るほどに、サバ氏を欲していることだろう。ここで逃したら今以上の被害が見込まれる、などと考えたのなら、一連の対応も分からないではない。

こうなるとブサメンも腹を括る必要に駆られる。

これ以上の喧嘩はまかり通りません。

「海王様、どうか手を止めて下さい！」

真っ黒なファイアボールを駆使することで、サバ氏の誘導を試みる。

醤油顔が想像したとおり、彼はこちらの魔法を確認すると、すぐさま空間魔法による移動を始めた。モバイルFランとは異なり対処が面倒な代物である。そのしつこさは海王様も異世界での騒動で重々把握していることだろう。

こうなると戦闘機を相手にしている暇もなさそうだ。

そうした先方の出現先を予想の上、ブサメンも空間魔法でジャンプ。何度か当てを外しつつも、空を飛び回る黒色のファイアボールを増やしていく。すると、同様の行いを何度か繰り返したところで当たりを引いた。

上手いこと海王様のすぐ近くにジャンプアウト。

咄嗟、ブサメンはお魚ボディーに飛びついた。

両腕でギュッと抱きしめるように捕獲。

「捕まえましたよ、海王様」

「っ……!?」

サバ氏、ゲットだぜ。

めっちゃヌルヌルしている。

ツルッと逃げられてしまいそう。

その耳元で間髪を容れずに訴える。

「彼らが海王様に働いた無礼の数々は、改めて私から謝罪をさせて頂きます。ですからどうか、この場は拳を納

WINE
BF1

めては頂けませんか？　でなければ私としても、これ以上は看過できない状況にございます」

「…………」

次の瞬間にも、空間魔法で脱せられるかと思った。けれど、サバ氏はこちらの声に耳を傾けて下さった。

「本当にしつこいニンゲンですね、貴方は……」

ハァと溜息を吐いて、海王様は仰った。

どうやら落ち着いて下さったみたい。

諦めた、とも言えるかもだけれど。

「私のような者の言葉に耳を傾けて下さり、誠にありがとうございます」

「傾けなければ、延々と私を追い回す腹積もりであったのでしょう？」

「あと、お願いついでに近隣一帯の守りを固めて頂けたら嬉しいのですが」

「はぁ？　それくらい自分で行ったらどうなのですか？」

「申し訳ありません、その手の行いが苦手でありまして……」

「まったく、貴方くらいですよ？　私にこうまでも失礼な態度を取るのは」


サバ氏の軽口に応じて、付近を掠めていた火器が消失。目に見えないバリアのようなものが周辺を覆うように包み込んだ。結構な規模で展開して下さったようで、向こう数軒、ご町内の安全は担保されたのではなかろうか。

接近し過ぎたヘリが障壁にローターをぶつけて墜落、炎上。申し訳ないとは思うけれど、こればかりは仕方がない。搭乗員の無事を祈りつつ、ブサメンは落下地点に向けて、何度か繰り返して回復魔法を放っておく。

そうこうしていると、オーナーたちが駆けつけてきた。

精霊王様の姿も見られる。

テレビ局の方々も一緒だ。ディレクターの山崎さんを筆頭にして、カメラを構えた撮影スタッフや、マイクを片手にインタビューを行っているアイドル俳優の姿が見られる。現在も中継を続けているようだ。

改めて付近の様子を確認してみると、ライブハウスからそう離れていない地点。

「アンタ、一体これはどういうことだ？」

「オーナー？」

現在の我々は、路上から数メートルの高さに浮かんでいる。

自身の足元の辺りに街灯が灯っている。

こちらを見上げてオーナーが言った。

予期せぬ反応を目の当たりにして、ブサメンは疑問も一入《ひとしお》。

だって自身の姿は、精霊王様の魔法により誤魔化している筈だから。

「まさかとは思いますが、私の姿が見えているのでしょうか？」

「んなもん当然だろう？　何を言ってるんだよ」

「精霊王様、これは……」

「申し訳ないけど、今の私じゃあカバーしきれなかったよぅ」

どうやら彼女の魔法は解けてしまっていたみたい。

北の大国への侵入捜査時、変身魔法が回復魔法で元に戻ってしまったように、見た目を誤魔化す魔法もまた、空間魔法やら何やら、自身が自身に行使した魔法の影響を受けて、消失してしまったのだろう。

結果、観衆の面前に晒されてしまったナンシー隊長の活躍である。

「皆さん、こちらの映像をご覧下さい！　なんとナンシーちゃんが空に浮かんでおります。彼女が抱いているのは魚類、魚類なのでしょうか？　しかも何故なのか、すぐ近くにはアザラシが同じように浮かんでいます！」

リポーター役のアイドル俳優が、容赦なく現地の状況を実況。

多数のカメラがこちらに向けられて、空に浮かんだ我々を映している。

それだけでも大変なのに、この期に及んで我々の身辺に変化が見られた。

空中にプカプカと浮かんでいる醤油顔。

そのすぐ近くに生じた、蜃気楼さながらの現象。

視界の隅に見られた変化に意識を向けると、そこには空間を切り取ったかのように、別所の光景が浮かんでいる。額縁の失われた窓のように、境界のハッキリとしない何かの先に、見慣れた人たちの顔がいくつも並んでいた。

「貴様よ、夜分にすまない。今から少しいいだろうか？」

『おい！　元気か⁉　ちゃんとごはん食べてるか⁉』

なんとこのタイミングで異世界から連絡とか、本当にもうどうしよう。

＊

【ソフィアちゃん視点】

本日、通算で三回目となる召喚魔法のお時間がやって参りました。

前回及び前々回と、なんの成果もなく終えられてしまったタナカさんたちとのやり取りです。それを踏まえてここ数日は、我々も様々な検討を重ねて参りました。議論はドラゴンシティ内に留《とど》まりません。

ペニー帝国の王立学園や学園都市の研究機関、更には北の大国の各機関にまで知見をお借りすることになりました。王様たちも町長さんのお屋敷に滞在しながら、連日にわたって検討をされておりました。

しかし残念ながら、これだという案は出てきませんでした。

悩みに悩んでおりますうちに、前回と同じだけ日にちが過ぎてしまいました。

そこで今回は、タナカさんたちと連絡だけでも取ることが決まった次第にございます。

現場は以前と変わらず、武道大会で利用した会場であります。

そのステージ上に皆々で集まっております。

ちなみに本日は、日が暮れてからの挑戦となります。エルフさんから、時間的な条件を変えてみてはどうだろうか、との意見が上げられましたところ、賛成一致で夜中にチャレンジすることとなりました。

「よし、それでは度々申し訳ないが、今回も魔法を頼めないだろうか？」

「エルフよ……私から、一つ……提案が、ある……のだが、いいだろうか？」

「なんだろうか？　樹王殿」

いざ召喚魔法を、といったタイミングで樹王様から声が上がりました。

どこから取り出したのか、片手に果実のようなモノを差し出しております。

「この果実を……そのニンゲンに……与えたい。多少は、魔法から……受ける、負荷が……軽減される……のではないかと、思う。向こうと……連絡を……とっている時間が、増えるものと……思う」

「それはもしや、生命の実ではないだろうか？」

「うむ……その……通りだ」

「えっ⁉」

エルフさんの問いかけを耳にして、殿下はギョッとした面持ちです。

これに構わず、樹王様は手にした果実を彼女に差し出します。

「向こうしばらく……苦労を、かける。……少しでも……負担を……減らしたい」

「いやでも、そ、それってまさか、不老不死の神薬とか言われてるヤツじゃ……」

挙動不審となったニップル殿下が、縋るような眼差しをエルフさんに向けました。

これどうすればいいんだよ、とでも言いたげな表情をされておりますね。生命の実といいますと、メイドも耳にしたことがあります。昔話やおとぎ話に度々登場する代物ですから。しかし、当然ながら実物は初めて目にしました。

というか、そのような凄い果実が、本当に存在していたとは驚きです。

「差し支えなければ、我々としても食してもらえると助かる。過去にこの果実を口にした者と出会ったことがあるのだが、少なくともその事実を嘆いているようなことはなかった。貴殿は既に肉体も十分成長しており、損がある話ではないと思う」

「……ほ、本当に、私なんかがもらっていいのか？　後で返せとか言われたり……」

「問題……ない。その為に……用意した。返却は……望まない……約束、する」

樹王様から差し出されたそれを、殿下はおっかなビックリ受け取りました。エルフさんのお言葉からも、危ないものではないと判断されたようです。そして、意を決した面持ちとなり、ひと思いに齧《かじ》り付かれました。

シャクっと小気味好い音が聞こえて参ります。

「あっ……美味しい」

どんな味がするのでしょうか。

料理屋の娘としては風味が気になるところです。

すると、時を同じくしての出来事でございます。

彼女の足元に魔法陣が浮かび上がりました。

しかも二つ重なり合うようにです。

「んふぇ!?」

「そういうことであれば、余からもその方に儀式を与える。どこまで効果があるかは分からぬが、負荷に耐えかねて倒れた場合でも、余程の無茶をしない限り、命を失うようなことはなくなるだろう」

「仕方がないなぁ。だったらアタシも妖精の加護を与えてあげようじゃないかい」

龍王様と妖精王様です。

どうやらお二人からも、ニップル殿下に何かあるようでございます。

「ファーレン卿よ、生命の実に龍族の儀式、更には妖精の加護までをも身に受けた者が、果たしてこの世界にどれだけ存在したじゃろう。我々は今まさに、とんでもない光景を目の当たりにしておるのではなかろうか」

「う、うむ。まさか現物を拝見する日が訪れるとは思わなかった」

ジャーナル教授とファーレン様のお二人も、随分と驚いておられます。

皆さんの見つめられている先で、ニップル殿下の肉体が眩い閃光に包まれました。直視することも憚られるほどの光量です。龍王様の儀式と妖精王様の加護なるものが、今まさに殿下に与えられているのでしょう。

やがて光が収まった時、彼女の手の甲には模様が浮かび上がっておりました。

自身の手にある模様と、同じ様なデザインでございます。

以前、妖精さんから封印を解いたお礼に頂いたものです。

当時のメイドは彼女に、お肌の具合を相談したことかと思います。以来、おかげさまで肌艶もよろしく、大変ありがたく感じている次第にございます。ですが、それがどうして召喚魔法の行使と関係してくるのでしょうか。

今更ながら、自身に与えられた模様に不安を覚えてしまいますよ。

「儀式は為された。魔法を行使するといい、ニンゲンよ」

「アタシが協力してあげてんだから、しっかりと頼むのだよ!」

「う、うん。それじゃあいくぞ!」

龍王様と妖精王様からの催促に、ニップル殿下が改めて声を上げられました。

手にした杖を掲げると、彼女の足元に魔法陣が生まれます。

直後には殿下から向かって正面に、これまでも目の当たりにしてきた現象が発生です。ここではないどこかに通じた、枠のない窓のようなモノが浮かび上がりました。背景が掻き消えると共に、別所の光景が我々の目に入って参ります。

まず目に映ったのはタナカさんの姿です。

以前と同じく、可愛らしい女の子の格好をした彼が、すぐに映し出されました。

誰にも先んじて反応を見せたのは、エルフさんとドラゴンさんです。

「貴様よ、夜分にすまない。今から少しいいだろうか？」

『おい！　元気か!?　ちゃんとごはん食べてるか!?』

あちら側もこちらと同じく夜間のようです。背後には夜空が見受けられます。また、本日はタナカさんや精霊王様のみならず、海王様もご一緒されておりますね。タナカさんに抱っこされる形で、お魚様の姿が見られますよ。

ところで、そのすぐ隣に浮かんでいる可愛らしい動物はなんなのでしょう。

＊

ただでさえ大変な状況なのに、更にエディタ先生たちから連絡が入ってしまった。

我々のすぐ近くに浮かび上がった異世界の光景。

そこに映し出された見覚えのある面々。

「貴様よ、夜分にすまない。今から少しいいだろうか？」

『おい！　元気か!?　ちゃんとごはん食べてるか!?』

エディタ先生たちと連絡を取れた事実は、とても喜ばしい。喜ばしいのだけれど、この状況では受け答えをしている余裕もない。精霊王様による目隠しの魔法だって、予期せず浮かび上がった異世界の光景までは考慮していないだろう。

ブサメンは大慌てで対応を試みる。

「せっかく連絡を頂いておきながら、勝手なご相談となってしまい申し訳ありません。こちらの魔法でのやり取りなのですが、ほんの少しだけ、お時間を改めて頂くようなことは可能でしょうか？」

「と、取り込み中であったか？　だったら申し訳ない」

「滅相もありません。こちらこそ皆さんの好意を袖にするような提案をすみません」

自身からの一方的な提案にも、心底すまなそうな表情を浮かべて、頭をペコリと下げてくださるエディタ先生。本当になんていい人なんだろう。それもこれもブサメンの失態が原因であるというのに。

するとは我々のやり取りを耳にして、別所から声が届けられた。

「お、おい！　以前よりもかなり余裕がある。色々してもらったおかげでレベルアップしたっていうか、前回よりも長い時間を保てると思う。少しくらいなら、こ、このまま待っててても大丈夫かなって思うんだけど！」

ニップル殿下である。

杖を構えた彼女が、こちらに向かい元気良く言った。

殿下も我々の為に頑張って下さっているようだ。以前は魔法の行使に無理が祟り、倒れてしまわれたとも聞いた。それでもこうして繰り返し、こちらの世界に呼びかけて下さっているのだから、感謝してもしきれない。


ところで、殿下の発言を耳にしたことで、ふとブサメンは思い立った。

レベルアップ、レベルアップである。

思えば自身もまた、一連の騒動でレベルアップしていやしないか。

地域住民の方々を回復魔法の連打で癒やしつつ、海王様と追いかけっこ。その上、多数の戦闘機や戦闘ヘリ、ミサイルの相手をしておりました。それなりに気張って魔法を連打していたので、多少はレベルが上がっていてもおかしくない気がしている。

ちょっと確認してみよう。

名　前：タナカ
性　別：女
種　族：人間
レベル：８４１
ジョブ：アイドル
ＨＰ：９１０２５４／９１０２５４
ＭＰ：２０００１０５９１２／２０００１０５９
１２

STR：71230
VIT：173008
DEX：101403
AGI：155775
INT：1403110005
LUC：-102099

やっぱり少しだけど上がっている。

そうなると気になるのはスキルウィンドウの状態。

パッシブ：
魔力回復：LvMax
魔力効率：LvMax
言語知識：Lv1
アクティブ：
回復魔法：LvMax
火炎魔法：LvMax
浄化魔法：Lv5
飛行魔法：Lv55
土木魔法：Lv10

召喚魔法：Lv1
空間魔法：LvMax
次元魔法：Lv254
変身魔法：Lv1
残りスキルポイント：6

今までと同様、スキルポイントも振り込まれている。

このポイントを利用すれば、次元魔法をカンスト可能。

異世界からの呼びかけも手伝い、自ずとそんなことが脳裏に浮かんだ。

しかし、それを行ったところで意味はあるのか。

現時点で既に先が見えてしまっているのに、ほんの少しレベルを上げたところで、どれだけの効果効能があるだろう。この期に及んで、こちらから異世界に何かを届けるような作用が付与されるとは思えない。

「…………」

むしろ、このポイントは変身魔法に向けるべきではなかろうか。

テレビ中継に晒されてしまったナンシー隊長の活躍をなかったことにする為、改めてイケメンに変身、今後の社会生活に備えるのが正しいような気がする。いいや、むしろそれ以外に考えられない。

ナンシー隊長という姿を脱するのにも、これ以上ない言い訳が揃っている。

自ずと思い返されたのは、精霊王様の魔法を受けて過ごした銀座でのお買い物。すれ違う誰もから注目を受けていた。店員さんからの対応もやたらと丁寧だった。それが恒久的なものとして、自身の下に転がり込んでくるのだ。

イージーライフ、待ったなし。

ハーレム展開、どんとこい。

「…………」

「貴様よ、申し訳ない。どの程度待つべきか、既に見えているようなら伺いたい」

けれど、なんというか、アレだ。

それでも優先すべきは、精霊王様とゴッゴルちゃん、それに海王様の帰還。こうして我々の為に頑張って下さっている皆々に、まずは報いるべきではなかろうか。たとえ成果が見られずとも、背反するような行いはしたくない。


イケメンは欲しい。

けれど、イケメンは大切だ。

それ以上に異世界の皆々との交流は、自分にとって重要なものである。

そう、その通り。

だからまずは、次元魔法をカンストさせよう。

場合によっては、また新しい魔法が生えてくるかもしれない。それが無理でも、残ったポイントを利用して、世界間を超えるための魔法を探求すればいい。五ポイントもあれば、色々と検討することが可能だ。

イケメンを求めるのは、彼女たちを故郷に送り届けてからでも遅くはない。

異世界を訪れた当初を思えば、なんという心変わりかと、自分でも驚愕の判断。

ということで、いざ尋常にポイントを投入——

パッシブ：
魔力回復：ＬｖＭａｘ
魔力効率：ＬｖＭａｘ
言語知識：Ｌｖ１

アクティブ：
回復魔法：ＬｖＭａｘ
火炎魔法：ＬｖＭａｘ
浄化魔法：Ｌｖ５
飛行魔法：Ｌｖ55
土木魔法：Ｌｖ10
召喚魔法：Ｌｖ１
空間魔法：ＬｖＭａｘ
次元魔法：Ｌｖ２５５
変身魔法：Ｌｖ１
残りスキルポイント：５

　したものの、なんかちょっとおかしい。

　スキルレベルがカンスト扱いにならない件。

　少なくとも火炎魔法はこちらの値で表記が変わったのだけれども。

「…………」

「どうした？　こ、こちらの声が聞こえていないのだろうか？」

　エディタ先生から返事の催促が。


　その声が遠く聞こえるほどに、ブサメンは衝撃を受けていた。何故ならば、こうなると状況は変わってくる。二百五十五で最大とならないスキルレベル。だとすれば、次元魔法の効果効能には、更なる進化が想像される。

　これってもしかして、もしかするのでは？

　祈るような思いから、残っているポイントも次元魔法に振り込む。

　すると自身が考えた通り、スキルレベルは上昇を見せた。

パッシブ：
　魔力回復：ＬｖＭａｘ
　魔力効率：ＬｖＭａｘ
　言語知識：Ｌｖ１
アクティブ：
回復魔法：ＬｖＭａｘ
火炎魔法：ＬｖＭａｘ
浄化魔法：Ｌｖ５
飛行魔法：Ｌｖ55
土木魔法：Ｌｖ10

召喚魔法：Ｌｖ１
空間魔法：ＬｖＭａｘ
次元魔法：Ｌｖ２６０
変身魔法：Ｌｖ１
残りスキルポイント：０

やはり、スキルによって最大レベルが異なっているみたい。

当然ながら状況は一変、異世界への帰還に向けて希望が湧いてきたぞ。

「エディタさん、すみませんが前言を撤回させて下さい」

「え？　あ、あぁ、それは一向に構わないが……」

ブサメンは意識を改めると、空間の断裂越しに異世界を見据える。

そして、レベルアップした次元魔法の行使。

別にそれを行う必要はないのだけれど、これから何かしますよ、と訴えるべく両手を正面に突き出してのアクション。周囲に対する主張も大切でしょう。ついでに唸り声なんか上げちゃったりして。

「ぬぅんんっ！」

せめて精霊王様とゴッゴルちゃんだけでも、異世界に送り届けたい。

どうか何卒《なにとぞ》の精神で、空中に浮かんだ別世界の光景に思いを馳せる。

すると、我々の浮かんでいるすぐ傍らで、顕著な変化が見られた。

「お、おい、貴様よ、これはっ……！」

これまで異世界側に先んじて現れていた空間の裂け目。それがジジジと音を立てて、こちら側に出現したのである。

しかもその先には、異世界側の光景が窺えるから感動だ。

どうやらエディタ先生たちからも、こちらの様子が見えているようで、すぐに反応があった。ニップル殿下の魔法により映し出された光景と並んで、まるで空間に穴が空いてしまったかのように、互いの世界が垣間見える。

なんなら声や気配までも、しっかりと感じられる。規模感としては、居室のドアと同じか少し大きいくらい。

『お、おいっ！　なんか見える、見えるぞ!?』

「ちょっと待て、確認もなしに手を出してはっ……！」

興奮したロリゴンが、その下に駆け寄ってくる。

エディタ先生は大慌て。

けれど、後者が止める暇もなく、前者は空間の裂け目に頭を突っ込んだ。

自身も一瞬、ヒヤリとした。

せめて石ころでも放り込んでからにしたらどうかと。

ただ、彼女の頭部はすんなりと世界を越えて、こちら側に突き出た。まるで家の窓から顔を覗かせるように、ぴょこんと可愛らしい顔がお目見えである。他所に飛ばされることもなければ、ダメージを受けたような素振りも見られない。

『アイツらだっ！　アイツらがこの穴の先にいるぞ⁉』

「だから待て、ここを通るべきは貴様ではないだろうに！」

『つ……そ、そうだった！』

ロリゴンの腕を取って、必死に制止の声を上げて下さったエディタ先生。

彼女に言われて、慌てん坊な町長殿は大慌てで顔を引っ込めた。


そうしたやり取りもすべて、テレビ中継に映されてしまっておりますね。これには現場に居合わせたオーナーたちからも、感嘆の声が聞こえてくる。頭上で繰り広げられる出来事に、誰もが驚愕から目を見開いている。

おかげで醤油顔は確信を得た。

「精霊王様、ロコロコさんをお願いします」

「あぁん、すぐに連れてくるよぉ！」

「それと可能なら、あちらから持ち込んだ革袋もお願いします」

「はいはぁーい！」

醤油顔の声に頷いて、精霊王様の姿が一瞬で消えた。

空間魔法で自宅に向かってくれたものと思う。

ここまで来たのなら、もはや躊躇する必要はあるまい。

覚悟を決めたブサメンは、路上に立ち並んだ面々に向き直る。

そこにはオーナーを筆頭にして、テレビ局のスタッフや近隣に住まっている方々、更には半グレの彼までもが見られた。誰もが驚いた表情で、空に浮かんだ我々を見上げている。ナンシー隊長のスカート内部も、バッチリと目撃されていることだろう。

面々を一巡するように見渡したところで、醤油顔は厳かにも伝える。

「オーナー、お別れの時間です」

「いや、ちょっと待てよ。いくらなんでも唐突過ぎやしないか？」

こちらの物言いに対して、彼は焦ったように返事をした。

状況が理解できないとばかり。

当然といえば、当然のこと。

いきなり戦隊を組んだ戦闘機が飛来したかと思えば、お喋りをする魚類が姿を見せて、空中戦を始めたのだ。そこかしこでミサイルが爆《は》ぜたり、航空機が落下したりと、改めて考えると自身ももはや訳が分からない。

ただ、そうした状況でも自我をしっかりと持ち、己の意見を述べられる人物がいた。

「おい、こ、この光景を見てどう思う⁉　ライブハウスのオーナー、とんでもないヤツじゃないか！　こんなのどう考えても普通じゃねぇよ！　こんな訳の分からないやつらと仲間とか、絶対におかしいぜ！」

半グレの彼である。


初志貫徹、なんて意識の高いスキンヘッドだろう。

あくまでもオーナーの社会生命を刈りに向かう。

すぐ傍らに控えたカメラに向けて、必死の形相で訴えていらっしゃる。

「こんな子供を使って商売してるとか、やっぱり普通じゃねぇんだよ！」

「ちょっ……ま、待ってくれ！　自分もこんなことは知らなかったんだ！」

立つ鳥跡を濁さず、とはよく言った言葉だろう。

異世界への帰還が面前に迫った今、自身が成すべきことは一つ。

本日まで我々を支えて下さったオーナーの社会生命の救済。

しかし、どうすればこの状況を帳消しにできるだろう。

常識的に考えて、元あった通りにすることは不可能でしょう。

けれど、せめてロリコンの誹りだけは撤廃せねばならない。彼は熟専なのだ。アラサー以上の女性でないと興奮できないのだ。キーボードのkを打った直後、巨乳、熟女、無修正、の予測変換が一番上に出てきた。二番目は巨乳、熟女、人妻だった。

謂《いわ》れなき誹謗中傷の目は、確実に摘み取る。

それを成し得る方法は、この場において唯一。

「皆さん、そちらの彼の言葉には大きな誤解があります」

「っ……な、なんだ？　子供に言い訳をさせるつもりか？」

半グレをジッと見つめて語りかけるブサメン。対して彼の視線は、こちらとオーナーの間で行ったり来たり。

どう足掻いてでも邪魔者を児童性愛者としたいのだろう。そうして世論を味方に付けたのなら、地上げは成功したも同然。

だからこそ、ブサメンは厳かにもお伝えさせて頂く。

「オーナーの事業を支えている者たちの中に、未成年は一人もおりません」

「何を言っているんだ？　お嬢ちゃん、どこからどう見ても子供だろう」

「いいえ、違うのです」

それは自身の社会生命を抹殺するにも等しい行い。

けれど、彼の身を救うにはそれしかない。

「せっかくの機会です、私の本来の姿を皆さんにお見せするとしましょう」

抱きしめていたサバ氏を解放。

空中に浮かんだまま、飛行魔法を操作して一歩前に出る。胸を張りつつ両腕を左右に大きく広げて、指先までピンと伸ばす。せっかくなので空に浮かんだ月を眺めるよう、会心のポージング。ナンシー隊長がやると、これがまた絵になる光景だ。

しかし、自身は知っている。

その直後に訪れる惨劇を。

「っ……！」

覚悟を決めたブサメンは、自らを解き放つ。

夜空に強烈な閃光が走り、暗がりに慣れた皆々の視界を白く染め上げた。

誰もが目を眩ませて、頭上から顔を逸らす。

その只中、自身の肉体には顕著な変化が訪れた。

身体を包んでいた衣類が、ボフッ、ボフッと不愉快な音を立てて弾け飛ぶ。ボタンのみならず裁縫された部分までもが千切れ飛び、ひらひらと地面に舞い落ちていく。靴までもがバラバラになってさようなら。

時を同じくして、腹部にはふっと湧いたような重量感。

LIVE

背中に感じていた頭髪の感触も、あっという間に消失した。太ももの付け根には、地球を訪れてから久しく忘れていた、肌と肌の張り付くような感触。

やがて、閃光が失われると共に、我が身に訪れた変化は観衆の面前に晒される。

「アンタ……そ、その格好は……まさか……」

ブサメンを見上げて、オーナーが愕然とした面持ちで呟く。

あぁ、やってしまった。

変身魔法を解除。

だがしかし、オーナーの社会生命を守るためには必要な行いであったのだ。結果として今後、彼がブサ専のゲイとして周囲から認知されたとしても、まぁ、ロリコンの児童誘拐犯として扱われるよりは遥かにマシだろう。

狙った通り、地上から向けられたカメラとの間には、サバ氏が位置している。

主に股間の辺り。

辛うじて放送コードを回避しているのではなかろうか。

「ニンゲン、どうして急に元の姿に戻ったのですか？」

「この姿でなければ、伝えることのできない真実があったのです」

「まるで意味が分かりませんね」

モザイク代わりに利用されているとも知らず、疑問の声を上げる海王様。

地上に立ち並んだ面々は顔を引き攣らせて、汚物でも眺めるような眼差しをこちらに向けている。一部の方々は直視することも憚られるようで、頭上から目を背けると共に、罵詈雑言《ばりぞうごん》を口にしていらっしゃる。

変身魔法に浮足立っていた心が、明鏡止水の極致へと還っていく感覚。

チャラ神様、やはりブサメンは、イケメンにはなれない運命にあるようです。

そうこうしていると、すぐ近くに突如として人の気配が生まれた。

「連れてきたよぉ！　下のニンゲンには見えてないけど、それでいいよね？」

精霊王様がゴッゴルちゃんを連れてきて下さった。

彼女たちは元の姿に戻ったブサメンを眺めて首を傾げる。ただ、変身魔法の存在を把握していることも手伝い、声を上げることはなかった。こちらから指示した訳でもないのに、ゴッゴルちゃんの隠蔽まで済ませて下さり誠にありがとうございます。

「ありがとうございます、精霊王様。まさに願っていた通りです」

「それとこれ、ついでの革袋ぉ！」

彼女から手渡されたのは、異世界から持ち込まれたタナカ伯爵のお財布だ。

万が一に備えて、中身は本日まで手を付けずにおいた次第。

まさかこの様な形で使う羽目になるとは思わなかったけれど。

「それと矢継ぎ早にすみません。この場で本来の姿に戻っては頂けませんか？」

「べつにいーけど、どうしてかなぁ？」

「オーナーの為です。要らぬ誤解は解いてから戻りたく思いまして」

「言ってることの意味が分からないけど、まぁ、君がそう言うなら戻るよぅ」

つい今しがたの醤油顔と同様、精霊王様の肉体が輝きに包まれる。

自身にとっては、過去にも拝見した覚えのある光景。

しばらく待つと閃光が収まった。それまで女児が浮かんでいたポジションには、代わりにキラキラと煌めく光の玉が浮かんでいる。いつぞやエディタ先生と訪れた極寒の地。洞窟の奥で初めてお会いしたときと同じお姿であらせられる。

光球の傍らには、それまで着用していた衣服がふわふわと空中に浮かんでおりますね。多分、異世界にお持ち帰りするつもりなのだろう。脱げてしまった衣類に混じって、地球のお土産に購入した時計がチラリと見られた。なんかちょっと嬉しい。

一連の変化を目の当たりにしたことで、地上からは再び声が上がった。

醤油顔の変身とは打って変わって、こちらは純粋なる驚愕。

そうした皆々に向けて、全裸となった不細工なオッサンは赤裸々にもご案内を。

「我々は異世界からやって来ました。先程までの姿は仮初めのものです」

過去の経験が、ブサメンを強くする。

全裸で普通にお喋りしているの、自分でもどうかと思う。

こちらの説明を耳にして、地上では殊更に喧騒が広がっていく。

「う、嘘だろ？　とんでもないトラウマになりそうなんだが……」

オーナーからは忌憚《きたん》のないご意見が。

自分だったら絶対にトラウマになっていると思います。

テレビ局のスタッフの方からは、絶えずカメラが向けられている。もう無理だと言わんばかり、吐き気を催したかのように顔を背ける女性スタッフ。代わって男性が業務を引き継いでいく姿は、とても心を抉《えぐ》られる。

覚悟はしていたけれど、今後この姿で地球を訪れることは、もはや二度とできなくなってしまった。ナンシー隊長も同様。きっと監視カメラの映像を漁られたり、過去のニュースを引っ張られたりして、当面は話題に上ることと思う。

やたらと悪目立ちをする通称が付けられて、延々と誹られていくことだろう。

ネット上で玩具《おもちゃ》となる未来が容易に想像される。

だけど、いいんです。

異世界で生きていくと決めたから。

もはや地球と決別を覚悟した身の上、煮るなり焼くなり好きにして下さいの精神。他者の反応に構うことなく、立つ鳥跡を濁さず作戦の完遂を目指す。こうだと決めて一歩を踏み出したのなら、むしろ段々と気持ち良くなってきたぞ。

「オーナー、こちらをどうぞ」

精霊王様に自宅から取って来てもらった財布代わりの革袋。

これを飛行魔法で浮かせて、オーナーの下に届ける。

「……な、なんだよ。ヘンなモノとか、は、入ってたりしないよな？」

「設備投資の返済に役立てて下さい」

異世界から持ち込んだペニー金貨である。

日本円に換算して一、二千万円くらいにはなるだろう。帰還の目処が立った時点で、我々には不要であるからして。

「えっ……」

袋の中身を確認したことで、オーナーの表情が驚きに固まった。

　これに構わず、全裸のブサメンは口上を続ける。

「それでは皆さん、我々は元の世界に帰りたいと思います」

　飛行魔法を操作して、次元魔法により開いた世界を繋ぐドアに向かう。

　ブサメンが動くのに応じて、ゴッゴルちゃんや精霊王様、サバ氏も追従して下さる。いつになく急くべき場面であるにもかかわらず、わざわざ自身の口上が終えられるのを待って下さりありがとうございます。

　その途中で、ふと気づいた。

　サバ氏の隣には、依然としてアザラシが浮かんでいる。彼に懐いているのか、まるで犬のようにじゃれているの凄く可愛らしい。

「ちょっと待って下さい。海王様、その海洋生物は駄目です！」

「いいえ、この者は私の友人。共に連れて帰ります」

「どういうことでしょうか？」

「言葉通りの意味です。この者はそう、私にとってとても大切な友人……」


　サバ氏、どうしちゃったの。

　我々と別行動を取っている間に何があったのか。

「ねぇーねぇー、段々と穴ぼこが小さくなってきてるよぉ？」

「ニンゲン、帰還を急ぎますよ！」

「っ……！」

　精霊王様の仰る通り、たしかに次元の裂け目が少しずつ縮んでいる。小柄な彼女たちならまだしも、このままだと人型のブサメンやゴッゴルちゃんは、サイズ的に行き来が難しくなってしまいそう。

　そして、次も同じように次元魔法が成功するとは限らない。この状況で一人だけ地球に残されたら地獄である。逆に再び魔法の行使に成功したのなら、アザラシを地球に返却することは可能。

　そのように判断して、空間の裂け目に向かい身を進ませる。

　ゴッゴルちゃんを先頭にして精霊王様、サバ氏とアザラシ、醤油顔が殿《しんがり》を務める。

「オーナー、短い間でしたが色々とありがとうございました」

「お、おぅ……」

去り際、オーナーを振り返って会釈を一つ。

彼は引きつった笑みを浮かべつつも、小さく手を上げた。

やがて、自身の肉体が頭の天辺から爪先まで、世界の境目を越えて異世界に至った時、空間の裂け目は一瞬にして消失。二つの世界を結んでいた魔法は、一切の痕跡を残さずに霧散した。

我々の面前には、見慣れたドラゴンシティの景観が広がっていた。

その後
Thereafter

紆余曲折の末、我々は地球から異世界に戻ってきた。

帰還後はすぐさま、エディタ先生から異世界側での出来事について説明を受けた。立食パーティーを切り上げて行われた第二回目となる王様会議と、本日まで続けられた我々の救出作戦についてである。

次回を百年後に約束していた手前、この僅かな間で四回もの開催を重ねた王様会議の扱いには、自身も少なからず驚いた。隣では精霊王様が、どことなく嬉しそうな表情を浮かべて、先生の説明を耳にしていた。

そして、我々からは代わりに、地球に飛んでしまった経緯のご説明。

チャラ神様の存在についても素直に明かさせて頂いた。信じてもらえるか否か、説明するまではとても不安だった。けれど、そこは魔法やモンスターが幅を利かせているファンタジーな世界観柄、自身の人間離れした魔法の腕前も手伝い、割とすんなり理解を得ることができた。

そういうこともあるだろう、と。

精霊王様や海王様が為す術もなく、移動に巻き込まれていた点も大きい。王様たちこそ納得が早かった。一部の王様に至っては、なんとなく神様の存在に感づいている方もいらした。そして、彼らが理解を見せたところで、人類勢もまた納得を示した。

少なくともブサメンの自作自演を疑う声は上がらなかった。スペンサー伯爵やアッカーマン公爵にも納得を頂けたのは幸いである。というか、彼らまでドラゴンシティを訪れていたのにはビックリである。

これにより我々の召喚に発する騒動は一件落着と相成った。

王様たちも百年後の再会を約束して解散していった。ただ、一部の王様はドラゴンシティに興味があるとのことで、向こうしばらくは滞在するらしい。今回の騒動で多少なりとも気心を知ることができた為か、ロリゴンも難色を示すことなく承諾。生活を共にしている。

そういった意味では、決して悪いことばかりではなかったように思う。

そんなこんなでブサメンには日常が戻ってきた。

町長宅の自室で目覚めたのなら、皆々と朝食を共にして、ソフィアちゃんの淹れてくれたお茶を楽しみながら、町の仕事に精を出す。書類を捌いてもいいし、外に出て新しい建物を築造してもいい。

そんな穏やかで満ち足りた日々が。

数日も経過したのなら、地球での出来事も既に遠い過去のような気分。

二度と消えることのないデジタルタトゥーから目を背けているとも言う。

今日も今日とて執務室でメイドさんと一緒にお仕事をしている。

「あの、タナカさん。こちらの書類についてお伺いしたいのですが……」

「その件でしたら、近々陛下に確認をして参りますので、引き取らせて下さい」

「も、申し訳ありません。お手数をおかけしますが、よろしくお願いします」

「滅相もない。こちらこそ中途半端な状態で放置してしまい、すみませんでした」

室内には自分とソフィアちゃんの姿しか見られない。

いや、あと鳥さんも一緒か。

ロリゴンはエディタ先生と共に町に出ている。

なんでも酒蔵を建造するのだとか。

鳥王様のところで地酒を振る舞われた町長殿が、ドラゴンシティでもお酒作りをするのだと言い出したらしい。

それなりに生産量を見込んでいるらしく、先生の手引きを受けながら、連日にわたって設備の建造を進めている。

自身もお酒に癒やされているタイプなので、彼女たちの仕事には期待してしまう。

縦ロールとキモロンゲの主従コンビは、先日からドラゴンシティに不在。

以前から相談していた虫王様のお洋服が完成したとのことで、本人を伴って首都カリスの洋服店に向かっていった。今頃は仕立て上がった洋服に袖を通して、観光など楽しんでいるのではなかろうか。

個人的には、虫王様にはずっと全裸でいて欲しかった。

ドラゴンシティでも指折りの巨乳を生で楽しむ機会、とても惜しく感じている。あのオッパイがあれば、いつの日か息子も蜘蛛の足を攻略できるのではないかと、淡い挑戦心を抱いておりました。

おかげで執務室はとても静かなものだ。

「……ところで、あの、本当によかったのでしょうか？」

「と、言いますと？」

ややあってメイドさんから、改まったように言われた。

互いの位置関係はいつもの通り、デスクに掛けたソフィアちゃんに対して、その正面に設けられたソファーセットに自身という配置。先方からジッと見つめられたことで、自ずとこちらも手元から顔を上げて彼女に向き直る。

するとメイドさんは、おずおずといった様子で語りかけてきた。

「タナカさんにとっては、あちらの世界こそ、生まれ故郷だと聞きましたので……」

「神様のお節介についてであれば、どうか気にしないでやって下さい。あちらの世界では既に一度死んだ身の上となります。自身の居場所という意味では、既に私はこちらの世界の住人なのですから」

「ですが、ご、ご家族や友人とか、いらしたりするんじゃありませんか？」

「もし仮にいたとしても、今はこのお屋敷で暮らしている皆さんの方が、私にとっては大切なのです。だいぶ落ち着きが見られますが、停戦から間もないのは事実です。しばらくは町に腰を据えて、世の中の動きに目を見張らせたいなと」

対面のソファーに座し、居眠りを始めた鳥さんをチラリと眺めつつ応える。

異世界に戻ってから、次元魔法は一度も行使していない。

こちらの世界へ帰還を決めた時点で、全裸の中年ボディーを地上波でオンエアすると決心した瞬間から、もはや地球に戻ることはあるまいと腹を括っている。っていうか、戻ったら絶対に悲しい気持ちになるだろうから。

きっと個人情報を漁られて、交通事故のニュースから、勤務先の会社、中学校の頃の卒業アルバムまで掘り起こされていることだろう。今となっては顔も覚えていない同級生から、いつかヤバイことをするだろうと思ってました、みたいなコメント付きで。

　あぁ、絶対に戻りたくない。

　精霊王様の協力があれば、見た目を誤魔化すことは可能。けれど、そうして行き来を繰り返していたら、やっぱり地球に戻りたいのではないかと、周囲から要らぬ気遣いを受けてしまいそう。今も現にソフィアちゃんから突っ込みを頂いた。

　ということで向こうしばらく、次元魔法は封印しようかと考えている。

　普通に暮らしている分には、その行使が求められるような場面は皆無だし。

「す、すみません、私たちが頼りないばかりに」

「ですからどうか、気になさらないで頂けたら嬉しいです」

「……はい」

　ブサメンは話を変えるよう、率先して話題を振る。

「それとオルガスムス帝国との通商についてなのですが、この町にも陛下から要請が入りました。あちら側から提案された取引きの規模が大きいので、可能であれば我々にも一枚噛んで欲しいとのことです」


「その件でしたら、エステル様のお父様が筆頭に立たれていると聞きましたが……」

　北の大国とは当初の予定通り、終戦協定が結ばれた。

　そして、国境付近では争いの代わりに、交易が行われることになった。これまで両国を隔てていた険しい山脈地帯。その一角が海王様の魔法により削り取られたことで、人やモノの行き来が容易となった為である。

　提案は北の大国から。

　資本的にペニー帝国を侵略しようという算段だろう。

　こちらが嫌だと言っても、人の行き来はどうしても発生するだろうし、利益を求める商人の方々を止めることは困難である。ならば王家が丸っと抱え込み、率先して舵を切ることで対応すると決めたようだ。

　おかげで宮中の三人組は大忙し。

　まぁ、リチャードさんや宰相殿が目を光らせているうちは、そこまで心配する必要はないのではなかろうか。上手いことやったのなら、こちらからオルガスムス帝国に手を伸ばすことも不可能ではないし。

「恐らく身内で固めたいのだと思います。場合によっては、少なくない利益が見込まれることでしょう。ですから肥えても裏切らない家々だけで、取引きを独占したいのだと思います。相手国からすれば、ペニー帝国に付け入る絶好の機会ですから」

「なるほど、そ、そういうことも考える必要があるのですね」

「我々はニップル王国とのミスリル貿易で利益が出ていますから、その辺りを見込んだ上でのお声がけだと思われます。もしも可能であれば、それなりの額を仕入れに計上したいと考えているのですが、よろしいでしょうか？」

「承知しました。そういうことでしたら、町の方々にも色々と聞いてみます！」

「すみませんが、どうぞよろしくお願いします」

経済規模は北の大国のほうが遥かに大きい。真っ向から挑むのであれば、プッシー共和国やニップル王国などと協力して、先方に対抗可能な貿易圏の構築は必須。けれど、それは宮中のお仕事なので、わざわざ藪《やぶ》をつついて蛇を出すこともない。

当面は穏やかに過ごしたいので、我々は見て見ぬ振りくらいが丁度いい。


そんな感じで和やかにも書類仕事に臨むことしばし。そろそろ休憩しようかと思ったところで、廊下から足音が聞こえてきた。

ドタバタと非常に賑やかなそれは、耳にして即座に出処を察せられる。手元の書類に向けていた視線が、自ずと部屋の出入り口に移った。ややもすると、バァンと大きな音を立てて、執務室のドアが開かれる。

『おい、アイツは……いるな！』

「だから貴様はどうしてこう、ドアを力一杯に開けてしまうのだ」

『力一杯じゃない。力一杯に開けたらドアが壊れちゃうだろ？』

「……これでも貴様なりに加減していたのだな」

ロリゴンとエディタ先生だ。

想像した通りの二人に、なんとも言えない安心感を覚える。

異世界に戻ってきたって感じがする。

『だけど、次からはもう少しだけ、静かにしてもいい』

「殊勝じゃないか。どういう風の吹き回しだ？」

『な、なんでもいいだろ!?　なんでもっ！』

王様会議を経てからというもの、ロリゴンが今まで以上に、周りの皆々へ気配りをするようになった。鳥王様の過去話が影響してのことと思われる。彼の失敗談がこちらの町長殿に強く響いたみたい。

決して悪いことではないので、我々は黙って見守ることにしております。

「お二人とも、どうされました？」

『お酒の味だ！　どういうお酒が飲みたいか、皆に聞いて回ってる！』

「一口に酒とは言っても、人によって色々と好みがあるだろう？」

「なるほど」

鳥王様のところの酒造を真似るのかとも思ったけれど、そうではないらしい。

そういうことならと、ブサメンは素直に好みを伝えさせて頂こう。

「個人的には蒸留したものが好みですが」

『蒸留ってなんだ？』

「そうなると酒蔵と合わせて、蒸留器を用意する必要があるな」

『なぁ、蒸留ってなんだよ？』

「端的に言うと、水分を飛ばして酒精や味を濃くした酒のことだ」

『濃いのか？　私も濃いほうがいい！　味は濃いほうが美味しいからな！』

相変わらず舌がお子様なロリゴンである。

ところで、お酒を嗜《たしな》むのは結構だけれど、酔って暴れたりしないかちょっと不安である。アル中のつよつよドラゴンとか、これほど迷惑な存在はない。酔ってエロエロになる金髪ロリムチムチ先生なら、是非とも拝見したいけれど。

「あの、できれば材料が手に入り易いと、あ、ありがたいのですが……」

ソフィアちゃんからは切実な注文が入った。

原材料の発注を担当することになるだろう彼女だから。

「継続的に酒造するのであれば、材料は自前で賄いたいところではあるが」

『そういえばオマエ、畑の材料がどうのとか言ってなかったか？』

「畑？　何の話だろうか？」

『この家の畑に生《な》ってるやつでも、お酒が作れるって言ってただろ？』

「あぁ、そうであったな」

原材料まで栽培するとは、自身が考えていた以上に本格的。

成功したら町の名産品っぽい感じになりそう。

「ならばどれ、中庭に向かうとするか」

「エディタさん、私もご一緒していいでしょうか？」

「大して面白いものではないと思うが、それでよければ来るといい」

「わ、私もご一緒します！」

声を上げたメイドさんが、いそいそとデスクから立ち上がった。

彼女の足が向かったのは、デスクの正面に配置されたソファーセット。向かい合わせで並んだ座面の内、ブサメンの対面には鳥さん。ロリゴンの登場で一度は目を覚ますも、再びうつらうつらし始めた彼を、彼女は両手で優しく抱き上げた。

『ふぁぁぁー？』

『よし、皆で行くぞ！　皆でっ！』


率先して歩みだした町長殿。

その背に続いて、我々は執務室を後にした。

＊

町長宅の中庭を訪れた我々は、その隅っこに設けられた菜園に向かった。

ロリゴンが畑仕事を初めてから、それなりに時間が経過していることも手伝い、菜園はかなり見栄えがするものとなっている。前に見たときは小さな芽に過ぎなかった若葉も、いつの間にか成長して立派な茎や葉を伸ばしている。

ブサメンが地球を訪れている間にも、作物はスクスクと育っていたみたい。

種別により区分けされた畑には、多種多様な作物が綺麗に並んでいる。

ほうれん草を彷彿とさせる葉野菜や、大根やカブと似たような根野菜、蔓《つる》性のイモ類など。名前こそ分からないけれど、美味しそうな野菜や穀物が多数見られる。中にはこんにゃくの花と比較しても奇抜に映る花弁を咲か

せた作物もあるが。

当初は難儀していた鳥よけのネットも、日々改良を重ねているようで、ここ最近は鳥に葉っぱを摘まれたり、地面をほじくり返されることもない、とは町長殿のお言葉である。エヘンと胸を張っての主張であった。

端にはいつぞやこの地に生まれ落ちたドリアードの姿も見られる。

こちらも心なしか、頭から伸びている葉っぱが大きくなっているような。

『コイツらもだいぶ育ってきたな！　葉っぱが大きいのが増えてきた！』

「この調子であれば、近いうちに収穫できる作物も出てくるだろう」

『本当か⁉』

「あちらに見られるイモなど、酒の材料にもうってつけだろう」

『イモ？　イモからお酒が作れるのか？』

「基本的には穀物や果実から作ることが多い。仕入れの手間を考えると、今回は穀物を選択するべきだろう。果実は苗を植えてから収穫までに時間がかかる。その分だけ値が張るし、運送に際して傷みやすいという問題もある」

土壌に植えられている作物を眺めて、皆々で言葉を交わす。

ちなみに菜園の脇には、樹王様から頂戴した苗木が植えられている。

毎日水を上げて欲しい、との先方からの指示に従い、昨今ではブサメンの日課となった水やりである。自身が地球を訪れている間も、メイドさんやゴンちゃんなどが交代で面倒を見て下さっていたらしい。

おかげさまで葉の色艶もよろしく、元気に根を張ってくれた。

「エディタさん、樹王様の苗木ですが、畑に悪さをしていないでしょうか？」

「私もしばらく様子を見ていたが、問題ないのではなかろうか？　もし仮に害があるようなら、ドリアードが逃げ出しているだろう。アレがこうしてぬくぬくと育っていることが、健全である証のように思う」

「それは良かったです」

『あの小さいの、意外と役に立つんだな』

「というか、作物の成長にかなり寄与しているのではないかと思う。我々の素人農業であっても、かなり大振りの収穫が見込めそうだ。本来であれば、今の時期には花開くはずがない作物まで、開花していたりするが」

「えっ、それって大丈夫なんでしょうか？」

「成長が早いのは助かるが、こちらについては経過を観察すべきであろうな」

ドラゴンシティでのお酒作りに向けて、利用する作物の選定を進めていく。

するとしばらくして、中庭に精霊王様がやってきた。

彼女は菜園に我々の姿を見つけるや、まっすぐに歩み寄ってくる。

「あぁん、こんなところで何をしているのかなぁ？」

「畑の具合を見ております。精霊王様こそ、どうされました？」

「別にどうもしないけどぉ？　やることがなくて暇だから、ふらふらしてたのぉ」

我々のすぐ傍らに並び立った彼女は、足元に広がった菜園を眺める。

精霊的には、人類の畑作ってどう見えているのだろう。


『オマエ、その腕に巻いてるのはなんだ？　キラキラしてるやつ』

「これ？　これは向こうの世界のお土産だよぉ？」

「ほぅ、つまりチキュウで製造された品、ということだろうか？」

「うん、そのとぉーり！」

ロリゴンやエディタ先生からの問いかけに元気良く頷いて、自らの左腕を掲げて見せる精霊王様。そこには銀座の専門店で購入した時計が巻かれている。異世界に戻ってからも、しっかりと時を刻んでおりますね。

陽光を反射して、金属製のベゼルがキラリと煌めいた。

「時計にしてはかなり小さく納められている。随分と精巧な品のようだ」

『…………』

エディタ先生は異世界の技術に興味津々といった面持ち。

本来であれば自身も彼女たちへのお土産として、百科事典をこちらの世界に持ち込む腹積もりでいた。けれど、予期せぬタイミングでの帰還から、せっかく注文したそれらには触れる機会なく本日に至る。

今頃は受取人が不在となり、オーナーが扱いに困り果てていることだろう。

なんたって全三十数冊。

自身もちょっと惜しく感じている。

一方でロリゴンは何を考えたのか、ブサメンに向き直ると呟いた。

『なぁ、どうして私じゃなくて、あのゴッゴル族が呼ばれたんだ？』

「どういうことでしょうか？」

『精霊たちの王や海王が一緒に飛ばされたのは、オマエの近くに居たからじゃないかって、このエルフは言ってた。だけど、後から向こうに呼ばれて行ったときは、あのゴッゴル族の足元に魔法が出てた』

ロックフェスの最中に行使した次元魔法のことを言っているようだ。

不運にも巻き込まれてしまったゴッゴル氏である。

あれは完全に偶然。

行使の只中、ふと目に付いたのが彼女だったから。

けれど、仔細は誰にも伝えていなかった。

『アイツよりも、私の方が絶対に強い！　私のほうが役に立つ！』

「偶発的な理由ではないのか？　もしくは身体能力や魔力ではなく、ゴッゴル族の特性こそ必要とされている場面であったのかもしれない。いずれにせよ、過ぎたことを気にしても仕方がないだろう」

『オマエだって、前に一人で同じようなこと呟いてた』

「な、なんのことだろうか？」

『私では、力不足だったのだろうか……とか夜中に屋根の上で言ってただろ？』

「っ……！　み、見てたのか？」

しらばっくれればいいのに、素直に応じてしまうエディタ先生が可愛い。

どうやら彼女たちには、色々と邪推させてしまったみたい。

ブサメンは大慌てで釈明を。

こんなことで二人に嫌われたら悲しくなってしまう。

「あちらの世界にロコロコさんを呼び出してしまったのは、完全に偶然となります。自身も初めて行使する魔法でしたので、上手いこと制御が行えておりませんでした。結果として彼女の足元に作用が出てしまった次第となりまして」

「そ、そうであったのだな。ならば申し訳ないことを考えてしまった」

『次に何かあったら、私だ。私を呼ぶといい。絶対に役に立つ！』

「いや、それは時と場合に依《よ》るのではないか？」

ゴッゴルちゃんの代わりにロリゴンが呼ばれていたら、きっと大変なことになっていただろう。サバ氏と一緒になって地球の軍隊を相手に怪獣大合戦。巨大怪獣が登場する特撮映画さながらの光景が、自然と脳裏に思い浮かんだ。

そうして酒造の方向性とは、段々と話題も離れつつあった辺りでのこと。

「精霊王様、こちらに居られましたか」

精霊王様に続いて、中庭に大精霊殿がやって来た。

いいや、正確には彼こそが当代の精霊王様。その圧倒的なステータスは他所の王様たちに勝るとも劣らない。しかし、ご本人はブサメンの傍らに立った彼女を今も精霊王様と呼んで敬っている。

空中をふわふわと浮かびながら、外廊下から中庭に立った我々の下へ近づいてくる様子は非常にラブリー。如実に草臥《くたび》れて感じられる面持ちや口調も手伝い、ひと目見て消耗していることが窺えた。

以前から苦労人であった彼だけれど、本日はそれ以上にお疲れのご様子。

「あぁん、精霊王様。どうしたのかなぁ？　私になにかご用かなぁ？」

「どうか勘弁して頂けませんか？　私には精霊王など、とても務まりません。どうにかして御役目に戻られては頂けませんでしょうか？　このままでは貴方様が成された世界が、また以前の混沌へと戻ってしまいます」

「大丈夫だよぉ。君なら絶対に上手くやれるよぅ」

「そ、そのようなことを仰らずに！」

大精霊殿、めちゃくちゃ困っている。

見た目がフェネックみたいな可愛い系の四足動物だから、その困窮する仕草のなんと愛らしいこと。ついつい救いの手を差し伸べたくなる。それとなくメイドさんの様子を窺うと、彼女も慈母の眼差しを向けて、ウズウズとしておりますね。

「君も知ってるでしょ？　王位を退いた精霊は二度と精

霊王にはなれないよぅ」

「私が貴方様の手となり足となり、お側《そば》で働かせてもらいます。なんなら再任する為の方法を探して参ります。ですから何卒、不出来な私にお力添えを頂けませんでしょうか。このままでは精霊たちが大変なことです」

夜逃げした社長と、後始末を押し付けられた役員、みたいなやり取りが眺めていて切ない。実際には上手いこと事業を成し遂げた上での世代交代であったのだろうけれど、次代の彼は本心から先代の再登板を求めて思われる。

どうやらステータスの値だけではどうにもならない苦労があるようだ。

そうして考えると、メスガキ王様が如何に優秀な精霊であったかが窺える。

「そちらのニンゲンの協力を得られれば、精霊王様のご復帰も或いは……」

「精霊たちの問題なのにぃ、他所様に迷惑をかけるのはどーかと思うなぁ？」

「私でよろしければ、いつでもお手伝いをさせて頂きますが」


精霊王様から心身ともに逆レイプされたい勢としては、彼女の王位再任は望むところ。身体能力のみならず、魔力的にも圧倒された上、身動きを取れなくなったところで強引にズコバコッと犯されたい。

妖精王様辺りからは文句が上がるかもしれないけれど。

「なんと頼もしい！　精霊王様、本人もこのように証言しております！」

いつになく必死な大精霊殿である。

こんなにも一生懸命に食い下がる姿、初めて見たかも。

ただ、そうした彼の訴えを遮るように、更に他所から誰かさんの声が。

「ここにタナカ伯爵はいるかしらぁ？」

「おや？　ドリスさん、それにエヴァンゲロスさんと虫王様まで」

縦ロールがやって来た。

下僕一号と虫王様も同行している。

相変わらず前者は後者を警戒して止まない。従者としては優秀だと思うのだけれど、四六時中それで疲れないのだろうか。下僕二号の立場としては、ロリ巨乳の寝取られを防ぐ良きガードマンとして頼もしい限りだが。

「虫王様の新服をお披露目に、首都カリスを訪れていたと聞きましたが」

「貴方たちの陛下から言伝《ことづて》よぉ？　近いうちに会って話がしたいそうよぉ。向こうではリズの家にお世話になっていたのだけれど、王宮から使いがやって来たから、こうして貴方のところまで伝えにきたのぉ」

「そういうことであれば、すぐにでも向かおうと思います」

「伝言役を仰せつかったわたくしとしては、そうしてもらえると嬉しいわぁ」

わざわざ言伝を届けに来てくれたようだ。

エディタ先生たちとの交流も惜しいけれど、この場は彼女の顔を立てて首都カリスに向かうとしよう。お楽しみのところ、わざわざこちらを優先してくれたのだ。あと、虫王様の立派なオッパイが衣服に隠されているの凄く悲しい。

「ここにもいい加減、魔道通信の設備を設けた方がいいんじゃないかしらぁ？」

「そのような話題は宮中でも出ておりますが、まだもう少しかかるそうです」


「それなりに大きな魔石が必要だから、仕方がないと言えば仕方がないわねぇ」

「皆さん、すみませんが少々出かけてまいります」

「うむ、気をつけて行くといい」

『オマエ、一緒に行かないのか？　いつもアイツの隣にくっ付いてたのに』

「後任が苦労してるみたいだからぁ、ちょっとは手を貸さないといけないかなぁって」

「せ、精霊王様、誠にありがとうございます！　でしたら早速なのですがっ……」

賑やかにする面々と分かれて、醤油顔はドラゴンシティを出発した。

＊

ドラゴンシティから首都カリスの王城までは、空間魔法により一瞬である。

本当に便利だよ、この魔法。

これまではエディタ先生やキモロンゲに迷惑をかけていたけれど、今後は自前でどこへでも出かけられる。いつか脱童貞した暁には、大聖国を治める同好の士の下へ、毎晩のように通うような日々も、訪れちゃったりするのかもしれない。

などと考えたところで、大聖国の今後、どうしよう。

メルセデスちゃんが好き放題しているせいで、自身の立場から事情を説明することが困難極まりない。お風呂行きとなった聖女様の治世と比較しても、尚のこと腐敗している同国上層部の実情を思うと、どうやってペニー帝国に併合したものか。

しかも、それはそれで国として上手いこと運営されている事実が恐ろしい。

彼女から定期的に送られてくる報告書を信じるなら、ペニー帝国よりも安定した国家運営が行われている。少なくとも経済状況や治安は恐ろしく優良。趣味と仕事が一致したとき、やたらと性能を発揮する人、たまにいるよね。

最近の報告だと、ピーちゃんがやって来たとの連絡があった。どうか良しなに取り計らって頂きたいとは、重々伝えさせて頂きましたとも。あの国であれば、きっと彼も受け入れてもらえることだろう。

そんな感じであれこれと意識を巡らせつつ、ブサメンは王城内を移動する。

空間魔法の出先には中庭をチョイスした。陛下の私室までは徒歩だ。昨今はリチャードさんや宰相殿と共々、王宮内を歩き回る機会が増えたタナカ伯爵である。他所の貴族や騎士に姿を見られても、不審者扱いを受けることはない。

なんなら出会い頭に立ち止まり、頭を下げられるようなことも度々。

そうして訪れた先でのやり取り。

「よく来てくれた、タナカ伯爵」

「急な来訪となってしまい申し訳ありません、陛下」

「いいのだ、余と伯爵の仲ではないか」

アポ無しでの来訪ではあったけれど、幸いにして私室では陛下とお会いできた。

なんなら宰相殿とリチャードさんも訪れており、いつも通り三人でソファーセットを囲む。各々の位置関係も変わらず、並んで腰掛けたブサメンとリチャードさんの正面に陛下。宰相殿はその後ろに直立して控える。

「アハーン子爵から、私とお会いになられるとの言伝を受けて参りましたが」

「うむ、その通りなのだ。一方的に呼び出してしまいすまない」

「滅相もありません」

また、何か仕事だろうか。

だとしたら断りたい。

当面はゆっくり過ごしたいから。

「北の大国との関係を巡っては、タナカ伯爵に尽力してもらった。伯爵の活躍がなければ、今頃はこの国もどうなっていたか分からない。こうして本日を迎えられたこと、改めて感謝をしたいと思う」

「勿体なきお言葉です、陛下」

「そこで余も伯爵の為に何かできないかと、宰相やリチャードと話をしておったのだ」

おっと、どうやらご褒美の予感。

気構えていた心が幾分か緩んだ。

ただし、油断はできない。過去にも王女様との結婚だとか、明後日な方向から攻めてきた前科がある。下手に何か頂戴するよりも、しばらく放っておいてもらった方が、タナカ伯爵としては喜ばしい。


「そのお心遣いだけで十分でございます。私は今後ともペニー帝国のいち貴族として、皆さんと共に陛下を支えていく所存。それでもと仰るのであれば、私を取り立てて下さったフィッツクラレンス公爵にこそ、ご評価を願えませんでしょうか」

「相変わらず欲のない男であるな、タナカ伯爵は」

「タナカさん、そこで私を上げられても困ってしまいますよ」

「私のような素性の知れない者を、それでもこうして重用して下さっている皆さんには、どれだけ感謝をしても足りません。それだけで十分な恩義を感じている次第に存じます。ですからどうか、お気遣いなきようお願いいたします」

下手なことを言われる前に、さっさと逃げ出すべきでしょう。

何故ならば、ブサメンは気づいた。

地球を訪れて、そして、再びこの地に戻ったことで、改めて感じた。

欲しいものは、既に身の回りにあったのだと。

ドラゴンシティで過ごす穏やかな生活。

これ以上は何を求めることもない。

ただまあ、イケメンにはなりたいけれど。

「そのような伯爵であるからこそ、余らは貴殿を王宮に迎えたく考えておる」

「……と、仰りますと？」

陛下がまた妙なことを言い始めた。

宰相殿とリチャードさんが揃って黙っている様子から察するに、事前に彼らの間でも取り交わしがあった内容なのだろう。だとすれば、そこまで妙な提案が飛び出してくることはないと思う。

思うのだけれど、相手が陛下なので、どうしても内心身構えてしまう。

「タナカ伯爵には、宮内大臣の地位と侯爵の位を与えたい」

「ありがたき幸せにございます、陛下。しかしながら、このようなことを申し上げますこと大変申し訳ございませんが、宮内大臣というのは城内において、どういった役柄にございますでしょうか」

初めて耳にした役職だ。

職務内容が気になる。


主に労働時間的な意味で。

「今後は宰相やフィッツクラレンス公爵と共に、余のことを近くから支えて欲しい。侯爵の位は宮内大臣という役職に付くものだ。伯爵の生まれ故郷ではどうであったか分からぬが、我が国では土地を持たない貴族というものもある」

「ご教示のほど恐縮にございます。しかし、私には治めるべき土地がございます」

「伯爵が治めている町については、そのままで構わない。大臣だなどと大仰な名は付いているが、職務は余や宰相に一任されておる。首都に住まって働くようなことにはならない。むろん、タナカ侯爵が望むのであれば、首都の一等地に屋敷を用意するが」

「左様でございますか」

要は囲い込みのようなものだろう。

北の大国からタナカ伯爵が一本釣りされないように、なるべく近いところに置いておきたいものと思われる。

ブサメンが大嫌いなスペンサー姉妹はさておいて、アッカーマン公爵辺りなら、きっと検討くらいはしているだろう。

そういうことであれば、素直に頷いておこう。

下手に断りを入れると、要らぬ軋《きし》みが発生しそうだし。

「ありがたく拝命させて頂きます」

「うむ、当面は我が国でゆっくりと過ごすがいい」

「っ……！」

その一言が、聞きとうございました。

陛下もやればできるじゃないですか。

かなり遠回りした気もするけれど。

「ありがとうございます、陛下」

思わず本気で、ありがとうございます、してしまった。

今更ながら、達成感とか噛み締めている。

すると、すかさずリチャードさんから声がかかった。

「タナカさん。もしよろしければ、本日は我が家に泊まっていきませんか？」

「よろしいのでしょうか？」

「ええ、娘も喜ぶことでしょう」

首都カリスを訪れるたび、なにかと自宅にお誘い下さる。

断る理由もないので、素直にお世話になろうかな。

大貴族様のお宅とあって食事がとても美味なのである。

「ありがとうございます。でしたら本日はご厄介にならせて頂けたらと」

「歓迎させて頂きますよ。では、私は先んじて家に連絡を入れておきましょう」

言うが早いか、リチャードさんはソファーから腰を上げた。

そして、小さく会釈をすると共に、陛下の私室から去っていった。

これを見送ったところで、それまで黙っていた宰相殿が口を開いた。

「タナカ伯爵には、宮内大臣の執務室を案内しよう。正式な辞令は改めて出されるが、それまでに行うべきことも多い。貴殿なら大丈夫だとは思うが、事前に確認するべきことがあるようなら、私の方で対応しよう」

「ご迷惑をお掛けしますが、どうぞよろしくお願いします」

以降、同日は王城内を歩いて回っている内に時間は過ぎていった。

宰相殿による宮内大臣の就任に向けたレクリエーション。こちらを一区切り終える頃には日も暮れていた。本日のところはこんなものだろう、とのお言葉を受けて王城を送り出されると、既に外は真っ暗だった。

別れ際には、明日は職務上関係のある部署や大臣を紹介するので、朝イチで王宮へ足を運ぶようにと指示された。向こう数日は首都カリスを訪れて、宰相殿から講釈を受ける日々が続きそうである。

それから馬車に揺られて、フィッツクラレンス家の屋敷に向かう。

＊

馬車はリチャードさんが事前に手配してくれていた。

そうして訪れた邸宅でのこと、玄関先ではなんと家主が自らお出迎え。

「おつかれさまです、タナカさん。夕食は既に食べられましたか？」

「いいえ、まだですが」

「それは良かった。ささやかですが歓迎の用意をさせて頂きました」

「わざわざ申し訳ありません。公爵自らご案内を下さり誠に恐縮です」

「そう畏まらなくても結構ですよ。こちらです」

ニコニコと機嫌良さそうにするリチャードさん。

その案内に従って廊下を歩む。

すると行く先に観音開きのドアが見えてきた。

こちらのお部屋はたしか、ちょっとした規模のホールがあったはず。大人数のパーティーで利用するには手狭い一方で、少人数でのホームパーティーなどを楽しむには、十分な広さがあったと記憶している。

過去にも何度か、こちらで接待を受けた覚えがあるから。

そのようなお部屋の正面、ドアを隔てて室内からは、人の気配が多数感じられる。

「ふふ、アレン、駄目よ？　もっと我慢しないと」

「くっ、エステル、これは、か、かなりっ……」

「あぁぁ、わ、私も、そろそろ限界、ですぅ……」

「あと少し、ほんの少しだけ我慢しましょう？」

「そ、そうだね、けど、あぁぁ、これはっ……」

「んっくぅっ……わ、私はぁ、もうっ……」

なんだろう、めっちゃエッチな声が聞こえてくる。

ブサメン、記憶にございます。

とってもチームで乱交な雰囲気。

ロリビッチ、アレン、ゾフィーちゃんの流れ。

異世界を訪れてから間もない時分、どこぞの宿屋で似たようなサウンドをドア越しに拝聴した気がする。当時は耳にして即座、回れ右をした覚えがある。童貞にはあまりにも刺激的な出来事でございました。

今回はエステルちゃんが主導権を握っているかのような雰囲気が殊更にエッチ。

自ずと歩みも止まってしまう。

そして、これはリチャードさんも同様。

ニコニコ笑顔が凍り付いている。

修羅場到来の予感。

「っ……！」

躊躇するブサメンの面前、リチャードさんが動いた。

勢いよくドアが開かれる。

町長宅の執務室に突撃するロリゴンさながら、左右共に力強くバァンと。

えっ、開けちゃうの!?　とは胸中で上げられた童貞の悲鳴。

すると室内には案の定、チーム乱交の面々が見られた。

「あっ、お父様、おかえりなさい！　それにタナカ伯爵もようこそ」

こちらを振り向いたエステルちゃんから元気良くご挨拶。

あと、何故か空中に浮かんでいる。

そして、これは彼女に限らない。

彼女のすぐ近くでアレンとゾフィーちゃん、ショタチンポ、それに東西の勇者様までもが浮かんでいる。ほんの数十センチほどではあるけれど、皆で仲良くプカプカしているのは何故なのか。

ホール中央には、お皿やグラスの用意が為されたテーブルが設けられている。

我々が着いたのなら、すぐに料理が運ばれてくることだろう。

その傍らで彼らは席に着くこともなく、皆で空中に浮かんでいるのだ。おかげで非常に珍妙な光景。新手のプレイだろうか。だとしても、何故にアレンとゾフィーちゃんだけが辛そうにしているのか。

「リズ、これはどうしたことだろう？」

「ごめんなさい、お父様。シアンやアレンから、飛行魔法の練習方法を尋ねられたので、これに付き合っていたの。タナカ伯爵と一緒に活動するには、十分に空を飛べないといけないでしょう？　だからこうして、練習方法を教えていたのだけれど」

「…………」

時を同じくして、皆々に変化があった。

エステルちゃんの言葉を肯定するように、空中に浮かんでいた身体が床に降りる。

飛行魔法を解除したのだろう。

取り分けアレンとゾフィーちゃんは揃って苦しそうな表情をしておりますね。それでもフィッツクラレンス公爵の面前とあって、直立姿勢を維持して必死に堪《こら》えている。そんな彼らの姿を傍目に眺めながら、ロリビッチは嬉々として語る。

「シアンは魔力に余裕があるから、私や東西の勇者様、それにアウフシュタイナー子爵に協力をしてもらっていたの。ただ浮かすだけじゃなくて、複数の対象を細かに操作すると、その分だけ負荷が上がって、とてもいい訓練になるのだから」

エステルちゃんの飛行魔法の腕前がここ最近、急上昇している理由を把握した。人知れず努力していた事実に、大貴族の娘さんらしからぬ舞台裏を理解して感動。ただ、露見の仕方が非常に危うい。本当に困る。

久しぶりにアレンの下半身が仕事を開始したのかと思った。

大丈夫だとは思いつつも、やっぱり大丈夫じゃなかったことの方が多いから、普通に心臓がバクバクしている。多分、リチャードさんも同じような心境にあったのではなかろうか。過去の実績が半端ないから。

「閣下、我々のような者までお招き下さり、誠にありがとうございます」

「このような貴重な機会に同席を許されたこと、大変な光栄に存じます」

すぐさま動いたのが西の勇者様と東の勇者様。

二人揃って綺麗にお辞儀をされた。

これに倣ってショタチンポも大慌てで頭を下げる。

なんちゃって美少女の後者は最近、エステルちゃんと

行動を共にすることが多い。アウフシュタイナー家を再興するという本人の目的が、優秀な若者を自派閥に加えたいというリチャードさんの思惑と相まった結果だろう。

この三人が一緒なら、流石に妙なことは起こるまい。

リチャードさんもそのように考えたようだ。

「どうか楽になさって下さい。この場は無礼講ですよ」

落ち着きを取り戻したお館様が言う。

よかった。あぁ、よかった。

政治や外交の舵取りとは一切関係のない些末な人間関係の拗《こじ》れで、ちょくちょく国家が致命的なまでにコースアウトしそうになるの、ペニー帝国の悪いところだと思う。いいや、人の歴史とは得てしてそんなものか。

「けれど、食事の場でそういったことをするのは良くないかもしれないね、リズ」

「ごめんなさい、お父様。これからはしっかりと場所を考えて行うようにします」

「うん、僕もそれがいいと思うよ」

本日の晩餐には東西の勇者様やショタチンポ、更にはアレンやゾフィーちゃんも呼ばれていたみたい。これにフィッツクラレンス一家の方々が合流して、夕食の席はとても賑やかなものとなった。

食事もこれまでと同様、大変に美味。

ドラゴンシティでの生活もそうだけれど、家族でも何でもないのに、こうして日頃から同じテーブルを囲んで楽しく過ごせる。そんな相手がいるという事実に、なんとも言えない温かみのようなものを覚えた。

やはり、こちらの世界に戻ってきて良かった、と。

＊

異世界に戻ってから二ヶ月ほどが経過した時分のことである。

海王様がドラゴンシティにやって来た。

次にお会いするのは百年後か、などと考えていた手前、あまりにも早いサバ氏との再会に我々は大慌て。応接室にお招きして、エディタ先生やロリゴン、ソフィアちゃん、鳥さんと共にお話を伺うことになった。

できれば精霊王様にもご同席を願いたかった。けれど、彼女は先日から大精霊殿、当代の精霊王様と一緒にどこかへ出かけていている。急な王位継承を受けてごたついている精霊業界の為に働いているのだろう。

そんなこんなでソファーセットに皆々で着いてのこと。

出会ってからずっと深刻そうな面持ちを浮かべていたサバ氏が言った。

「私の友人の具合が優れないのです」

「そのアザラシが、ですか？」

「ええ、貴方の世界ではそのように呼ぶのでしたね」

彼の語ったとおり、サバ氏のすぐ隣にはアザラシがいる。

ソファーの座面に乗っかり、彼の控えめなお魚ボディーに頬をスリスリしている。まるで犬みたい。めっちゃ可愛い。アザラシってこんなに人懐っこい生き物だったのかと、驚いてしまったくらい。

しかもこれに満更でもない態度を取っているサバ氏が、これまたラブリーである。

その頬を尻尾でペシペシと撫でてやっているの、眺めていて癒やされる。

「とても元気そうに見えますが」

「回復魔法を用いると持ち直すのです。しかし、数日ほど経過すると、気落ちしたように元気がなくなってしまうのです。それを何度か繰り返したところで、私も不安を覚えるようになりました」

今は回復魔法を受けて、元気がいい状態ってことなのだろう。

パッと眺めた感じ、どこかを悪くしているという気配は感じられない。

「そこでニンゲン、貴方が扱う強力な回復魔法であれば、根幹から治癒できるのではないかと考えて足を運びました。海を統べる王として、恥ずかしくない報酬を用意します。どうかこの者を治癒してはもらえませんか？」

「左様でしたか」

なし崩し的に連れてきてしまったアザラシ。

個人的には地球に返したいところ。

「ところで、何故にアザラシなのですか？」

「この者と私の出会いについて聞いているのですか？」

「差し支えなければ、ご教示を頂けたらと」

エディタ先生やロリゴン、ソフィアちゃんといった面々も、海王様の行いが気になっていることだろう。同じくソファーに掛けた彼女たちに目を向けると、すぐさまコクコクと頷く様子が見て取れた。

「とは言っても、そう大した話ではありません。あちらの世界で貴方や精霊王と分かれた私は、異界の海を散策しておりました。すると、海流に流されるようにして、腹部に怪我を負ったこの者がやってきたのです」

海王様は渋ることなく語り始めた。

出会いは海の中であったようだ。

「捕食を危ういところで逃れたのでしょう。普段であれば、そこまで気に留めることもなかったように思います。しかし、初めて訪れた地ということもあり、戯《たわむ》れに怪我を癒やしてやることにしました」

「他に仲間はいなかったのでしょうか？」

「ええ、周囲には見られませんでしたよ」

どうやら群れから離れてしまった個体のようだ。

きっとサメやシャチなどに襲われたのだろう。

「すると、私の行いを理解しているのか、一方的に懐いてきたのです。軽く追い払ってみても逃げる素振りがありません。そこであちらの世界を散策している間、しばらく旅の友連れとして、同行を許可することにしました」

それって餌として認定されたんじゃありませんか？

喉元まで出かかった思いを危ういところで飲み込む。

サイズ的に食べ応えがありそうなサバ氏である。

「こうして眺めてみると、なかなか愛嬌のある顔立ちをしています。行動を共にしているうちに、それなりの忠義心があることも判明しました。そういうことであれば、友として過ごすのも吝かではありません」

「それでお持ち帰りしてしまったと」

「そのような言い方は好みませんね。私がこの者の同行を許したのです」

地球からの帰還に際して、かなり強引に同行を願われたこと、ブサメンはしっかりと覚えているのですが。ただ、こう見えてなかなか自尊心の高い海王様であるから、これ以上の追及は控えておこう。

「そういうことでしたら、承知しました。回復魔法を行使させて頂きます」

「やってくれますか。貴方の闊達である心意気に感謝します、ニンゲン」

ということで、すぐにでも回復魔法をプレゼント。

サバ氏の見ている前で、目一杯の魔力を込めて魔法を行使させて頂いた。

ただ、対象にはこれといって変化は見られなかった。

珍しくも素直に頭を下げたサバ氏は、アザラシと共にドラゴンシティを後にした。しばらく様子を見てから、改めて我々の下を訪ねるという。お礼についても、その時までに用意するとのこと。

それから数日後。

再びサバ氏が我々の下にやってきた。

前回と同じく、応接室でソファーに腰を落ち着けてのやり取り。メンバーも同様であって、エディタ先生とロリゴン、それにソフィアちゃんの姿が見られる。メイドさんの手元には鳥さんの姿も然り。

「なんと、駄目でしたか……」

「見ての通り、元気がないのです」

先日とは打って変わって、ぐったりとしているアザラシ。

ソファーに横たわり、元気なさそうに座面へ首を投げ出している。

これがまた可哀想《かわいそう》な感じ。

傍から眺めたのなら、どこか具合が悪そうに映る。

「以前の状態とこの容態とを行き来しているのは、たしかに不安を覚えますね」

「しかし、私やニンゲンの魔法であっても癒やせないとなると、原因は他にあるような気もしています。あちらの世界には魔法がないと聞きました。だとすれば、呪いの類いについてはどうなのですか？」

「いえ、そういったモノは一切存在しません」

「だとすれば、他に理由が思い浮かばないのですが……」

心底困ったように言うサバ氏。

ペットの不調を心配する飼い主さながらだ。

などと考えたところで、ふと思い至った。

「あぁ、もしかしたら……」

「何か気づきましたか？」

「海王様はご存知ないかもしれませんが、このアザラシという生き物は元来、群れで生きる動物です。周囲に仲間の姿が見られないことで、何かしら精神的に異常を来《きた》している可能性は否定できません」

「まさか、私から友を引き離すつもりですか？」

「友の為に自ら身を引くのも、友人たり得る判断かと思いますが」

「ぐっ……」

個人的には元いた群れに戻したい。

それが無理でも、せめて地球に放流したい。

このまま異世界に留めて、妙なことになったら大変だもの。

「如何でしょうか？　海王様」

「……承知しました」

渋々といった面持ちで海王様は頷く。

相変わらず表情豊かなお魚さんだ。

「それがこの者の為とあらば、無理強いをする訳にはいきません」

「ご承諾を下さり、ありがとうございます」

「ですが、本人がそれを希望したら、という前提は付きますが」

「ええ、そうですね。異論はございません」

ブサメンが次元魔法なる魔法を用いることで、あちらの世界とこちらの世界を行き来できることは、王様たちを筆頭として、関係各所の皆様にはお伝えしている。そして、今後この魔法を使うことはないだろう、とも。

世界に対して、あまり良い影響がある魔法だとは思えないから。

場合によっては、チャラ神様から怒られてしまいそうだし。

けれど、今回は仕方がない。

神様も大目に見てくれると信じている。

っていうか、そもそもの原因は、チャラ神様が適当な仕事をしたせいだもの。あぁ、こうして考えると、自身の立場は完全に被害者。神様、これは貴方の仕事の尻拭いですよ、などと再三にわたって心中で訴えておく。

「だとしたら、私からも一ついいだろうか？」

「なんでしょうか？　エディタさん」

「もしも叶うなら、私も一緒に連れて行ってもらえないだろうか」

『あっ、ズルいぞ!?　だったら私もだ！　私も一緒に行く！』

エディタ先生とロリゴンから、即座に声が上がった。

これまでにもニップル殿下の魔法を通して、断片的に地球の光景を目の当たりにしてきた彼女たちである。異世界とはかけ離れた風景も多々あった。そうして考えてしまうのは、自然なことだと思われる。

そして、申し訳なさそうにしながらも、瞳の奥に輝きを灯している先生の姿を拝見したのなら、否定することはできなかった。彼女に報いることができる機会など滅多にない身の上、お役に立てるのであれば恩返ししたい。

すぐに戻ってくる分には問題ないだろう。

「承知しました。でしたらお二人にもご同行を願いましょう」

「あっ……」

ブサメンが彼女たちに頷くと、時を同じくしてソフィアちゃんから声が漏れた。

我々の注目が向かうと、その視線が右へ左へ移ろう。

ギュッと鳥さんを抱きしめた姿からは、なんとなく彼女の思いが透けて見えた。

「ソフィアさんもご一緒されますか？」

「あの、よ、よろしいのでしょうか？」

「一人だけ仲間外れというのも、申し訳ありませんから」

「あ、ありがとうございます！」

ブサメンの勘違いでなくてよかった。

深々と頭を下げた彼女の反応にホッと一息。

そんな感じで急遽のこと、地球行きが決定した。

＊

応接室から場所を移動した我々は、ドラゴンシティから少し離れた草原地帯に移動。周囲に人気がないことを確認の上、次元魔法を行使する。使い慣れていない魔法の為、万が一があっては大変だから。

すると自身が見込んだ通り、魔法は以前と同様に効果を発揮。

異世界と地球を結ぶゲートのようなものが発生した。

「やはり不思議な魔法だ。別世界とを結ぶ術があるなど、聞いたこともない」

『オマエでも知らない魔法があるんだな？』

「当然だろう？　私とてこの世のすべてを知っている訳ではないからな」

「こちらの魔法は維持していられる時間が限られています。あまり悠長にしている暇もないので、さっさと抜けてしまいましょう。ソフィアさんにはすみませんが、こちらで身体を浮かべさせて頂きますね」

「お、お願いします……」

縦ロール辺りに目撃されたら面倒である。

我々はさっさと空間の結び目を抜けて、地球に渡った。

移動した先は、日本の本土から十分に距離を取った海上となる。周囲には水平線の彼方まで海が広がっている。現地の天候は快晴。風もそれほど吹いておらず、波も外洋にしてはかなり穏やかである。

足元から二、三メートルの地点を波がちゃぷちゃぷとしている。

レーダーサイトの捕捉を免れる為にも、極力高度を落としての現地入り。

「一方的な相談となってしまい申し訳ないのですが、こちらの世界では空を飛行する際に、なるべく高度を落としてください。移動速度についても、できる限りゆっくりと進んで頂けますと幸いです」

「でないとまた、あのヒコーキとやらが集まって来る、ということですか？」

「ええ、その通りです」

海王様から問われた。

エディタ先生やロリゴンも一緒なので、改めて説明をさせて頂こう。


なんなら今この瞬間も、衛星から捕捉されている可能性がある。異世界を出発する直前、エディタ先生にお願いしてでき得る限りの目隠しを行って頂いた。けれど、機械が相手ではどこまで通用しているか分からない。

「こちらの世界では、周囲に陸地がない大海原の只中であっても、絶えず人の目が監視を行っています。一定以上の速度で飛び回るような物体は、たとえ鳥ほどの大きさであっても、即座に捕捉されてしまうのです」

「なんと、それは興味深い……」

エディタ先生から甚く感心したように呟きが漏れた。

ただ、この場で衛星の存在などを説明しても、理解してもらうには時間を要するだろう。なので細かなことは語らずに、そういうものだと伝えるに留める。もしかしたら後ほど、先生からは質問を受けるかもだけれど。

「それでは海王様、この子と出会った場所までお願いしたいのですが」

「承知しました」

幸い、サバ氏は現地の所在を記憶しておられた。

異界の地でありながら、地理を把握してくれているのは助かる。彼の空間魔法によって、アザラシと遭遇したポインとまでひとっ飛び。精霊王様の発声能力もそうだけれど、こういう人間離れした技能はまさに人外の王様って感じ。

移動先の光景は移動前とほとんど変わりがない。

大海原の真っ只中。

ただし、かなりの距離を移動したようで、日差しに暑さを感じていたのもつかの間のこと。移動先ではヒュウと吹いた風に涼しさを覚えた。南北どちらに移動したのかは定かでないけれど、それなりに緯度が高い海域である。

『あっちの方に島が飛んでる。島があるんじゃないか？』

「うむ、その可能性が高い」

「行ってみましょうか」

なるべく高度を落として、海面スレスレを飛行魔法により飛んでいく。

するとロリゴンやエディタ先生の指摘通り、島が見えてきた。

人の手が入っている気配はない。

ただ、島としてはそれなりに規模があり、鳥類の他に野生の哺乳類なども住まっていそうな雰囲気がある。植生もそれなりに豊かだ。島の中央部は軽く隆起しており、ちょっとした小山を形成している。

そんな離島の外縁をぐるりと巡るように飛ぶ。

半分ほどを過ぎたところで、海岸にアザラシの群れが見られた。

サバ氏が拉致ってきたのと同じような見た目をしている。

多分、同種の群れではなかろうか。

『おい、似たようなのが沢山いるぞ！』

「どうやら同じ種のようであるな」

ロリゴンとエディタ先生の指摘から、ゆっくりと海岸に近づく。

先方はこちらに反応を示すが、すぐに逃げ出すようなことはなかった。なんか変なのが近づいてきたぞ、みたいな感じ。そこで我々は空に身を浮かべたまま、砂浜に向けて波打ち際の辺りまで接近する。

ここまでくればアザラシを地上に降ろしても、見失うことはないだろう。

「海王様、どうかお願いします」

「……仕方がありません」

ブサメンの声を受けて、サバ氏は小さく頷いた。

彼のすぐ隣に浮かんでいたアザラシが、向かって正面数メートルの位置に降ろされる。群れと我々のちょうど中間の位置。先程耳にした、本人がそれを希望したら、というサバ氏の発言の意味するところを理解した。

浜辺に降ろされると、アザラシは戸惑うようにキョロキョロとし始める。

陸上に見られる群れと、空に浮かんだサバ氏を交互に見つめて、前に進んだり後ろに戻ったりを繰り返す。どうやら海王様の一方的な妄想ではなく、それなりに信頼関係を築いていたみたい。

「どうしたのですか？　群れの下に戻らないのですか？」

その手のドキュメンタリー番組でも眺めているような感じが、ちょっとじんわりとくる光景ではなかろうか。切ない系のミュージックとか後ろで流れていたりしたら、涙腺がヤバかったかもしれない。

ただ、しばらくそうしていたアザラシは、やがて意を決したように、群れの下に向かいピョコピョコと跳ねていった。その間にも繰り返し、サバ氏のことを振り返っていたりして、これがまた泣かせる。


「本人も群れでの生活を選びましたか」

この島の群れが元いたコミュニティーかどうかは定かでない。

ただ、先住民と思しきアザラシたちは、迷子を無事に迎え入れてくれた。

「……元気で暮らすのですよ」

誰に語るでもなく、ボソリと独りごちるサバ氏。

ちょっと寂しそうな横顔に、思わず哀愁など感じてしまった。

「さて、それでは戻るとしましょうか」

群れの中に入っていったサバ氏の友人。その姿が他と混じり合って見えなくなった辺りで、ブサメンは皆々に向けて告げる。これ以上眺めていたら、自身もこちらのコミュニティーに愛着を覚えてしまいそうだから。

なんなら既に覚え始めている。

すると、恐る恐るといった面持ちでエディタ先生から声が。

「そ、それなのだが、少々いいだろうか？」

「なんでしょうか？　エディタさん」

「もしよければ、貴様の生まれ故郷を見てみたいのだが……」

なんとなく想像していた提案である。

好奇心旺盛な先生のことだから、こちらの世界の人類がどういった社会生活を営んでいるのか気になるのだろう。あちらの世界に戻った当初、精霊王様からもあれこれと土産話を聞いていた。

「軽く眺める程度でも構いませんでしょうか？」

「ああ、是非とも頼みたい！」

『私もだ！　私も見たいぞ！』

「そうですね。皆で行きましょう」

あまりじっくりと見て回ったりすると、また他者の目についてしまいそうだから。

あと、ブサメンが全裸ではっちゃけた姿が、現地で面白おかしく弄くり回されているだろう光景までは、先生たちに見られたくない。ただでさえ低いソフィアちゃんからの評価とか、どん底まで落ちてしまいそう。

「海王様は先にお送りさせて頂くことも可能ですが」

「それくらいなら私も付き合って構いません」

「ありがとうございます」

皆々の合意が取れたことで、いざ本国に向けて空間魔法。

移動先は自分や精霊王様がお世話になっていたライブハウス界隈とした。

一瞬の暗転を挟んで、見覚えのある建物の上空、十数メートルの地点に出る。周囲に何もなかった大海原と比較して、やたらとゴミゴミした光景が眼下に広がる。ついこの間にも眺めたばかりの関東平野。どこまでも広がる建物の連なり。

「おぉ、これが貴様の生まれ故郷なのか。な、なんと広大な都市だろう……」

地上の光景を目の当たりにして、エディタ先生が感嘆の声を上げた。

キラキラと目を輝かせていらっしゃる。

『この地面に生えてる建物に全部、ニンゲンが住んでるのか？』

「ええ、その通りです」

『オマエの故郷、こんなに大きな町だったんだな……』

ロリゴンも甚く感心した様子で地上を見下ろしている。

これはソフィアちゃんも同様のこと。

「首都カリスと比べても遥かに大きいですね。どこまで続いているのでしょうか」

『ふぁきゅぅ』

心なしか鳥さんも感心しているような。

唯一、サバ氏だけが平然と佇む。

彼は以前もこうした光景を目にしているから。なんなら他所の国の都市部も見ていたりするのかもしれない。アザラシの群れと出会った場所を思えば、結構な範囲にわたって地球上を見て回っていたのではなかろうか。

場合によっては本国以外でも、目撃情報が上がっていたりするのかも。

「軽くその辺りを飛んで回りましょうか」

「い、いいのだろうか？」

「ニンゲン、また例のヒコーキとやらが襲ってくるのではありませんか？」

「低いところをゆっくりと飛んでいる分には、その可能性も低いと思いますので」

『どんなニンゲンが住んでるんだ？　オマエと同じようなヤツか？』

「その辺りも確認して頂けるのではないかなと」

皆々を先導するように、ブサメンは高度を落としつつ

移動。

都市部こそ彼女たちにはウケが良さそうだったので、山手線《やまのてせん》に沿ってぐるりと一巡するように、内回りで空を飛んでいく。下北沢界隈から渋谷より品川《しながわ》、港区の華やかな辺りを抜けて、東京駅上空から皇居を眺めつつ、上野、池袋、新宿といった進路。

「縦長で上に伸びた四角い建物が、こちらでは貴族の屋敷となるのだろうか？」

「ええ、概ねそのような感じです」

『それじゃあ、あの一番背が高い塔は王様の家なのか？』

「いいえ、あちらの塔は人が住むのではなく、皆さんの世界で言うところの、大規模な魔法的技術を行使する為の施設です。なので人は住んでおりません。一部では観光の為に開放されていたりしますが」

空を飛んでいる間は、皆々から質問がひっきりなし。

これに答えながらゆっくりと都心部を眺めていく。

「タナカさん、あ、あの、私もご質問をよろしいでしょうか？」

「なんでも仰って頂けたらと」

「所々に装いの異なる家屋が点在しているのですが、あ

れらは何でしょうか？　周りに緑が残されている場所に、比較的見られるような気がしています。他の種族の方々が住んでいたりするのでしょうか？」

メイドさんが示した先には、都内でも名の知れた神社が見られる。

空から眺めると、一帯だけ緑に囲まれて周囲から浮いている。地図アプリなんかでも、そこだけ緑色に塗られていて、すぐに目につく感じ。異世界の感覚からすれば、エルフ特区、みたいな雰囲気。

「あれらは皆さんの世界で言うところの、教会に相当する施設となります」

「貴様らの世界にも、そういった概念は存在するのだな」

『私たちの町にも、ああいうのを建てたほうがいいのか？』

「クリスティーナさんのお気遣いは嬉しいですが、私にとってはそこまで意味のあるものではないので、気にならないで下さい。個人的にはそれよりも、現在進められている酒蔵の建造に魅力を感じております」

『そ、そうか！　なら頑張らないとな！』

ただ、神様の存在を把握してしまった今となっては、多少なりとも拝んだほうがいいのではないか、などと思わないでもない。異世界のチャラ神様と同様、こちらの世界にも他に神様が居られるそうだし。

『ふぁっ！　ふぁきゅ！』

「あっ、鳥さん、急に動いたら危ないですよ？」

そんな具合に都内の上空を飛んで回ること、小一時間ほど。

当初の予定通り、山手線内を一巡して渋谷まで戻ってきた。

場所は駅前。

スクランブル交差点の上空付近。

空中に停止したところ、皆々の注目は自ずと、駅前のビル側面に設けられた巨大なディスプレイに向かった。自身も例外ではない。

というのも、そこに見慣れた姿を発見。

どうやらニュースを映しているようで、番組中で取り上げられた映像に目を引かれた。

『なぁ、あれってオマエと精霊王、それにゴッゴル族じゃないか？』

「どうやらそのようですね」

映像を指さして言うロリゴンに、小さく頷いて応じる。

いつぞや参加したロックフェス。

その会場で撮影されたと思しき映像だ。

ステージ上で歌を歌う精霊王様と、ダンスを踊るゴッゴルちゃんやナンシー隊長が見られる。こうして眺めると普通にアイドルしていた自らの姿に、こいつは詐欺だと、心底から感じた。これで中身が不細工なオッサンとか、酷い話もあったものである。

「こちらの世界におけるブロードサイドのようなものだろうか？」

「ええ、その通りです」

いわゆる瓦版。

しばらくすると映像から移り変わり、ブサメンのバストアップを写した写真が表示された。アイドル衣装の美少女とは一変、スーツ姿のサラリーマン姿。自身の記憶が正しければ、以前の勤務先の社員証に収まっていた一枚。

更には立て続けて、こちらの世界に戻った直後のこと、監視カメラによって撮影されたと思しき映像が流され始めた。児童誘拐を疑われて、虎ノ門界隈を多数の警察官に追い回されていたときの映像である。

そうした映像の傍ら、アナウンサーから案内の声が届けられる。

『政府はこちらの方々の情報を求めています。情報をお持ちの方はこちらの政府窓口までご連絡を下さい。捜索に結びつく情報を提供された方には、その貢献の度合いに応じて、広告した上限額内で報奨金が支払われます』

続けられた額は、宝くじの一等賞と大差ない金額である。

滅多にない広報映像を眺めて、ブサメンは驚いた。

しかし、通りを行き交う人々はそこまで気にした様子もない。つまり以前から周知の事実、ということなのだろう。ニュースやネット上のサイトなどでも、同じような案内が行われているものと思われる。

駅前に連なった五つある大型ディスプレイ。これらすべてに映像を映した場合、一ヶ月で二、三千万ほど費用がかかったような気がする。我々の特定にどれだけの費用が掛けられているのか、その片鱗が窺える光景ではなかろうか。

『尚、こちらの方々に対する不当な差別的言動は禁止されております。インターネット上に限らず、無責任な噂の流布や、個人のプライバシーに関する情報の無断掲示、差別的な書き込みや発言は、法律により罰せられる可能性があります』

我々の情報提供を求める番組のようだ。

しかも想像した以上に好意的。

犯罪者の行方を追っているというよりは、一定の立場にある人物を探しているようなモノの言い方ではなかろうか。少なくとも自国や友好国の戦闘機を撃墜した相手に行うような言動ではないと思う。

思わず交差点の上空に静止、映像をじっと眺めてしまう。

「貴様たちのことを探している、のだろうか？」

現地の言葉こそ理解できずとも、映像から事情を察したエディタ先生が言った。

テレビ映像に対する早急な理解も含めて、なんと聡明であることか。

「ええ、どうやらそのようです」

『オマエ、探されてるのか？　私たちと一緒に居て大丈夫なのか？』


「前回の来訪時にちょっとした騒動となりまして、その責任の所在を求めてのことでしょう。こちらの世界には魔法やモンスターが不在となりますから、見たことがない不思議な現象を前にして、誰もが戸惑っているものと思います」

「言っておきますが、私は率先して攻撃を仕掛けた覚えはありませんよ？」

「どうかご安心下さい。海王様の行いを否定したい訳ではありませんから」

ネット端末があれば、もう少し詳しい情報を得られたかもしれない。

ただ、残念ながらオーナーから借り受けたそれは、異世界へ戻るのに際して、衣服と共にどこへともなく飛んでいってしまった。まあ、もし仮に手元にあったとしても、バッテリー切れで役に立たなかっただろうけれど。

しばらくして信号機が赤になると、足元の交差点を人々が行き交い始める。

際していくつか聞こえてくる声があった。

「この広告、先々月からずっとやってない？」「この人、まだ見つかってないんだね」「異世界なんて本当にあるの？」「根も葉もない噂だろ？」「実際に戦闘機は墜落してるんだよなぁ」「喋る魚はガチだった」「俺も知り合いから動画が回ってきた」

「戦闘機とバトるとか、中身ロボットじゃない？」「そんなこと昨日のバラエティーでも言ってたよね」「戦闘機やミサイルの存在意義が疑われるよ」「どう考えても戦争の原因にしかならない件」「普通に考えてヤバいでしょ。領空侵犯とか」

「全裸のオッサンをネタに動画を作ると、速攻で逮捕されるんだよな」「もう五、六人くらい逮捕されてるらしいじゃん」「自国の首相でも大丈夫なのに、あのオッサンがアウトって意味不明なんだけど」「色々な意味でガチ感あるんだよ」

「どこかの国の偉い人だとか？」「全然見えないよね」「普通のリーマンだって、前々から情報出てるじゃん」「実際のところどうなんだろう」「交通事故で亡くなった人だとか、ニュースで言われてなかった？」「女児に化けてたの、マジで酷いよな」

ブサメンのこと、めっちゃ話題になってる。

しかも祖国からかなり手厚く保護されている予感。


今しがたにアナウンサーの方が言っていた、誹謗中傷は禁止的なアナウンス、実際に法律の上で運用されているっぽい。醜悪なネットミームになっているかと思ったけれど、むしろ妙に持ち上げられているような。

ネタ動画の公開で作者が逮捕とか、ちょっと怖いくらい。

「個人的には精霊王様推しなんだけど」「エロ画像を公開して逮捕されたヤツいたよな」「たしか先月くらいに、立て続けに三人くらい逮捕されてたな」「好きな神絵師も逮捕されてて俺氏マジ涙目」「見せしめってやつか」

「正直、ナンシー隊長もかなり良くない？」「中身キモいオッサンだけど」「おい馬鹿、変なこと言うと逮捕されるぞ」「オッサンの持ち物から未知の元素が検出されたって記事、やっぱり本当なのかな？」「世の中の動きに信憑性があるよなぁ」

ブサメンが地球に放置してしまった異世界の衣類や装飾品、オーナーに譲渡したペニー金貨などについても、かなり精密な検査が行われているみたい。多少なりとも危惧はしていたけれど、想像していた以上の大事になっている。

オーナーが面倒なことに巻き込まれていなければいいけれど。

「貴様よ、どうした？　なにか気になることでもあったか？」

「いえ、なんでもありません」

通行人のやり取りに、ついつい耳を傾けてしまった。いずれにせよ自身には過ぎたことである。

意識を切り替えるよう、ブサメンは皆々に向き直った。

「以前の帰還に際して、町の皆さんにもお土産を用意しておりました。タイミングが合わずに持ち帰れなかったのですが、まだ現地に残っているようであれば、この機会に持ち帰りたく考えています。少々お時間を頂いてもよろしいでしょうか？」

『精霊王やゴッゴル族ばっかりズルいからな！　私も何か欲しい！』

「おい、あまりこの者に迷惑をかけるようなことを言うのは……」

遠慮がちなエディタ先生に対して、ストレートに主張するロリゴン。

対照的な彼女たちのやり取りが微笑ましい。


「ありがとうございます。きっと町の運営にも役に立つと思いますので」

『本当か⁉』

「ええ、本当です」

渋谷の駅前を出発した我々は、ライブハウスの収まるビルに向かった。

その最上階には、自分や精霊王様が住まっていたフロアがある。

もし仮に百科事典が配達されていれば、こちらに届けられているはず。オートロックもカギをかけられた玄関ドアも、空間魔法を用いたのなら、なんら障害とはならない。リビングの窓から室内を確認の上、我々は宅内に忍び込んだ。

見たところ無人。

そして、自分たちが発ってからも室内の装いに変化は見られない。

当時の状況がそっくりそのまま残されている。次の入居者を迎え入れるに当たり、家財道具の運び出しくらいは行われているかも、とは考えていた。けれど、依然として入居者が見つからないのか、宅内はまるで手付かず。

その事実に疑問を抱きつつも、手早く室内を物色する。

すると、目当てのモノはすぐに見つかった。

「ありました、こちらです」

リビングの隅の方、書店の名前が印字された段ボールがいくつか見られる。商品名も併記されており、自身が買い付けた百科事典で間違いない。その上には合わせて購入した日本語の学習教材が、ちょこんと載せられている。

配達されたものを室内に運び込み、そのまま放置しているみたいだ。

「随分と大きいのだな」

「中身は書籍になります」

「異世界の書籍か、それは興味を惹かれる」

『本なんかが町の役に立つのか？』

「詳しくはあちらの世界に戻ってから、改めてご説明をさせて頂けたらと」

「ニンゲン、誰か来ますよ」

海王様が声を上げた直後にも、玄関付近に人の気配が生まれた。

ガチャリと玄関ドアのロックが外される音。


同時にドスドスと人の歩く気配が近づいてくる。

我々は大慌てでリビングの隅へ。姿こそ魔法で隠しているけれど、身体が触れ合ってはどうなるか分からない。会話を聞かれても同様。息を潜めて身を寄せ合う。幸いにして、海王様もこちらの意向に添って下さった。

時を同じくして、廊下に通じるドアが開かれる。

やってきたのはライブハウスのオーナーだ。

「つかしいな。カメラのセンサーが反応したってのに、誰もいないじゃないか」

Tシャツにジーンズというラフな格好をしている。彼はリビングをぐるりと見渡して、ガシガシと頭をかいた。魔法で姿を隠している我々に気づいた様子は見られない。

ただ、センサーという単語を耳にして、ブサメンは背筋が伸びる思いである。

「政府の役人、パチもんを掴まされたんじゃないか？」

どうやら宅内には監視カメラが仕込まれていたみたい。公的機関が我々との接触を求めて、こちらの部屋を借り上げた、みたいなことは容易に想像できた。渋谷の駅前で連日にわたって映像を流すよりは、遥かに安上がりである。となると、こちらの存在は既に把握されているはず。

やはりというか、魔法で機械の目を誤魔化すことは難しいみたい。

それでもオーナーは安穏と、誰に言うでもなく独り言を呟く。

「まったく、無責任なやつらだ。急に現れたかと思えば、また急に居なくなって。自分たちが世の中にどれだけ影響を与えたのか、理解してないんじゃないか？　まぁ、おかげさまで俺なんかは大いに助かったんだけどよぅ」

彼の視線はリビングに放置されていた百科事典へ。

そう離れていない部屋の隅には、我々が固まって控えている。

空気を読んで静かにしている鳥さん、なんて賢いのだろう。

「せめて一言くらい、お礼をさせろってんだよ。本当にありがとうな。アンタたちのおかげで、このビルとライブハウスは当面安泰さ。あぁ、もしもこの声が聞こえているようなら、精霊王様にも伝えて欲しいもんだ」

オーナーは我々の存在を確信している。

でなければ、わざわざ精霊王様の名前を挙げたりはしないだろう。カメラ越しに人数も含めて、しっかりと把握しているものと思われる。となると、彼以外にもどこかの誰かが、我々の姿を捉えている可能性が高い。

「…………」

それからオーナーはしばらく、無言でリビングを眺めていた。

我々は息を潜めて彼の動向に注目。

オーナーの進退とこちらのビルの行く末は、異世界に戻ってからもずっと気になっていた。当面安泰との響きを耳にしたことで、ブサメンも肩の荷が下りたような気分。先方の口調から察するに、そこまで迷惑をかけることなく済んだようだ。

やがて、数分ほどが経過しただろうか。

「俺が外に出たら、次は国の役人が確認にくる。達者でな」

どこかの誰かさんに伝えるよう、オーナーはボソリと呟いた。

身を翻した彼は、廊下に向かい歩き出す。

ドスドスという足音が遠退いていく。

しばらくしてガチャリと、玄関ドアの閉められる気配が届いた。

「あのニンゲン、我々の存在を把握していましたね」

「やはり、海王殿もそう考えるか」

「当然ではありませんか。こちらを探るような気配が感じられましたよ」

サバ氏とエディタ先生の間でも、自身の想像を肯定するようなやり取りが交わされる。やはり、宅内には監視カメラが仕掛けられており、我々の姿を捉えている。それでも急に襲いかかって来ないのは、こちらに遠慮が働いているからだろう。

最初にオーナーがやって来た辺り、最低限の礼節を伴って思われる。国としては事を構える意思はなく、なるべく穏便に交渉に当たりたいのではなかろうか。渋谷で眺めたニュース映像も含めて、そのように感じた。

同時にオーナーの妙な言動については、すぐに理由に思い至る。

国の役人とやらが訪れるまで、我々に猶予を与えてくれたのだろう。

「どうやら早々にも立ち去った方がよさそうですね」

百科事典の収まった幾つかの段ボール箱を飛行魔法で

丸っと浮かせる。

せっかくオーナーが我々に判断の時間を下さったのだ。

さっさとこの場からお暇《いとま》しよう。

『もう戻るのか？』

「どうやらこの後には、国の役人が控えているようです。我々の姿も先方には把握されているみたいなので、すぐにでもこの場から立ち去りたいと思います。慌ただしくて申し訳ありませんが、そのように願えませんか？」

『えっ!?　このエルフの魔法、効いてないのか？』

「こちらの世界には、姿を誤魔化すような魔法を回避する方法がございまして」

「それは興味をそそられる。町に戻ったのなら、詳しく聞かせてはもらえないだろうか？」

「ええ、お任せ下さい」

皆々と受け答えしつつ、リビングの中程に移動する。

流石は世の社長さんが借りるような高級賃貸。それなりに広さがあるので、宅内にゲートを配置しても問題なさそうだ。一連の行いは過去にも撮影を受けているので、改めて映像に撮られたところで、それほど気にしなくてもいいだろう。

「さて、それでは戻りましょう」

短く呟いて、次元魔法を行使。

リビングの中央に、異世界に通じるゲートが生まれた。

枠のないドアのようなモノの先に、別所の光景が広がる。

こちらを訪れる際に利用したのと同様、ドラゴンシティからそう離れていない草原地帯の只中だ。

そちらにいざ足を伸ばそうとしたところ、エディタ先生から声が。

「貴様よ、本当にいいのか？」

「何がでしょうか？」

「本来であればこちらの世界こそ、貴様が暮らしていくべき場所なのだろう？」

ジッと上目遣いで見つめられる。

いつになく真剣な表情だ。

自ずと他の面々にも意識が向かう。

すると、誰もが同じような面持ちでこちらを見つめていた。

この期に及んで、ブサメンなんかに気遣ってくれている。

なんて素敵な人たちだろうな。


「私でしたら既に、新しい群れに迎え入れて頂きましたから」

「そ、そうか……」

場に居合わせた皆々を一巡するように見つめて答える。

するとすぐさま、海王様から軽口が飛んできた。

「ニンゲン、それは友と決別した私に対する当てつけですか？」

「どうしてそうなるんですか。ちょっと格好つけただけですよ」

『お、おい、喧嘩はよくないぞ？』

「喧嘩をするつもりはないので、どうかご安心下さい」

玄関ドアの外からドタバタと、人の駆け寄る気配が伝わってくる。

お国の役人がこちらに向かっているのだろう。

それなりの人数が想像される。

今度はオーナーのように、すんなり身を引いてはくれまい。異世界への帰還を優先するのなら、場合によっては小競り合いになるかもしれない。そのような行いは、自身としても甚だ不本意である。

「あの、タナカさん、外から人の足音が聞こえて参りますが……」
『ふぁきゅ、ふぁきゅ』
「さぁ、戻りましょう。我々の世界に」
自分には帰るべき場所がある。
この世界が惜しくないと言えば嘘だろう。
けれど、この世界よりも愛着のある世界が待っている。
ブサメンは皆々と共に、自らの居場所に向けて、大きく一歩を踏み出した。

あとがき

お久しぶりでございます。ぶんころりです。

最終巻はいかがでしたでしょうか。

既刊ではエステルちゃんを皮切りにして、エディタ先生やロリゴン、ゴッゴルちゃん、精霊王様といった各ヒロインを主軸に据えたストーリーを展開して参りました。主人公は裏方に回ることも多かったことと思います。

ですが、本作のタイトルは『田中』でございます。最後は主人公をメインに据えたお話とさせて頂きました。

もしも皆さんが田中と同じ立場にあったら、異世界に戻られたでしょうか。それとも地球に残られたでしょうか。色々とご意見はあるかと存じますが、結果的にブサメンは多数の落とし穴を回避して、ハッピーエンドに辿り着けたのではないかと思います。

制作サイドの内輪話としましては、魔王様編を終えてから続巻が決まり、その時点より予定していたエンディングの一つとなります。11巻から5巻分、こうして最後まで書き切ることができまして、大変な喜びを覚えております。

それもこれも本作を応援下さる読者の皆様のおかげであります。このような卑猥な物語に最後までお付き合い下さり、心よりお礼申し上げます。商業作品として長期連載ができる。作家としてこれほど喜ばしいことはありません。

ところで本巻では、本編中に入れ込まれた挿絵の枚数が凄いことになっております。なんと22枚です。これほど沢山の挿絵が掲載されているライトノベルが過去にあったでしょうか。少なくとも私は存じません。

それもこれも『MだSたろう』先生のご厚意の賜物です。

第1巻から最終巻に至るまで、超絶美麗且つユーモアに溢れた大変魅力的なイラストの数々をご提案下さり、本当にありがとうございます。前巻のあとがきでも書いたような気がしますが、本作は先生のイラストあっての物語でございます。

ところで、イラストに関連しましては1点ご案内があります。

なんとMだSたろう先生の画集が発売されることになりました。

収録されるイラストは本作の関係となります。各巻のカバーイラストを筆頭として、口絵や挿絵、グッズ制作での描き下ろしなどが掲載される完全保存版となる予定です。是非ともお手に取って頂けましたら幸いです。自身も今から楽しみでなりません。

こちらの流れで謝辞とさせて下さい。

担当編集I様とGCノベルズ編集部の皆様におかれましては、既に終わりが見えている作品にもかかわらず、手厚いサポートを下さりましたこと、深くお礼を申し上げます。最後の最後まで色々と企画をご検討下さり、とても嬉しく感じております。

また、営業や校正、翻訳、デザイナーのご担当者様、書籍を取り扱って下さる書店様やネット販売店様、ご支援を下さります関係各所の皆様におかれましては、最終巻に至るまで深いお心遣いを頂戴しておりましたこと、感謝の気持ちでいっぱいです。

小説家になろう発、GCノベルズの『田中』を長らくご愛顧下さり、誠にありがとうございました。

ぶんころり先生書き下ろし！
田中たちの「その後」が
ちょっと見られる後日談SSも収録!!
6/28
On Sale

GC NOVELS

田《た》中《なか》

~年齢《ねんれい》イコール彼女《かのじょ》いない歴《れき》の魔法使《まほうつか》い~

15

2024年6月7日　初版発行

著者
ぶんころり

イラスト
MだSたろう

発行人
予安喜美子

編集
伊藤正和

装丁
横尾清隆

印刷所
株式会社平河工業社

発行
株式会社マイクロマガジン社
〒104-0041　東京都中央区新富1-3-7 ヨドコウビル
【販売部】TEL 03-3206-1641／FAX 03-3551-1208
【編集部】TEL 03-3551-9563／FAX 03-3551-9565
https://micromagazine.co.jp/

ISBN978-4-86716-580-5　C0093

本書は小説投稿サイト「小説家になろう」（https://syosetu.com/）に掲載されていたものを、加筆の上書籍化したものです。

ファンレター、作品のご感想をお待ちしています！

宛先　〒104-0041　東京都中央区新富1-3-7　ヨドコウビル
株式会社マイクロマガジン社　GCノベルズ編集部「ぶんころり先生」係「MだSたろう先生」係

GC NOVELS
×
ハイブルク家
三男は
小悪魔ショタです
The third son of the Heiburg family
is a little devil shota
1
腹黒転生ショタ
×
イケメン男装令嬢
魅惑のおねショタペア登場!!
デンセン イラスト／ごろー＊
第1巻 好評発売中

ころころ幼児が大活躍！
キラキラ異世界転生ファンタジー開幕
老舗酒蔵の若社長だったソータ。
暴漢に襲われ意識を失い目が覚めると、そこは見知らぬ森の中だった。
目の前にはぐーすか眠る巨大猫、そして自分の体は……なんだこりぇ！
ちびころボディで頑張るソータの異世界森暮らしが始まります。
6月28日
発売！